二十世紀華文創作　真正的大藝術家

老舍短篇小說選集

附——不成問題的問題

老舍　著

Selected Best Short Stories of Lao She

:: 目錄 ::

不說謊的人

一個自信是非常誠實的人，像周文祥，當然以爲接到這樣的一封信是一種恥辱。在接到了這封信以前，他早就聽說過有個瞎胡鬧的團體，公然扯著臉定名爲「說謊會」。在他的朋友裏，據說，有好幾位是這個會的會員。他不敢深究這個「據說」。萬一把事情證實了，那才怪不好意思：絕交吧，似乎太過火；和他們敷衍吧，又有些對不起良心。周文祥曉得自己沒有什麼了不得的才幹，但是他忠誠實在，他的名譽與事業全仗著這個；誠實是他的信仰。他自己覺得像一塊笨重的石頭，雖然不甚玲瓏美觀，可是結實硬棒。現在居然接到這樣的一封信：

「……沒有謊就沒有文化。說謊是最高的人生藝術。我們懷疑一切，只是不疑心人人事事都說謊這件事。歷史是謊言的紀錄簿，報紙是謊言的播音機。巧於說謊的有最大的幸福，因為會說謊就是智慧。想想看，一天之內，要是不說許多謊話，得打多少回架；夫妻之間，不說謊怎能平安的度過十二小時。我們的良心永遠不責備我們在情話情書裏所寫的——一片謊言！然而戀愛神聖啊！

勝者王侯敗者賊，是的，少半在乎說謊的巧拙。文化是謊的產物。文質彬彬，然後君子——最會扯謊的傢伙。最好笑的是人們一天到晚沒法掩藏這個寶物，像孕婦故意穿起肥大的風衣那樣。他們彷彿最怕被人家知道了他們時時在扯謊，於是謊上加謊，成為最大的謊。我們不這樣，我們知道謊的可貴，與謊的難能，所以我們誠實的扯謊，藝術的運用謊言，我們組織說謊會，為的是研究它的技巧，與宣傳它的好處。我們知道大家都說謊，更願意使大家以後說謊不像現在這麼拙劣，……素仰先生慣說謊，深願彼此琢磨，以增高人生幸福，光大東西文化！倘蒙不棄……」

沒有念完，周文祥便把信放下了。這個會，據他看，是胡鬧；這封信也是胡鬧。但是他不能因為別人胡鬧而幽默的原諒他們。他不能原諒這樣鬧到他自己頭上來的人們，這是侮辱他的人格。「素仰先生慣於說謊」？他不記得自己說過謊。即使說過，也必定不是故意的。他反對說謊。他不能承認報紙是製造謠言的，因為他有好多意見與知識都是從報紙得來的。

說不定這封信就是他所認識的，「據說」是說謊會的會員的那幾個人給他寫來的，故意開他的玩笑，他想。可是在信紙的左上角印著「會長唐翰卿；常務委員林德文，鄧道純，費穆初；會計何兆龍」。這些人都是周文祥知道而願意認識的，他們在社會上都有些名聲，而且是有些財產的。名聲與財產，在周文祥看，絕對不能是由瞎胡鬧而來的。胡鬧只能毀人。那麼，由這樣有名有錢的人們所組織的團體，按理說，也應當不是瞎鬧的。附帶著，這封信也許有些道理，不一定是朋友們和他開玩笑。他又把信拿起來，想重新念一遍。可是他只讀了幾句，不能再往下念。不管這些會長委員是怎樣的有名有福，這封信到底是荒唐。這是個惡夢！一向沒遇見這樣矛盾，這樣想不出道理的事！

周文祥是已經過了對於外表勤加注意的年齡。雖然不是故意的不修邊幅，可是有時候兩三天不刮臉而心中可以很平靜；不但平靜，而且似乎更感到自己的堅實樸簡。他不常去照鏡子；他知道自己的圓臉與方塊的身子沒有什麼好看；他的自愛都寄在那顆單純實在的心上。他不願拿外表顯露出內心的聰明，而願把面貌體態當作心裏誠實的說明書。他好像老這麼說：「看看我！內外一致的誠實！周文祥沒別的，就是可靠！」

把那封信放下，他可是想對鏡子看看自己；長久的自信使他故意的要重新估量自己一番，像極穩固的內閣不怕，而且歡迎，「不信任案」的提出那樣。正想往鏡子那邊去，他聽見窗外有些腳步聲。他聽出來那是他的妻來了。這使他心中突然很痛快，並不是歡迎太太，而是因爲他聽出她的腳步聲兒。家中的一切都有定規，習慣而親切，「夏至」那天必定吃滷麵，太太走路老是那個聲兒。但願世界上所有的事都如此，都使他習慣而且覺得親切。假如太太有朝一日不照著他所熟悉的方法走路，那要多麼驚心而沒有一點辦法！他說不上愛他的太太不愛，不過這些熟悉的腳步聲兒彷彿給他一種力量，使他深信生命並不是個亂七八糟的惡夢。他知道她的走路法，正如知道他的茶碗上有兩朵鮮紅的牡丹花。

他忙著把那封使他心中不平靜的信收在口袋裏，這個舉動作得很快很自然，幾乎是本能的；不用加什麼思索，他就馬上決定了不能讓她看見這樣胡鬧的一封信。

「不早了，」太太開開門，一隻腳登在門坎上，「該走了吧？」

「我這不是都預備好了嗎？」他看了看自己的大衫，很奇怪，剛才淨為想那封信，已經忘了是否已穿上了大衫。現在看見大衫在身上，想不起是什麼時候穿上的。既然穿上了大衫，無疑的是預備出去。早早出去，早早回來，為一家大小去掙錢吃飯，是他的光榮與理想。實際上，為那封信，他實在忘了到公事房去，可是讓太太這一催問，他不能把生平的光榮與理想減損一絲一毫：「我這不是預備走嗎？」他戴上了帽子。「小春走了吧？」

「他說今天不上學了，」太太的眼看著他，帶出作母親常有的那種為難的樣子，既不願意丈夫發脾氣，又不願兒子沒出息，可是假若丈夫能不發脾氣呢，兒子就是稍微有點沒出息的傾向也沒多大的關係。「又說肚子有點痛。」

周文祥沒說什麼，走了出去。設若他去盤問小春，而把小春盤問短了——只是不愛上學而肚子並不一定疼。這便證明周文祥的兒子會說謊。設若不去管兒子，而兒子真是學會了扯謊呢，就更糟。他只好不發一言，顯出沉毅的樣子；沉毅能使男人在沒辦法的時候顯出很有辦法，特別是在婦女面前。周文祥是家長，當然得顯出權威，不能被妻小看出什麼弱點來。

走出街門，他更覺出自己的能力本事。剛才對太太的一言不發等等，他作得又那麼簡淨得當，幾乎是從心所欲，左右逢源。沒有一點虛假，沒有一點手段，完全是由生平的樸實修養而來的一種眞誠，不必考慮就會應付裕如。想起那封信，瞎胡鬧！

公事房的大鐘走到八點三十二分，他遲到了兩分鐘。這是一個新的經驗；十年來，他至遲是八點二十八分到，他在作夢的時候，鐘上的長針也總是在半點的「這」一邊。世界好像寬出二分去，一切都變了樣！他忽然不認識自己了，自己一向是八點半「這」邊的人；生命是習慣的積聚，新床使人睡不著覺；周文祥把自己丟失了，丟失在兩分鐘的外面，好似忽然走到荒涼的海邊上。

可是，不大一會兒，他心中又平靜起來，把自己從迷途上找回來。他想責備自己，不應該爲這麼點事心慌意亂；同時，他覺得應誇獎自己，爲這點小事著急正自因爲自己一向忠誠。

坐在辦公桌前，他可是又想起點不大得勁的事。公司的規則，規則，是不許遲到的。他看見過同事們受經理的訓斥，因爲遲到；還有的扣罰薪水，因爲遲到。哼，這並不是件小事！自然，十來年的忠實服務是不能因爲遲到一次而隨便一筆抹殺的，他想。可是假若被經理傳去呢？不必說是受申斥或扣薪，就是經理不說什麼，而只用食指指周文祥——他輕輕的叫著自己——一下，這就受不了；不是爲這一指的本身，而是因爲這一指便把十來年的榮譽指化了，如同一股熱水澆到雪上！

是的，他應當自動的先找經理去，別等著傳喚。一個忠誠的人應當承認自己的錯誤，受申斥或懲罰是應該的。他立起來，想去見經理。

又站了一會兒，他得想好幾句話。「經理先生，我來晚了兩分鐘，幾年來這是頭一次，可是究竟是犯了過錯！」這很得體，他評判著自己的懺悔練習。不過，萬一經理要問有什麼理由呢？遲到的理由不但應當預備好，而且應當由自己先說出來，不必等經理問。有了：「小春，我的男小孩——肚子疼，所以……」這就非常的圓滿了，而且是眞事。他並且想到就手兒向經理請半天假，因爲小春的肚子疼也許需要請個醫生診視一下。他可是沒有敢決定這麼作，因爲這麼作自然顯著更圓到，可是也許是太過火一點。還有呢，他平日老覺得非常疼愛小春，也不知怎的現在他並不十分關心小春的肚子疼，雖然按著自己的忠誠的程度說，他應當相信兒子的腹痛，並且應當馬上去給請醫生。

他去見了經理，把預備好的言語都說了，而且說得很妥當，既不太忙，又不吞吞吐吐的惹人疑心。他沒敢請半天假，可是稍微露了一點須請醫生的意思。說完了，沒有等經理開口，他心中已經覺得很平安了，因爲他在事前沒有想到自己的話能說得這麼委婉圓到。他一向因爲看自己忠誠，所以老以爲自己不長於談吐。現在居然能在經理面前有這樣的口才，他開始覺出來自己不但忠誠，而且有些未經發現過的才力。

正如他所期望的，經理並沒有申斥他，只對他笑了笑。「到底是誠實人！」周文祥心裏說。

微笑不語有時候正像怒視無言，使人轉不過身來。周文祥的話已說完，經理的微笑已笑罷，事情好像是完了，可是沒個臺階結束這一場。周文祥不能一語不發的就那麼走出去，而且再站在那裏也不大像話。似乎還得說點什麼，但又不能和經理瞎扯。一急，他又想起兒子。「那麼，經理以爲可以的話，我就請半天假，回家看看去！」這又很得體而鄭重，雖然不知道兒子究竟是否眞害肚疼。

經理答應了。

周文祥走出公司來，心中有點茫然。即使是完全出於愛兒子，這個舉動究竟似乎差點根據。但是一個誠實人作事是用不著想了再想的，回家看看去好了。

走到門口，小春正在門前的石墩上唱「太陽出來上學去」呢，臉色和嗓音都足以證明他在最近不能犯過腹痛。

「小春，」周文祥叫，「你的肚子怎樣了？」

「還一陣陣的疼，連唱歌都不敢大聲的喊！」小春把手按在肚臍那溜兒。

周文祥哼了一聲。

見著了太太，他問：「小春是眞肚疼嗎？」

周太太一見丈夫回來，心中已有些不安，及至聽到這個追問，更覺得自己是處於困難的地位。母親的愛到底使她還想護著兒子，眞的愛是無暇選取手段的，她還得說謊：「你出去的時候，他眞是肚子疼，疼得連顏色都轉了，現在剛好一點！」

「那麼就請個醫生看看吧？」周文祥爲是證明他們母子都說謊，想起這個方法。雖然他覺得這個方法有點欠誠懇，可是仍然無損於他的眞誠，因爲他眞想請醫生去，假如太太也同意的話。

「不必請到家來了吧，」太太想了想，「你帶他看看去好了。」

他沒想到太太會這麼贊同給小春看病。他既然這麼說了，好吧，醫生不會給沒病的孩子開方子，白去一趟便足以表示自己的眞心愛子，同時暴露了母子們的虛僞，雖然周家的人會這樣不誠實是使人痛心的。

他帶著小春去找牛伯岩——六十多歲的老儒醫，當然是可靠的。牛老醫生閉著眼，把帶著長指甲的手指放在小春腕上，診了有十來分鐘。

「病不輕！」牛伯岩搖著頭說，「開個方子試試吧，吃兩劑以後再來診一診吧！」說完他開著脈案，寫得很慢，而字很多。

小春無事可作，把墊腕子的小布枕當作沙口袋，雙手扔著玩。

給了診金，周文祥拿起藥方，謝了謝先生。帶著小春出來；他不能決定，是去馬上抓藥呢，還是乾脆置之不理呢？小春確是，據他看，沒有什麼病。那麼給他點藥吃，正好是一種懲罰，看他以後還假裝肚子疼不！可是，小春既然無病，而醫生給開了藥方，那麼醫生一定是在說謊。他要是拿著這個騙人的方子去抓藥，就是他自己相信謊言，中了醫生的詭計。小春說謊，太太說謊，醫生說謊，只有自己誠實。他想起「說謊會」來。那封信確有些眞理，他沒法不這麼承認。但是，他自己到底是個例外，所以他不能完全相信那封信。除非有人能證明他——周文祥——說謊，他才能完全佩服「說謊會」的道理。可是，只能證明自己說謊是不可能的。他細細的想過去的一切，沒有可指

畫像

前些日子，方二哥在公園裏開過「個展」，有字有畫，畫又分中畫西畫兩部。第一天到會參觀的有三千多人，氣暈了多一半，當時死了四五十位。

據我看，方二哥的字確是不壞，因爲墨色很黑，而且缺著筆劃的字也還不算多。可是方二哥自己偏說他的畫好。在「個展」中，中畫的傑作——他自己規定的——是一張人物。松樹底下坐著倆[1]老頭兒。確是松樹，因爲他題的是「松聲琴韻」。他題的是松，我要是說像榆樹，不是找著打架嗎？所以我一看見標題就承認了那是松樹：爲朋友的面子有時候也得叫良心藏起一會兒去。對於那倆老頭兒，我可是沒法不言語了。方二哥的倆老頭兒是一順邊坐著，大小一樣，衣裝一樣，方向一樣，活像是先畫了一個，然後又照描了一個。「這是怎麼個講究？」我問他。

「這？倆老頭兒鼓琴！」他毫不遲疑的回答。

1 倆：讀作「ㄌㄧㄚˇ」，兩個的意思。

「為什麼一模一樣？」我問的是。

「怎麼？不許一模一樣嗎？」他的眼裏已然冒著點火。

「那麼你不會畫一個向左，一個向右？」

「講究畫成一樣！這是藝術！」他冷笑著。

我不敢再問了，他這是藝術。

又去看西畫。他還跟著我。雖然他不很滿意我剛才的質問，可究竟是老朋友，不好登時大發脾氣。再說，我已承認了他這是藝術。

西畫的傑作，他指給我，是油畫的幾棵雞冠花，花下有幾個黑球。不知為什麼標籤上只寫了雞冠花，而沒管那些黑球。要不是先看了標籤，要命我也想不起雞冠花來——一些紅道子夾著藍道子，我最初以為是陰丹士林[2]布衫上灑了狗血，後來才悟過來那是我永不能承認的雞冠花。那些黑球是什麼呢？不能也是雞冠花吧？我不能不問了，不問太憋得慌。「那些黑玩藝是什麼？」

「黑玩藝?!!!」他氣得直瞪眼：「那是雞！你站遠點看！」

我退了十幾步，歪著頭來回的端詳，還是黑球。可是為保全我的性命，我改了嘴：「可不是雞！一邊兒大，一樣的黑；這是藝術！」

方二哥天真的笑了：「這是藝術。好了，這張送給你了！」

我可怪不好意思接受，他這張標價是一千五百元呢。送點小禮物，我們倆的交情確是過得著；

一千五，這可不敢當！況且拿回家去，再把老人們氣死一兩位，也不合算。我不敢要。

我正謙謝，方二哥得了靈感：「不要這張也好，另給你畫一張，我得給你畫像；你的臉藝術！」

我心裏涼了！不用說，我的臉不是像塊磚頭，就是像個黑蛋。要不然方二哥怎說它長得藝術呢？我設盡方法攔阻他：沒工夫；不夠被畫的資格；坐定了就抽瘋……他不聽這一套，非畫不可；第二天還就得開始，靈感一到，機關槍也擋不住；不畫就非瘋了不可！我沒了辦法。爲避免自己的臉變成黑蛋，而叫方二哥入瘋人院，我不忍。畫就畫吧。我可是繞著彎兒遞了個口語：「二哥，可畫細緻一點。家裏的人不懂藝術，他們專看像不像。我自己倒沒什麼，你就畫個黑球而說是我，我也能欣賞。」

「藝術是藝術，管他們呢！」方二哥說，「明天早晨八點，一準！」

我沒說出什麼來，一天沒吃飯。

第二天，還沒到八點，方二哥就來了；靈感催的。喝，拿著的東西多了，都掛著顏色。把東西堆在桌上，他開始懲治我。叫我坐定不動，臉兒偏著，脖子扭著，手放在膝上，別動，連眼珠都別動。我嚇開了神。他進三步，退兩步，向左歪頭，抓抓頭髮，又向右看，擠擠眼睛。鬧騰了半點

---

2 陰丹士林：這是一種人造染料，可用於染棉布，最常見的顏色是藍色。

多鐘，他說我的鼻子長的不對。得換個方向，給鼻子點光。我換過方向來，他過來彈彈我的腦門，拉拉耳朵，往上兜兜鼻子，按按頭髮；然後告訴我不要再動。我不敢動。他又退後細看，頭上出了汗。還不行，我的眼不對。得換個方向，給眼睛點光。我忍不住了，我把他推在椅子上，照樣彈了他的腦門，拉了他的耳朵……「我給你畫吧！」我說。

爲藝術，他不能跟我賭氣。他央告我再坐下：「就畫，就畫！」

我又坐好，他眞動了筆。一勁囑咐我別動。瞪我一眼，回過頭去抹一個黑蛋；又瞪我一眼，在黑蛋上戳上幾個綠點；又回過頭來，向我的鼻子咧嘴，好像我的鼻子有毒似的。畫了一點多鐘，他累得不行了，非休息不可，彷彿我歪著頭倒使他脖子酸了。我一邊揉著脖子，一邊去細看他畫了什麼。很簡單，幾個小黑蛋湊成的一個大黑蛋，黑蛋上有些高起的綠點。

「這是不是煤球上長著點青苔？」我問。

「別忙啊，還得畫十天呢。」他看著大煤球出神。「十天？我還得坐十天？」

「啊！」

當天下午，我上了天津。兩天後，家中來信說：方二哥瘋了。瘋了就瘋了吧，我有什麼辦法呢？

——原刊於一九三四年十月十六日《論語》第五十一期

黑白李

愛情不是他們兄弟倆這檔子事的中心，可是我得由這兒說起。

黑李是哥，白李是弟，哥哥比弟弟大著五歲。倆人都是我的同學，雖然白李一入中學，黑李和我就畢業了。黑李是我的好友；因為常到他家去，所以對白李的事兒我也略知一二。五年是個長距離，在這個時代。這哥兒倆的不同正如他們的外號——黑，白。黑李要是「古人」，白李是現代的。他們倆並不因此打架吵嘴，可是對任何事的看法也不一致。黑李並不黑；只是在左眉上有個大黑痣。因此他是「黑李」；弟弟沒有那麼個記號，所以是「白李」；這在給他們送外號的中學生們看，是很邏輯的。其實他倆的臉都很白，而且長得極相似。

他倆都追她——恕不道出姓名了——她說不清到底該愛誰，又不肯說誰也不愛。於是大家替他們弟兄捏著把汗。明知他倆不肯吵架，可是愛情這玩藝是不講交情的。可是，黑李讓了。

我還記得清清楚楚：正是個初夏的晚間，落著點小雨，我去找他閒談，他獨自在屋裏坐著呢，面前擺著四個紅魚細瓷茶碗。我們倆是用不著客氣的，我坐下吸菸，他擺弄那四個碗。轉轉這個，轉轉那個，把紅魚要一點不差的朝著他。擺好，身子往後仰一仰，像畫家設完一層色那麼退後看看。然後，又逐一的轉開，把另一面的魚們擺齊。又往後仰身端詳了一番，回過頭來向我笑了笑，笑得非常天真。

他愛弄這些小把戲。對什麼也不精通，可是什麼也愛動一動。他並不假充行家，只信這可以養性。不錯，他確是個好脾性的人。有點小玩藝，比如黏補舊書等等，他就平安的消磨半日。叫了我一聲，他又笑了笑，「我把她讓給老四了，」按著大排行，白李是四爺，他們的伯父屋中還有弟兄呢。「不能因爲個女子失了兄弟們的和氣。」

「所以你不是現代人。」我打著哈哈說。

「不是；老狗熊學不會新玩藝了。三角戀愛，不得勁兒。我和她說了，不管她是愛誰，我從此不再和她來往。覺得很痛快！」

「沒看見過這麼講戀愛的。」

「你沒看見過？我還不講了呢。干她的去，反正別和老四鬧翻了。將來咱倆要來這麼一齣的話，希望不是你收兵，就是我讓了。」

「於是天下就太平了？」

我們笑開了。

過了有十天吧，黑李找我來了。我會看，每逢他的腦門發暗，必定是有心事。每逢有心事，我倆必喝上半斤蓮花白。我趕緊把酒預備好，因爲他的腦門不大亮嘛。

喝到第二盅上，他的手有點哆嗦。這個人的心裏存不住事。遇上點事，他極想鎮定，可是臉上還洩露出來。他太厚道。

「我剛從她那兒來。」他笑著，笑得無聊；可還是眞的笑，因爲要對個好友道出胸中的悶氣。這個人若沒有好朋友，是一天也活不了的。

我並不催促他；我倆說話用不著忙，感情都在話中間那些空子裏流露出來呢。彼此對看著，一齊微笑，神氣和默默中的領悟，都比言語更有分量。要不怎麼白李一見我倆喝酒就叫我們「一對糟蛋」呢。

「老四跟我好鬧了一場，」他說，我明白這個「好」字——第一他不願說兄弟間吵了架，第二不願只說弟弟不對，即使弟弟眞是不對。這個字帶出不願說而又不能不說的曲折。「因爲她。我不好，太不明白女子心理。那天不是告訴你，我讓了嗎？我是居心無愧，她可出了花樣。她以爲我是特意羞辱她。你說對了，我不是現代人，我把戀愛看成該怎樣就怎樣的事，敢情人家女子願意『大家』在後面追隨著。她恨上了我。這麼報復一下——我放棄了她，她斷絕了老四。老四當然跟我鬧了。所以今天又找她去，請罪。她罵我一頓，出出氣，或者還能和老四言歸於好。我這麼希望。哼，她沒罵我。她還叫我和老四都作她的朋友。這個，我不能幹，我並沒這麼明對她講，我上這兒跟你說說。我不幹，她自然也不再理老四。老四就得再跟我鬧。」

「沒辦法！」我替他補上這一小句。過了一會兒，「我找老四一趟，解釋一下？」

「也好。」他端著酒盅愣了會兒，「也許沒用。反正我不再和她來往。老四再跟我鬧呢，我不言語就是了。」

我們倆又談了些別的，他說這幾天正研究宗教。我知道他的讀書全憑興之所至，我決不會因爲談到宗教而想他有點厭世，或是精神上有什麼大的變動。

哥哥走後，弟弟來了。白李不常上我這兒來，這大概是有事。他在大學還沒畢業，可是看起來比黑李精明著許多。他這個人，叫你一看，你就覺得他應當到處作領袖。每一句話，他不是領導著你走上他所指出的路子，便是把你綁在斷頭臺上。他沒有客氣話，和他哥哥正相反。

我對他也不便太客氣了，省得他說我是糟蛋。

「老二當然來過了？」他問；黑李是大排行行二。「也當然跟你談到我們的事？」我自然不便急於回答，因爲有兩個「當然」在這裏。果然，沒等我回答，他說了下去：「你知道，我是借題發揮？」

我不知道。

「你以爲我眞要那個女人嗎？」他笑了，笑得和他哥哥一樣，只是黑李的笑向來不帶著這不屑於對我笑的勁兒。「我專爲和老二搗亂，才和她來往；不然，誰有工夫招呼她？男與女的關係，從根兒上說，還不是……？爲這個，我何必非她不行？老二以爲這個關係應當叫作神聖的，所以他鄭重地向她磕頭，及至磕了一鼻子灰，又以爲我也應當去磕，對不起，我沒那個癮！」他哈哈的笑起來。

我沒笑，也不敢插嘴。我很留心聽他的話，更注意看他的臉。臉上處處像他哥哥，可是那股神氣又完全不像他的哥哥。這個，使我忽而覺得是和一個頂熟識的人說話，忽而又像和個生人對坐著。我有點不舒坦——看著個熟識的面貌，而找不到那點看慣了的神氣。

「你看，我不磕頭；得機會就吻她一下。她喜歡這個，至少比受幾個頭更過癮。不過，這不是正筆。正文是這個，你想我應當老和二爺在一塊兒嗎？」

我當時回答不出。

他又笑了笑——大概心中是叫我糟蛋呢。「我有我的志願，我的計劃；他有他的。頂好是各走各的路，是不是？」

「是；你有什麼計劃？」我好容易想起這麼一句；不然便太僵得慌了。

「計劃，先不告訴你。得先分家，以後你就明白我的計劃了。」

「因爲要分居，所以和老二吵；借題發揮？」我覺得自己很聰明似的。

他笑著點了頭；沒說什麼，好像準知道我還有一句呢。我確是有一句：「爲什麼不明說，而要吵呢？」

「他能明白我嗎？你能和他一答一和的說，我不行。我一說分家，他立刻就得落淚。然後，又是那一套——母親去世的時候，說什麼來著？不是說咱倆老得和美嗎？他必定說這一套，好像活人得叫死人管著似的。還有一層，一聽說分家，他管保不肯，而願把家產都給了我，我不想占便宜，他老拿我當作『弟弟』，老拿自己的感情限定住別人的行動，老假裝他明白我，其實他是個時代落伍者。這個時代是我的，用不著他來操心管我。」他的臉上忽然的很嚴肅了。

看著他的臉，我心中慢慢地起了變化——白李不僅是看不起「倆糟蛋」的狂傲少年了，他確是要樹立住自己。我也明白過來，他要是和黑李慢慢地商量，必定要費許多動感情的話，要講許多弟兄間的情義，即使他不講，黑李總要講的。與其這樣，還不如吵，省得拖泥帶水；他要一刀兩斷，各自奔前程。再說，慢慢地商議，老二決不肯乾脆地答應。老四先吵嚷出來，老二若還不幹，便是顯著要霸占弟弟的財產了。猜到這裏，我心中忽然一亮：

「你是不是叫我對老二去說？」

「一點不錯。省得再吵。」他又笑了。「不願叫老二太難堪了，究竟是弟兄。」似乎他很不喜歡說這末後的兩個字——弟兄。

我答應了給他辦。

「把話說得越堅決越好。二十年內，我倆不能作弟兄。」他停了一會兒，嘴角上擠出點笑來。「也給老二想了，頂好趕快結婚，生個胖娃娃就容易把弟弟忘了。二十年後，我當然也落伍了，那時候，假如還活著的話，好回家作叔叔。不過，告訴他，講戀愛的時候要多吻，少磕頭，要死追，別死跪著。」他立起來，又想了想，「謝謝你呀。」他叫我明明的覺出來，這一句是特意爲我說的，他並不負要說的責任。

爲這件事，我天天找黑李去。天天他給我預備好蓮花白。吃完喝完說完，無結果而散。至少有半個月的工夫是這樣。我說的，他都明白，而且願意老四去創練創練。可是臨完的一句老是「捨不得老四呀！」

「老四的計劃？計劃？」他走過來，走過去，這麼念道。眉上的黑痣夾陷在腦門的皺紋裏，看著好似縮小了些。「什麼計劃呢？你問問他，問明白我就放心了。」

「他不說。」我已經這麼回答過五十多次了。

「不說便是有危險性！我只有這麼一個弟弟！叫他跟我吵吧，吵也是好的。從前他不這樣，就是近來才和我吵。大概還是爲那個女的！勸我結婚？沒結婚就鬧成這樣，還結婚！什麼計劃呢？眞！分家？他愛要什麼拿什麼好了。大概是我得罪了他，我雖不跟他吵，我知道我也有我的主張。什麼計劃呢？他要怎樣就怎樣好了，何必分家……」

這樣來回磨，一磨就是一點多鐘。他的小玩藝也一天比一天增多：占課，打卦、測字、研究宗教……什麼也沒能幫助他推測出老四的計劃，只添了不少的小恐怖。這可並不是說，他顯著怎樣的慌張。不，他依舊是那麼婆婆媽媽的。他的舉止動作好像老追不上他的感情，無論心中怎樣著急，他的動作是慢的，慢得彷彿是拿生命當作玩藝兒似的逗弄著。

我說老四的計劃是指著將來的事業而言，不是現在有什麼具體的辦法。他搖頭。就這麼耽延著，差不多又過了一個多月。

「你看，」我抓住了點理，「老四也不催我，顯然他說的是長久之計，不是馬上要幹什麼。」他還是搖頭。

時間越長，他的故事越多。有一個禮拜天的早晨，我看見他進了禮拜堂。也許是看朋友，我想。在外面等了他一會兒。他沒出來。不便再等了，我一邊走一邊想：老李必是受了大的刺激——失戀，弟兄不和，或者還有別的。只就我知道的這兩件事說，大概他已經支持不下去了。他的動作彷彿是拿生命當作小玩藝，那正是因他對任何小事都要慎重地考慮。茶碗上的花紋擺不齊都覺得不舒服。哪一件小事也得在他心中擺好，擺得使良心上舒服。上禮拜堂去禱告，爲是堅定良心。良心是古聖先賢給他製備好了的，可是他又不願將一切新事新精神一筆抹殺。結果，他「想」怎樣，老不如「已是」怎樣來得現成，他不知怎樣才好。他大概是眞愛她，可是爲了弟弟，不能不放棄她，而且失戀是說不出口的。他常對我說，「咱們也坐一回飛機。」說完，他一笑，不是他笑呢，是「身體髮膚，受之父母」笑呢。

過了晌午，我去找他。按說一見面就得談老四，在過去的一個多月都是這樣。這次他變了花樣，眼睛很亮，臉上有點極靜適的笑意，好像是又買著一冊善本的舊書。「看見你了。」我先發了言。

他點了點頭，又笑了一下，「也很有意思！」什麼老事情被他頭次遇上，他總是說這句。對他講個鬧鬼的笑話，也是「很有意思！」他不和人家辯論鬼的有無，他信那個故事，「說不定世上還有比這更奇怪的事」。據他看，什麼事都是可能的。因此，他接受得容易，可就沒有什麼精到的見解。他不是不想多明白些，但是每每在該用腦筋的時候，他用了感情。

「道理都是一樣的，」他說，「總是勸人爲別人犧牲。」

「你不是已經犧牲了個愛人？」我願多說些事實。

「那不算，那是消極的割捨，並非由自己身上拿出點什麼來。這十來天，我已經讀完『四福音書』。我也想好了，我應當分擔老四的事，不應當只是不准他離開我。你想想吧，設若眞是專爲分家產，爲什麼不來跟我明說？」

「他怕你不幹。」我回答。

「不是！這幾天我用心想過了，他必是眞有個計劃，而且是有危險性的。所以他要一刀兩斷，以免連累了我。你以爲他年輕，一衝子性？他正是利用這個騙咱們；他實在是體諒我，不肯使我受屈。把我放在安全的地方，他好獨作獨當地去幹。必定是這樣！我不能撒手他，我得爲他犧牲，母親臨去世的時候——」他沒往下說，因爲知道我已聽熟了那一套。

我眞沒想到這一層。可是還不深信他的話；焉知他不是受了點宗教的刺激而要充分地發洩感情呢？

我決定去找白李，萬一黑李猜得不錯呢！是，我不深信他的話，可也不敢耍玄虛。

怎樣找也找不到白李。學校、宿舍、圖書館、網球場、小飯鋪，都看到了，沒有他的影兒。和人們打聽，都說好幾天沒見著他。這又是白李之所以爲白李；黑李要是離家幾天，連好朋友們他也要通知一聲。白李就這麼人不知鬼不覺地不見了。我急出一個主意來——上「她」那裏打聽打聽。

她也認識我，因爲我常和黑李在一塊兒。她也好幾天沒見著白李。她似乎很不滿意李家兄弟，特別是對黑李。我和她打聽白李，她偏跟我談論黑李。我看出來，她確是注意——假如不是愛——黑李。大概她是要圈住黑李，作個標本。有比他強的呢，就把他免了職；始終找不到比他高明的呢，最後也許就跟了他。這麼一想，雖然只是一想，我就沒乘這個機會給他和她再撮合一下；按理說應當這麼辦，可是我太愛老李，總覺得他值得娶個天上的仙女。

從她那裏出來，我心中打開了鼓。白李上哪兒去了呢？不能告訴黑李！一叫他知道了，他能立刻登報找弟弟，而且要在半夜裏起來占課測字。可是，不說吧，我心中又癢癢。乾脆不找他去？也不行。

走到他的書房外邊，聽見他在裏面哼唧呢。他非高興的時候不哼唧著玩。可是他平日哼唧，不是詩便是那句代表一切歌曲的「深閨內，端的是玉無瑕」，這次的哼唧不是這些。我細聽了聽，他是練習聖詩呢。他沒有音樂的耳朵，無論什麼，到他耳中都是一個調兒。他唱出的時候，自然也還是一個調兒。無論怎樣吧，反正我知道他現在是很高興。為什麼事高興呢？

我進到屋中，他趕緊放下手中的聖詩集，非常的快活：「來得正好，正想找你去呢！老四剛走。跟我要了一千塊錢去。沒提分家的事，沒提！」

顯然他是沒問過弟弟，那筆錢是幹什麼用的。要不然他不能這麼痛快。他必是只求弟弟和他同居，不再管弟弟的行動；好像即使弟弟有帶危險性的計劃，只要不分家，便也沒什麼可怕的了。我看明白了這點。

「禱告確是有效，」他鄭重地說。「這幾天我天天禱告，果然老四就不提那回事了。即使他把錢都扔了，反正我還落下個弟弟！」

我提議喝我們照例的一壺蓮花白。他笑著搖搖頭：「你喝吧，我陪著吃菜，我戒了酒。」

我也就沒喝，也沒敢告訴他，我怎麼各處去找老四。老四既然回來了，何必再說？可是我又提起「她」來。他連接碴兒也沒接，只笑了笑。

對於老四和「她」，似乎全沒有什麼可說的了。他給我講了些《聖經》上的故事。我一面聽著，一面心中嘀咕——老李對弟弟與愛人所取的態度似乎有點不大對；可是我說不出所以然來。我心中不十分安定，一直到回在家中還是這樣。

又過了四五天，這點事還在我心中懸著。有一天晚上，王五來了。他是在李家拉車，已經有四年了。

王五是個誠實可靠的人，三十多歲，頭上有塊疤——據說是小時候被驢給啃了一口。除了有時候愛喝口酒，他沒有別的毛病。

他又喝多了點，頭上的疤都有點發紅。

「幹麼來了，王五？」我和他的交情不錯，每逢我由李家回來得晚些，他總張羅把我拉回來，我自然也老給他點「酒錢」。

「來看看你。」說著便坐下了。

我知道他是來告訴我點什麼。「剛沏上的茶，來碗？」

「那敢情好；我自己倒；還眞有點渴。」

我給了他支菸卷，給他提了個頭兒：「有什麼事吧？」

「哼，又喝了兩壺，心裏癢癢；本來是不應當說的事！」他用力吸了口菸。

「要是李家的事，你對我說了準保沒錯。」

「我也這麼想，」他又停頓了會兒，可是被酒氣催著，似乎不能不說：「我在李家四年零三十五天了！現在叫我很爲難。二爺待我不錯，四爺呢，簡直是我的朋友。所以不好辦。四爺的事，不准告訴二爺；二爺又是那麼傻好的人。對二爺說吧，又對不起四爺——我的朋友。心裏別提多麼爲難了！論理說呢，我應當向著四爺。二爺是個好人，不錯；可究竟是個主人。多麼好的主人也還是主人，不能肩膀齊爲弟兄。他眞待我不錯，比如說吧，在這老熱天，我拉二爺出去，他總設法在半道上耽擱會兒，什麼買包洋火[1]呀，什麼看看書攤呀，爲什麼？爲是叫我歇歇，喘喘氣。要不，怎說他是好主人呢。他好，咱也得敬重他，這叫作以好換好。久在街上混，還能不懂這個？」

我又讓了他碗茶，顯出我不是不懂「外面」[2]的人。他喝完，用菸卷指著胸口說：「這兒，咱這兒可是愛四爺。怎麼呢？四爺年輕，不拿我當個拉車的看。他們哥兒倆的勁兒——心裏的勁兒——不一樣。二爺吧，一看天氣熱就多叫我歇會兒，四爺就不管這一套，多麼熱的天也得拉著他飛跑。可是四爺和我聊起來的時候，他就說，憑什麼人應當拉著人呢？他是爲我們拉車的——天下的拉車的都算在一塊兒——抱不平。二爺對『我』不錯，可想不到大家伙兒。所以你看，二爺來得小，四爺來得大。四爺不管我的腿，可是管我的心；二爺是家長裏短，可憐我的腿，可不管這兒。」他又指了指心口。

我曉得他還有話呢，直怕他的酒氣教釅茶[3]給解去，所以又緊了他一板：「往下說呀，王五！都說了吧，反正我還能拉老婆舌頭[4]？」

1洋火：即火柴。
2外面：此指日常為人處世之道。
3釅茶：濃茶。釅，讀作「驗」。
4拉老婆舌頭：指八卦、到處議論。

他摸了摸頭上的疤，低頭想了會兒。然後把椅子往前拉了拉，聲音放得很低：「你知道，電車道快修完了？電車一開，我們拉車的全玩完！這可不是爲我自個兒發愁，是爲大家伙兒。」他看了我一眼。

我點了點頭。

「四爺明白這個；要不怎麼我倆是朋友呢。四爺說：王五，想個辦法呀！我說：四爺，我就有一個主意，揍！四爺說：王五，這就對了！揍！一來二去，我們可就商量好了。這我不能告訴你。我要說的是這個，」他把聲音放得更低了，「我看見了，偵探跟上了四爺！未必是爲這件事，可是叫偵探跟著總不妥當。這就來到難辦的地方了：我要告訴二爺吧？對不起四爺；不告訴吧？又怕把二爺也饒在裏面[5]。簡直的沒法兒！」

把王五支走，我自己琢磨開了。

黑李猜的不錯，白李確是有個帶危險性的計劃。計劃大概不一定就是打電車，他必定還有厲害的呢。所以要分家，省得把哥哥拉扯在內。他當然是不怕犧牲，也不怕別人犧牲，可是還不肯一聲不發的犧牲了哥哥——把黑李犧牲了並無濟於事。現在，電車的事來到眼前，連哥哥也顧不得了。我怎辦呢？警告黑李是適足以激起他的愛弟弟的熱情。勸白李，不但沒用，而且把王五擱在裏邊。

事情越來越緊了，電車公司已宣布出開車的日子。我不能再耗著了，得告訴黑李去。

他沒在家，可是王五沒出去。

「二爺呢？」

「出去了。」

「沒坐車？」

「好幾天了，天天出去不坐車！」

由王五的神氣，我猜著了：「王五，你告訴了他？」

王五頭上的疤都紫了：「又多喝了兩盅，不由的就說了。」

「他呢？」

「他直要落淚。」

「說什麼來著？」

「問了我一句——老五，你怎樣？我說，王五聽四爺的。他說了聲，好。別的沒說，天天出去，也不坐車。」

我足足的等了三點鐘，天已大黑，他才回來。

「怎樣？」我用這兩個字問到了一切。

他笑了笑，「不怎樣。」

---

5 饒在裏面：添加、算在內。

決沒想到他這麼回答我。我無須再問了，他已決定了辦法。我覺得非喝點酒不可，但是獨自喝有什麼味呢。我只好走吧。臨別的時候，我提了句：「跟我出去玩幾天，好不好？」

「過兩天再說吧。」他沒說別的。

感情到了最熱的時候是會最冷的。想不到他會這樣對待我。

電車開車的頭天晚上，我又去看他。他沒在家，直等到半夜，他還沒回來。大概是故意地躲我。

王五回來了，向我笑了笑，「明天！」

「三爺呢？」

「不知道。那天你走後，他用了不知什麼東西，把眉毛上的黑痦子燒去了，對著鏡子直出神。」

完了，沒了黑痣，便是沒有了黑李，不必再等他了。我已經走出大門，王五把我叫住：「明天我要是——」他摸了摸頭上的疤，「你可照應著點我的老娘！」

約摸五點多鐘吧，王五跑進來，跑得連褲子都濕了。「全——揍了！」他再也說不出話來。直喘了不知有多少工夫，他才緩過氣來，抄起茶壺對著嘴喝了一氣。「啊！全揍了！馬隊衝下來，我們才散。小馬六叫他們拿去了，看得真真的。我們吃虧沒有傢伙，專仗著磚頭哪行！小馬六要玩完。」

「四爺呢？」我問。

「沒看見。」他咬著嘴唇想了想。「哼，事鬧得不小！要是拿的話呀，準保是拿四爺，他是頭目。可也別說，四爺並不傻，別看他年輕。小馬六要玩完，四爺也許不能。」

「也沒看見二爺？」

「他昨天就沒回家。」他又想了想，「我得在這兒藏兩天。」

「那行。」

第二天早晨，報紙上登出——砸車暴徒首領李——當場被獲，一同被獲的還有一個學生，五個車夫。

王五看著紙上那些字，只認得一個「李」字，「四爺玩完了！四爺玩完了！」低著頭假裝抓那塊疤，淚落在報上。

消息傳遍了全城，槍斃李——和小馬六，遊街示眾。

毒花花的太陽，把路上的石子曬得燙腳，街上可是還擠滿了人。一輛敞車上坐著兩個人，手在背後捆著。土黃制服的巡警，灰色制服的兵，前後押著，刀光在陽光下發著冷氣。車越走越近了，兩個白招子[7]隨著車輕輕地顫動。前面坐著的那個，閉著眼，額上有點汗，嘴唇微動，像是禱

6 黑痦子：黑痣。痦，讀作「物」。

7 招子：死刑犯將要行刑前，背後插著紙，上記姓名、罪狀。

告呢。車離我不遠，他在我面前坐著擺動過去。我的淚迷住了我的心。等車過去半天，我才醒了過來，一直跟著車走到行刑場。他一路上連頭也沒抬一次。

他的眉皺著點，嘴微張著，胸上汪著血，好像死的時候正在禱告。我收了他的屍。

過了兩個月，我在上海遇見了白李，要不是我招呼他，他一定就跑過去了。

「老四！」我喊了他一聲。

「啊？」他似乎受了一驚。「哦，你？我當是老二復活了呢。」

大概我叫得很像黑李的聲調，並非有意的，或者是在我心中活著的黑李替我叫了一聲。白李顯著老了一些，更像他的哥哥了。我們倆並沒說多少話，他好似不大願意和我多談。只記得他的這麼兩句：

「老二大概是進了天堂，他在那裏頂合適了；我還在這兒砸地獄的門呢。」

——原刊於一九三四年一月一日《文學季刊》創刊號；初收錄於一九三四年九月出版之《趕集》，上海，良友圖書印刷公司

聽來的故事

宋伯公是個可愛的人。他的可愛由於互相關聯的兩點：他熱心交友，捨己從人；朋友托給他的事，他都當作自己的事那樣給辦理；他永遠不怕多受累。因爲這個，他的經驗所以比一般人的都豐富，他有許多可聽的故事。大家愛他的忠誠，也愛他的故事。找他幫忙也好，找他閒談也好，他總是使人滿意的。

對於青島的櫻花，我久已聽人講究過；既然今年有看著的機會，一定不去未免顯著自己太彆扭；雖然我經驗過的對風景名勝和類似櫻花這路玩藝的失望使我並不十分熱心。太陽剛給嫩樹葉油上一層綠銀光，我就動身向公園走去，心裏說：早點走，省得把看花的精神移到看人上去。這個主意果然不錯，樹下應景而設的果攤茶桌，還都沒擺好呢，差不多除了幾位在那兒打掃甘蔗渣子、橘皮和昨天遊客們所遺下的一切七零八碎的清道夫，就只有我自己。我在那條櫻花路上來回蹓躂，遠觀近玩的細細的看了一番櫻花。

櫻花說不上有什麼出奇的地方，它豔麗不如桃花，玲瓏不如海棠，清素不如梨花，簡直沒有什麼香味。它的好處在乎「盛」：每一叢有十多朵，每一枝有許多叢；再加上一株挨著一株，看過去是一團團的白雪，微染著朝陽在雪上映出的一點淺粉。來一陣微風，櫻樹沒有海棠那樣的輕動多姿，而是整團的雪全體擺動；隔著松牆看過去，不見樹身，只見一片雪海輕移，倒還不錯。設若有下判斷的必要，我只能說櫻花的好處是使人痛快，它多、它白、它亮，它使人覺得春忽然發了瘋，若是以一朵或一株而論，我簡直不能給它六十分以上。

無論怎說吧，我算是看過了櫻花。不算冤，可也不想再看，就帶著這點心情我由花徑中往回走，朝陽射著我的背。走到了梅花路的路頭，我疑惑我的眼是有了毛病：迎面來的是宋伯公！這個忙人會有工夫來看櫻花！

不是他是誰呢，他從遠遠的就「嘿嘍」，一直「嘿嘍」到握著我的手。他的臉朝著太陽，亮得和春光一樣。「嘿嘍，嘿嘍。」他想不起說什麼，只就著舌頭的便利又補上這麼兩下。

「你也來看花？」我笑著問。

「可就是，我也來看花！」他鬆了我的手。

「算了吧，跟我回家溜溜舌頭去好不好？」我願意聽他瞎扯，所以不管他怎樣熱心看花了。

「總得看一下，大老遠來的；看一眼，我跟你回家，有工夫；今天我們的頭兒逛勞山去，我也放了自己一天的假。」他的眼向櫻花那邊望了望，表示非去看看不可的樣子。我只好陪他再走一遭了。他的看花法和我的大不相同了。在他的眼中，每棵樹都像人似的，有歷史，有個性，還有名字：「看那棵『小歪脖』，今年也長了本事；嘿！看這位『老太太』，居然大賣力氣；去年，去年，她才開了，哼，二十來朵花吧！嘿嘍！」他立在一棵細高的櫻樹前面：「『小旗杆』，這不行呀，淨往雲彩裏鑽，不別枝子！不行，我不看電線杆子，告訴你！」然後他轉向我來：「去年，它就這麼細高，今年還這樣，沒辦法！」

「它們都是你的朋友？」我笑了。

宋伯公也笑了：「哼，那邊的那一片，幾時栽的，哪棵是補種的，我都知道。」

看一下！他看了一點多鐘！我不明白他怎麼會對這些樹感到這樣的興趣。連樹幹上抹著的白灰，他都得摸一摸，有一片話。誠然，他講說什麼都有趣；可是我對樹木本身既沒他那樣的熱誠，所以他的話也就打不到我的心裏去。我希望他說些別的。我也看出來，假如我不把他拉走，他是滿可以把我說得變成一棵樹，一聲不出的聽他說個三天五天的。

我把他硬扯到家中來。我允許給他打酒買菜；他接收了我的賄賂。他忘了櫻花，可是我並想不起一定的事兒來說。瞎扯了半天，我提到孟智辰來。他馬上接了過去：

「提起孟智辰來，那天你見他的經過如何？」

我並不很認識這個孟先生——或者應說孟秘書長——我前幾天見過他一面，還是由宋伯公介紹的。我不是要見孟先生，而是必須見孟秘書長；我有件非秘書長不辦的事情。

「我見著了他，」我說，「跟你告訴我的一點也不差：四棱子腦袋；牙和眼睛老預備著發笑唯恐笑晚了；臉上的神氣明明宣布著：我什麼也記不住，只能陪你笑一笑。」

「是不是？」宋伯公有點得意他形容人的本事。「可是，對那件事他怎麼說？」

「他，他沒辦法。」

「什麼？又沒辦法？這小子又要升官了！」宋伯公咬上嘴唇，像是想著點什麼。

「沒辦法就又要升官了？」我有點驚異。

「你看，我這兒不是想哪嗎？」

我不敢再緊問了，他要說一件事就要說完全了，我必須忍耐的等他想。雖然我的驚異使我想馬上問他許多問題，可是我不敢開口；「憑他那個神氣，怎能當上秘書長？」這句最先來到嘴邊上的，我也咽下去。

我忍耐的等著他，好像避雨的時候渴望黑雲裂開一點那樣。不久——雖然我覺得彷彿很久——他的眼球裏透出點笑光來，我知道他是預備好了。

「哼！」他出了聲：「夠寫篇小說的！」

「說吧，下午請你看電影！」

「值得看三次電影的，眞的！」宋伯公知道他所有的故事的價値：「你知道，孟秘書長是我大學裏的同學？一點不瞎吹！同系同班，眞正的同學。那時候，他就是個重要人物：學生會的會長呀，作各種代表呀，都是他。」

「這傢伙有兩下子？」我問。

「有兩下子？連半下子也沒有！」

「因爲——」

「因爲他連半下子沒有，所以大家得舉他。明白了吧？」

「大家爭會長爭得不可開交，」我猜想著：「所以讓給他作，是不是？」

宋伯公點了點頭：「人家孟先生的本事是凡事無辦法，因而也就沒主張與意見，最好作會長，或作菩薩。」

「學問許不錯？」沒有辦事能幹的人往往有會讀書的聰明，我想。

「學問？哈哈！我和他都在英文系裏，人家孟先生直到畢業不曉得莎士比亞是誰。可是他畢了業，因爲無論是主任、教授、講師，都覺得應當，應當，讓他畢業。不讓他畢業，他們覺得對不起人。人家老孟四年的工夫，沒在講堂上發過問。哪怕教員是條驢呢，他也對著書本發愣，一聲不出。教員當然也不問他；即使偶爾問到他，他會把牙露出來，把眼珠收起去，那麼一笑。這是天字第一號的好學生，當然得畢業。既准他畢業，大家就得幫助他作卷子，所以他的試卷很不錯，因爲

1四棱子腦袋：指人有顆方形腦袋。棱，讀作「愣」的二聲，指木材四個邊角的交接處。

是教員們給作的。自然，卷子裏還有錯兒，那可不是教員們作的不好，是被老孟抄錯了；他老覺得M和N是可以通用的，所以把name寫成mane，在他，一點也不算出奇。把這些錯兒應扣的分數減去，他實得平均分數八十五分，文學士。來碗茶……

「畢業後，同班的先後都找到了事；前些年大學畢業生找事還不像現在這麼難。老孟沒事。有幾個熱心教育的同學辦了個中學，那時候辦中學是可以發財的。他們聽說老孟沒事，很想拉拔他一把兒，雖然準知道他不行；同學到底是同學，誰也不肯看著他閒起來。他們約上了他。叫他作什麼呢，可是？教書，他教不了；訓育，他管不住學生；體育，他不會，他頂好作校長。於是他作了校長。他一點不曉得大家爲什麼讓他作校長，可是他也不驕傲，他天生來的是饅首幌子——饅頭鋪門口放著的那個大饅頭，大，體面，木頭作的，上著點白漆。

「一來二去不是，同學們看出來這位校長太沒用了，可是他既不驕傲，又沒主張，生生的把他撵了，似乎不大好意思。於是大家給他運動了個官立中學的校長。這位饅頭幌子笑著搬了家。這時候，他結了婚，他的夫人是自幼定下的。她家中很有錢，兄弟們中有兩位在西洋留學的。她可是並不認識多少字，所以很看得起她的丈夫。結婚不久，他在校長的椅子上坐不牢了；學校裏發生了風潮，他沒辦法。正在這個時候，他的內兄由西洋回來，得了博士；回來就作了教育部的秘書。老孟一點主意沒有，可也並不著急：倒慌了教育局局長——那時候還不叫教育局；管它叫什麼呢——這玩藝，免老孟的職簡直是和教育部秘書開火；不免職吧，事情辦不下去。局長想出條好道，去請示部秘書好了。秘書新由外國回來，還沒完全把西洋忘掉，『局長看著辦吧。不過，派他去考查教育也好。』局長鞠躬而退；不幾天，老孟換了西裝，由饅頭改成了麵包。臨走的時候，他的內兄囑咐他：不必調查教育，安心的念二年書倒是好辦法，我可以給你辦官費。再來碗熱的……

「二年無話，趕老孟回到國來，博士內兄已是大學校長。校長把他安置在歷史系，教授。孟教授還是不驕傲，老實不客氣的告訴系主任：東洋史，他不熟；西洋史，他知道一點；中國史，他沒念過。系主任給了他兩門最容易的功課，老孟還是教不了。到了學年終，系主任該重新選過——那時候的主任是由教授們選舉的——大家一商議，校長的妹夫既是教不了任何功課，頂好是作主任；主任只須教一門功課就行了。老孟作了系主任，一點也不驕傲，可是挺喜歡自己能少教一門功課，笑著向大家說：我就是得少教功課。好像他一點別的毛病沒有，而最適宜當主任似的。有一回我到他家裏吃飯，孟夫人指著臉子說他：『我哥哥也溜過學，你也溜過學，怎麼哥哥會作大校長，你怎就不會？』老孟低著頭對自己笑了一下：『哼，我作主任合適！』我差點沒憋死，我不敢笑出來。

「後來，他的內兄校長升了部長，他作了編譯局局長。叫他作司長吧，他看不懂公事；叫他作秘書吧，他不會寫；叫他作編輯委員吧，他不會編也不會譯，況且職位也太低。他天生來的該作局長，既不須編，也無須譯，又不用天天辦公。『哼，我就是作局長合適！』這傢伙彷彿很有自知之明似的。可是，我倆是不錯的朋友，我不能說我佩服他，也不能說討厭他。他幾乎是一種靈感，一種哲理的化身。每逢當他升官，或是我自己在事業上失敗，我必找他去談一談。他使我對於成功或失敗都感覺到淡漠，使我心中平靜。由他身上，我明白了我們的時代——沒辦法就是辦法的時代。一個人無須為他的時代著急，也無須為個人著急，他只須天真的沒辦法，自然會在波浪上浮著，而相信：『哼，我浮著最合適。』這並不是我的生命哲學，不過是由老孟看出來這麼點道理，這個道理使我每逢遇到失敗而不去著急。再來碗茶！」

他喝著茶，我問了句：「這個人沒什麼壞心眼？」

「沒有，壞心眼多少需要一些聰明；茶不錯，越燜越香！」宋伯公看著手裏的茶碗。「在這個年月，凡要成功的必須掏壞；現在的經濟制度是大魚吃小魚，小魚吃蝦米的制度。掏了壞，成了功；可不見就站得住。三搖兩擺，還得栽下來；沒有保險的事兒。我說老孟是一種靈感，我的意思就是他有種天才，或是直覺，他無須用壞心眼而能在波浪上浮著，而且浮得很長久。認識了他便認識了保身之道。他沒計劃，沒志願，他只覺得合適，誰也沒法子治他。成功的會再失敗；老孟只有成功，無為而治。」

「可是他有位好內兄？」我問了一句。

「一點不錯；可是你有那麼位內兄，或我有那麼位內兄，照樣的失敗。你，我，不會覺得什麼都正合適。不太自傲，便太自賤；不是想露一手兒，便是想故意的藏起一招兒，這便必出毛病。人家老孟自然，糊塗得像條駱駝，可是老那麼魁梧壯實，一聲不出，能在沙漠裏慢慢溜達一個星期！他不去找縫子鑽，社會上自然給他預備好縫子，要不怎麼他老預備著發笑呢。他覺得合適。你看，現在人家是秘書長；作秘書得有本事，他沒有；作總長也得有本事，而且不願用個有本事的秘書長；老孟正合適。他見客，他作代表，他沒意見，他沒的可洩露，他老笑著，他有四棱腦袋，種種樣樣他都合適。沒人看得起他，因而也沒人忌恨他；沒人敢不尊敬他，因爲他作什麼都合適，而且越作地位越高。學問，志願，天才，性格，都足以限制個人事業的發展，老孟都沒有。要得著一切的須先失去一切，就是老孟。這個人的前途不可限量。我看將來的總統是給他預備著的。你愛信不信！」

「他連一點脾氣都沒有？」

「沒有，純粹順著自然。你看，那天我找他去，正趕上孟太太又和他吵呢。我一進門，他笑臉相迎的：『哼，你來得正好，太太也不怎麼又炸了。』一點不動感情。我把他約出去洗澡，喝！他那件小褂，多麼黑先不用提，破得就像個地板擦子。『哼，太太老不給做新的嗎。』這只是陳述，並沒有不滿意的意思。我請他洗了澡，吃了飯，他都覺得好：『這澡堂子多舒服呀！這飯多好吃呀！』他想不起給錢，他覺得被請合適。他想不起抓外錢，可是他的太太替他收下『禮物』，他也很高興：『多進倆錢也不錯！』你看，他歪打正著，正合乎這個時代的心理——禮物送給太太，而後老爺替禮物說話。他以自己的糊塗給別人的聰明開了一條路。他覺得合適，別人也覺得合適。他好像是個神秘派的詩人，默默中抓住種種現象下的一致的眞理。他抓到——雖然他自己並不知道——自古以來中國人的最高的生命理想。」

「先喝一盅吧？」我讓他。

他好像沒聽見。「這像篇小說不？」

「不大像，主角沒有強烈的性格！」我假充懂得文學似的。

「下午的電影大概要吹？」他笑了笑。「再看看櫻花去也好。」

「準請看電影，」我給他斟上一盅酒。「孟先生今年多大？」

「比我——想想看——比我大好幾歲呢。大概有四十八九吧。幹麼？哦，我明白了，你怕他不夠作總統的年紀？再過幾年，五十多歲，正合適！」

——原刊於一九三五年五月十二日《大公報》〈文藝・副刊〉第一五一期；

初收錄於一九三六年十一月出版之《蛤藻集》，上海，開明書店

新愛彌耳

愛彌耳活到八歲零四個月十二天就死了，我並不懷疑我的教育方法有什麼重大的錯誤；小小的疏忽或者是免不了的，可是由大體上說，我的試驗是基於十分妥當的原理上。即使他的死是由於某一個小疏忽，那正是試驗工作所應有的；科學的精神不怕錯誤，而怕不努力改正錯誤。設若我將來有個「新愛彌耳第二」，我相信必能完全成功，因為我已有了經驗，知道避免什麼和更注意什麼。那麼，我的愛彌耳雖不幸死去，我並不傷心；反之，我卻更高興的等待著我將來的成功。在這種培養兒童的工作上，我們用不著動什麼感情。

可惜我很忙，不能把我的經驗完全寫下來；我只能粗枝大葉的寫下一點，等以後有工夫再作那詳細的報告。不過，我確信這一點點紀錄也滿可以使世人永不再提起盧梭那部著作[1]了。

1 指盧梭（Jean-Jacques Rousseau, 1712～1778）的小說《愛彌兒：論教育》（Émile: ou De l'éducation），這是一部討論人類天性的小說，描述了愛彌兒及其家庭教師之間的故事。被譽為西方第一個完整的教育哲學，第一部教育小說。

愛彌耳生下來的時候是體重六磅半，不太大，也不太小，正合適。剛一出世，他就哭了。我馬上教訓了他一番：朋友！閉上你的嘴！生命就是奮鬥，戰爭；哭便是示弱，你當然知道這個；那麼，這第一次的也就是，我命令你，第末次[2]的毛病！他又呀呀了幾聲，就不再哭了。從此以後直到他死，他永沒再哭出聲來過；我的勇敢的愛彌耳！（請原諒我的傷感！）

過了三天，我便把他從母親懷中救出來，由我負一切的教養責任。多麼有教育與本事的母親也不可靠，既是母親——大學教育系畢業的正如一字不識的愚婦——就有母親的惡天性；人類的退化應歸罪於全世界的母親。每逢我看見一個少婦抱著肥胖的小孩，我就想到聖母與聖嬰。即使那少婦是個社會主義者，那小娃娃將來至多也不過成個基督教社會主義者，也許成為個只有長鬚而不抵抗的托爾司太[3]。我不能教愛彌耳在母乳旁乞求生命，乖乖寶寶的被女人吻著玩著，像個小肥哈巴狗。我要他成為戰士，有鋼板硬的腮與心，永遠把吻他的人的臭嘴碰得生疼。

我斷了他的奶。母乳變成的血使人軟如豆腐，使男人富於女性。愛彌耳既是男的，就得有男兒氣。牛奶也不能吃，為是避免「牛乳教育」。代替奶的最好的東西當然是麵包，所以愛彌耳在生下的第四天就開始吃麵包了；他將來必定會明白什麼是麵包問題與為什麼應為麵包而戰。我知道麵包的養分不及母乳與牛乳的豐富，可是我一點也不可憐愛彌耳的時時喊餓；餓是革命的原動力，他必須懂得餓，然後才知道什麼是反抗。每當他餓的時候，我就詳細的給他講述反抗的方法與策略；麵包在我手中拿著，我說什麼他都得靜靜的聽著；到了我看見他頭上已有虛汗，我才把麵包給他，的。這是我最得意的一點。自從他一學說話起，我就用盡了力量，教給他最正確的言語，決不許他知道一個字而不完全了解它的意義，也決不給他任何足以引起幻想的字。所以，他知道多少話就是知道了多少事，沒有一點折扣，也沒有一點虛無縹緲的地方。比如說吧，教給他說「月」，我就把月的一切都詳細的告訴他：月的大小，月的年齡，它當初怎麼形成的，和將來怎樣碎裂……這都是些事實。與事實相反的都除外：月就是月；「月亮」，還有什麼「月亮爺」，都不准入愛彌耳的耳朵。誰都知道月的光得自日，那麼「月亮」就不通；「月亮爺」就越發胡鬧了。我不能教我的愛彌耳把那個死靜的月稱作「爺」。至於月中有個大兔，什麼嫦娥奔月等等的胡言譫語，更一點兒也不能教他知道。傳說和神話是野蠻時代的玩藝兒；愛彌耳是預備創造明日之文化的，他必得說人話。是的，我也給他說故事，但不是嫦娥奔月那一類的。我給他說秦始皇，漢武帝，亞力山大，拿破崙等人的事，而盡我所能的把這些所謂的英雄形容成非常平凡的人，而且不必是平凡的好人。愛彌耳在三歲時就明白拿破崙的得志只是仗著一些機會。他不但因此而正確的明白了歷史，他的地理知識也足以驚人。在我給他講史事的時候，隨時指給他各國的地圖。我們也有時候講說植物或昆蟲，可是決沒有青蛙娶親，以荷葉作轎那種惑亂人心的胡扯。我們講到青蛙，就馬上捉來一隻，細細的解剖開，由我來說明青蛙的構造。這樣，不但他正確的明白了青蛙，而且因用小刀剖開它，也就減除了那些虛僞的愛物心。將來的人是不許有傷感的。就是對於愛彌耳自己身上的一切，我也是這樣照實的給他說明。在他五歲的時候，他已有了不少的性的知識。他知道他是母親生的，不是由樹上時候顯著寂苦，但這有什麼關係呢，「朋友」根本是布爾喬亞的一個名詞，那麼愛彌耳自幼沒朋友就正好。

小孩們不願意和他玩，他們的父母也討厭他。這是當然的，因爲設若愛彌耳的世界一旦來到，這群只會教兒女們「假裝」這個，「假裝」那個的廢物們都該一律滅絕。他們不許他們的兒女跟愛彌耳玩，因爲愛彌耳太沒規矩。第一樣使他們以爲他沒規矩的就是他永遠不稱呼他們大叔二嬸，而直接的叫「禿子的媽」，或「李順的爸」；遇上沒兒沒女的中年人，他便叫「李二的妻」，或「李二」。這不是最正確的麼？然而他們不愛聽。他們教給孩子們見人就叫「大爺」，彷彿人們都沒有姓名似的。他們只懂得教子女去諂媚，去服從——稱呼人家爲叔爲伯就是得聽叔伯的話的意思。愛彌耳是個「人」，他無須聽從別人的話。他不是奴隸。沒規矩，活該！第二樣惹他們不喜歡而叫他野孩子的，是因爲他的爽直。在我的教導監護下，而愛彌耳要是會謙恭與客氣，那不是證明我的教育完全沒用麼？他的爽直是因爲他心裏充實。我敢說，他的心智與愛好在許多的地方上比成人還高明。凡是一切假的，騙人的東西，他都不能欣賞。比如變戲法，練武賣藝的一般他看見，他當時就會說，這都是假的。即使賣藝的拿著眞刀眞槍，他也能知道他們只是瞎比劃，而不眞殺眞砍。他自生下來至死，沒有過一件玩物：娃娃是假的，小刀槍假的，小汽車假的；我不給他假東西。他要玩，我教他用錘子砸石頭，或是拿簸箕搬煤，在遊戲中老與實物相接觸，在玩耍中老有實在的用處。況且他也沒有什麼工夫去玩耍，因爲我時時在教導他，訓練他；我不許他知道小孩子是應該玩耍的，我告訴他工作勞動是最高的責任。因此，他不能不常得罪人。看見鄰居王大的老婆臉上擦著粉，馬上他會告訴她，那是白粉呀，臉原來不白呀。看見王二的女兒戴著紙花，他同樣的指出來，你的花不香呀，紙作的，哼！他有成人們的知識，而沒有成人們的客氣，所以他的話像個故意討人厭的老頭子的。這自然是必不可免的，而且也是我所希望的。我眞愛他小大人似的皺皺著鼻子，把成人們頂得一愣一愣的。人們罵他「出窩老[5]」，哪裏知道這正是我的驕傲啊。

因爲所得的知識不同，所以感情也就不同。感情是知識的汁液，彷彿是。愛彌耳的知識既然那麼正確實在，他自自然然的不會有虛浮的感情。他愛一切有用的東西，有用的東西，對於他，也就是美的。一般人的美的觀念幾乎全是人云亦云，所以誰也說不出到底美是什麼。好像美就等於虛幻。愛彌耳就不然了，他看得出自行車的美，而決不假裝瘋魔的說：「這晚霞多麼好看呀！」可是，他又因此而常常得罪人了，因爲他不肯隨著人們說：這玫瑰美呀，或這位小姐面似桃花呀。他曉得桃子好吃，不管桃花美不美；至於面似桃花，還是面似蒲公英，就更沒大關係了。

對於美是如此，在別的感情上他也自然與眾不同。他簡直的不大會笑。我以爲人類最沒出息的地方便是嬉皮笑臉的笑，而大家偏偏愛給孩子們說笑話聽，以致養成孩子們愛聽笑話的惡習慣。算算看吧，有媚笑，有冷笑，有無聊的笑，有自傲的笑，有假笑，有狂笑，有敷衍的笑；可是，誰能

5出窩老：指小小年紀思想卻守舊。

說清楚了什麼是眞笑？大概根本就沒有所謂眞笑這麼回事吧？那麼，爲什麼人們還要笑呢？笑的文藝，笑的故事，只是無聊，只是把鄭重的事與該哭的事變成輕微稀鬆，好去敷衍。假若人類要想不再退化，第一要停止笑。所以我不准愛彌耳笑，也永不給他說任何招笑的故事。笑是最賤的麻醉，會鄭重思想的人應當永遠咬著牙，不應以笑張開嘴。愛彌耳不會笑，而且看別人笑非常的討厭。他既不哭，也不笑，他才眞是鐵石作的人，未來的人，永遠不會錯用感情的人，別人愛他與否有什麼要緊，愛彌耳是愛彌耳就完了。

到了他六歲的時候，我開始給他抽象的名詞了，如正義，如革命，如鬥爭等等。這些自然較比的難懂一些，可是教育本是一種漸進的習染，自幼兒聽慣了什麼，就會在將來明白過來，我把這些重要深刻的思想先吹送到他的心裏，占據住他的心，久後必定會慢慢發芽，像把種子埋在土裏一樣，不管種子的皮殼是多麼硬，日子多了就會裂開。我給他解說完了某一名詞，就設法使他應用在日常言語中；並不怕他用錯了。即使他把「吃飯」叫作「革命」，也好，因爲他至少是會說了這麼兩個字。即使他極不邏輯的把一些抽象名詞和事實聯在一處，也好，因爲這只是思想還未成熟，可是在另一方面足以見出他的勇敢的精神。好比說，他因厭惡鄰家的二禿子而喊「打倒二禿子就是救世界」，好的。縱使二禿子的價值沒有這麼高，可是愛彌耳到底有打倒他的勇氣，與救世界的精神。說眞的，在革命的行爲與思想上，精神實在勝於邏輯。我眞喜歡聽愛彌耳的說話，才六七歲他就會四個字一句的說一大片悅耳的話，精練整齊如同標語，愛彌耳說：「我們革命，打倒打倒，犧牲到底，走狗們呀，流血如河，淹死你們……」有了他以前由言語得來的正確知識，加上這自六歲起培養成的正確意識，我敢說這是個絕大的成功。這是一種把孩子的肉全剝掉，血全吸出來，而給他根本改造的辦法。他不會哭笑，像機器一樣的等待作他所應作的事。只有這樣，我以為，才能造就出一個將來的戰士。這樣的戰士應當自幼兒便把快樂犧牲淨盡，把人性連根兒拔去。除了這樣，打算由教育而改善人類才眞是作夢。

在他八歲那年，我開始給他講政治原理。他很愛聽，而且記住了許多政治學的名詞。可惜，不久他就病了。可是我決沒想到他會一病不起。以前他也害過病，我總是一方面給他藥吃，一方面繼續教他工作。小孩子是嬌慣不得的，有點小病就馬上將就他，放縱他，他會吃慣了甜頭而動不動的就裝病玩。我不上這個當。病了也要工作，他自然曉得裝著玩是沒好處的。這回他的病確是不輕，我停止了他的工作，可是還用歷史與革命理論代替故事給他解悶，藥也吃了不少。誰知道他就這麼死了呢！到現在想起來，我大概是疏忽了他的牙齒。他的牙還沒都換完，容或在槽牙那邊兒有了什麼大毛病，而我只顧了給他藥吃，忘了細細檢查他的牙。不然的話，我想無論如何他也不會死，所以當他呼吸停止了的時候，我簡直不能相信那能是眞事！我的愛彌耳！

我沒工夫細說他的一切；想到他的死，我也不願再說了！我一點不懷疑我的教育原理與方法，不過我到底不能完全控制住自己的感情，我的弱點！可是愛彌耳那孩子也是太可愛了！這點傷心可不就是灰心，我到底因愛彌耳而得了許多經驗，我應當高高興興的繼續我的研究與試驗；我確信我

戀

在成都的西龍王街，北平的琉璃廠與早市夜市，濟南的布政司街，我們都常常的可以看到兩種人。第一種是規規矩矩，謹謹愼愼，與常人無異的；他們假若有一點異於常人的地方，就是他們喜歡收藏字畫，銅器，或圖章什麼的。這點嗜好正像愛花，愛狗，或愛蟋蟀那樣的不足爲奇。以職業而言，他們也許是公務人員，也許是中學教師。有時候，我們也看見律師或醫生，在閒暇的時候去搜撿一些小小的珍寶。這些人大致都有點學識。他們的學識使他們能規規矩矩的掙飯吃。他們有的掙得錢多，有的掙得錢少，但他們都是手中一有了餘錢，便花費在使他們心中喜悅而又增加一些風雅的東西上。有時候，他們也不惜借幾塊錢，或當兩件衣服，好使那愛不釋手的玩藝兒能印上自己的圖章，假若那是件可以印上圖章的物件。

第二種人便不是這樣了。他們收藏，可也販賣。他們看著似乎很風雅，可是心中卻與商人沒什麼差別。他們的收藏差不多等於囤積。

現在我們要介紹的莊亦雅先生是屬於第一種的。

莊先生是濟南的一位小紳士。他之取得紳士的地位，絕不是因爲他有多少財產，也不是因他的前輩作過什麼大官。他不過是個普通的大學畢業生，有時候作作科員，有時候去當當中學教師。但是，對人對事都有一份兒熱心，無論是在機關裏，還是學校裏，他總是個受人之托，勞而無怨的人。他不見得準能把事辦得很漂亮，但是他肯於幫朋友的忙。事情辦多，他便有了經驗。社會上大家都是懶惰的，往往因爲自己偷懶，而把別人的一分經驗看成十分。因此，莊先生成爲親友中的重要的人，成爲商店飯館的熟客，成爲地方上的小紳士。

從大體上說，他是個好人。從大體上說，他也是個體面的人。中等身材，圓圓的臉，兩個極黑極亮的眼珠，常常看著自己的胸和鼻子，好像怕人家說他太鋒芒外露似的。他的腿很短，而走路很快，終日老像忙得不得了的樣子。有時候，他穿中山裝；有時候，他穿大褂；材料都不大好，可是全很整潔。襟上老掛著個徽章。

他結了婚，沒有兒女。太太可是住在離城四十多里的鄉村裏。因爲事多，他不常常下鄉，偶爾回一次家，朋友們便都感覺得寂寞，等到他一回來，他的重要就又增加了許多。有好多好多事都等著他的短腿去奔跑呢。

雖然走得很快，他的時時打量著自己胸部或鼻子的眼可是很尖銳。路旁舊貨攤上的一張舊黃紙，或是一個破扇面，都會使他從老遠就殺住腳步，慢慢的湊到攤前，然後好像是絕對偶然立住。他愛字畫。先隨手的摸摸這個，動動那個，然後笑一笑，問問價錢。最後，才順手把那張舊紙或扇面拿起來，看看，搖搖頭，放下；走出兩步，回頭問問價錢，或開口就說出價錢：「這個破扇面，給五毛錢吧。」

塊兒八毛的，一塊兩塊的，他把那些滿是蟲孔的，烏七八黑的，摺皺得像老太婆的臉似的寶貝，拿回去。晚上，他鎖好了屋門，才翻過來掉過去的去欣賞，然後編了號數，極用心的打上圖章，放在一只大楠木箱裏。這點小小的辛苦，會給他一些愉快的疲乏，使他滿意的躺在床上，連夢境都有些古色古香似的。

大小布政司街的古玩鋪，他也時常的進去看看。對於那些完整的，有名的，成千成百論價的作品，他只能抱著歉意的飽一飽眼福。看罷，慚愧的一笑，而後畢恭畢敬的捲好，交還人家。他只能買那值三五塊錢的「殘篇斷簡」，或是沒有行市的小名家的作品。每逢進到這些滿目琳琅的鋪子裏，他就感到自己的寒酸。他本來沒有什麼野心，但是一進古玩店，他便想到假若發了財，把那幾幅最名貴的字畫買回家去，蓋上自己的圖章，該是多麼得意的事呀！

「看一看」便是主顧，這是北方商家的生意經。雖然莊先生只「看」貴的，而買賤的，商人家可並不因此而慢待了他。他們願意他來看，好給他們作義務宣傳。同時，他們有便宜而並不假的東西，還特意的給他留著。他們知道「愛」是會生長的東西，只要他不斷的買小件，有那麼一天他必肯買一件大的。

一來二去，莊先生成了好幾家古玩鋪的朋友。香菸熱茶，不用說，是每去必有了；他們還有時候約他吃老酒呢。他不再慚愧。果然不出所料，他給他們介紹了生意。那些有錢而實在無處去花的人，到最後想到買幾幅字畫，或幾件古董，來作富戶的商標。他們鑽天覓縫的找行家，去代他們作義務的買辦，唯恐花了冤枉錢。很自然的，他們找到莊亦雅先生——既是紳士，又肯幫忙，而且懂眼。

在作這種義務買辦的時候，莊先生感到了興奮與滿意。打開，捲起，再打開；一張名畫經他看多少次，摸多少回，每回都給他帶來欣悅，都使他增加一些眼力與知識。在生意成交之後，買主賣主都請他吃酒。吃酒事小，大家暢談倒事大，他從大家的口中又得到許多知識。再說，幾次生意成交之後，他的地位也增高了許多。可以大膽的拒絕商人們特意給他保留著的小物件了。「這兩天手裏沒閒錢」或是「過兩天再說吧」他這樣的表示出，你們不能塞給我什麼，我就拿什麼，我也有眼力。爲應付這個，商人們又打了個好主意，把他稱作「收藏山東小名家的專家」。以莊先生的財力，收藏家這頭銜是永遠加不到他身上的。而今，他居然被稱爲收藏家了，於是也就不管那個稱號裏邊所含的諷刺，而坦然的領受了。有了這個頭銜以後，莊先生想名符其實的眞去作個專家。他開始注意山東省的小名家，而且另製了一只箱子，專藏這路的作品。現在，他肯花一二十塊，甚至三十塊錢，買一張字或畫了，只要那是他手中還沒有的鄉賢的手跡。他不惜和朋友們借債，或把大衣送到當鋪去；要作個專家就不能不放開一點膽子嘍。這些作品的本身未必都有藝術的價値，擱在以前，他也許連看也不要看，但是現在他要花十塊二十塊的去買來了。收藏是收藏，他可以，甚至應當，和藝術的價值分離，而成爲一種特異的，獨立的，嗜癖與欣悅。

在以前，那用三毛兩毛買來的破紙爛畫的上面，也許只有一朵小花，或兩三個字，是完整的，看得清楚的。但是那的確是一朵美麗的花，或可愛的字。他眞喜愛它們，看了還要再看。他鎖上房門去看它們，一來是爲避免別人來打攪，二來也是怕別人笑他。自從得了專家的稱呼，他不但不再鎖起門來，而且故意的使大家知道了。每逢得到一件新的小寶物，他的屋裏便擁滿了人。他的極黑極亮的眼珠不再看著自己的鼻子，而是興奮的亂轉，腮上泛起兩朵紅的雲。他多少還有點靦腆，但是在輕咳過一兩次後，他的膽子完全壯了起來。他給他們講說那小名家的歷史，作風，和字或畫上的圖章與題跋。他不批評作品的好壞，而等著別人點頭稱讚。假若大家看完，默默不語，他就再給大家講說，暗示出凡是老的，必是好的，而且名家——即使是小名家——的手下是沒有劣品的。他的話很多，他的心跳得很快，直到大家都承認了那是張傑作的時候，他才含笑的把它捲好，輕輕放下；眼珠又去看看鼻子。

他的收入，好幾年沒有什麼顯然的增減。他似乎並不怎樣愛錢。假若不是爲買字畫，他滿可以永遠不考慮金錢的問題。他有教書或作事的本領，而且相當的眞誠，又沒有什麼不良的嗜好，在他想，顧慮生計簡直是多此一舉。

自從被稱爲專家，他感到生活增加了趣味與價值，在另一方面可是有點恨自己無能，不能掙更多的錢，買更好的字畫。雖然如此，他可是不肯把字畫轉手，去賺些錢。好吧壞吧，那是他的收藏，將來也許隨著他入了棺材，而絕對不能出賣。他不是商人。有時候，他會狠心的送給朋友一張畫，或一幅字，可是永沒有賣過。至多，他想，他只能兼一份兒差事，去增加些收入。但是事情多了，他便無暇去溜山水溝，和到布政司街去飽眼福。他需要空閒，因爲每一張東西都須一口氣看幾個鐘頭。

既不能開源，他只好節流。這可就苦了他的太太。本來就不大愛回家，現在他更減少了回去的次數。這樣，每逢休假的日子，他可以去到古玩鋪或到有同好的朋友的家中去坐一整天；要不然，就打開箱子，把所有的收藏都細看一遍，甚至於忘了吃飯。同時，他省下回家來往的路費與零錢。對家中的日用，他狠心的縮減。雖然他也感到一點慚愧，可是細一想呢，欺侮自己的太太總比作別的虧心事要好的多。

在七七抗戰那年的春天，朋友們給莊亦雅賀了四十的壽日。他似乎一向沒有想過他的年紀，及至朋友們來到，他彷彿才明白自己確是四十歲的人了。他是個沒有遠大的志願與無謂的顧慮的人，可是當賀壽的人們散了以後，他也不由的有點感觸。四十歲了，他獨自默想，可有什麼足以誇耀於人的事呢？想來想去，只有一件。幾年來，他已搜集了一百多家山東小名家的字畫。這的確是一點成績。前些日子，楊可昌——濟南的一位我們所謂的第二種收藏家——居然帶來兩個日本人來看他的收藏。當時，他並沒感到什麼得意。反之，那些破紙爛畫使他有點不好意思拿出來。可是，在四十的壽日這天一想，這的確有很大的意義。他跑腿花錢，並不是浪費。即使那些東西是那麼破爛不堪，但是想想看吧，全國裏有誰，有誰，收藏著一百多家山東的小名家呢？沒有第二份兒！連日本人都來參觀，哼，他的這點收藏已使他有了國際的聲譽！他閉上了眼，細細的，反復前後的想，想把這點事看輕，看成不值一笑的事體。然而，這卻千眞萬確，日本人注意到他的收藏是一點也不假。即使自己過火的謙虛，而事實總是事實。想到這裏，他在慚愧，感慨，無可如何之中，感到了一點滿意。生平沒有別的建樹，卻「歪打正著」的成爲收藏家，也就不錯。這一生總算沒有白活。人死留名，雁過留聲呀！爲招待親友，他也很疲乏，但是想到這裏，他又興奮起來，把那一百多家的作品要重新看一遍。拿起任何一張，他都不忍釋手，好像它們又比初買的時候美好了多少倍。就是那些蟲孔都另有一種美麗，那些塵土都另有一種香味。看到第三十二張，他抱著它睡去了。

壽日的第二天，他發了個新的誓願：我，莊亦雅，要有一件眞値錢的東西！

夏初，一家小古玩商得到一張石溪的大幅山水，楊可昌與莊亦雅前後得到了消息。楊先生想賺一筆錢，莊先生想花一筆錢買過來，作傳家之寶。那張山水畫得極好，裱工也講究，可惜在左下角有圖章的地方殘缺了一塊。圖章是看不見了；缺少的一角畫面卻被不知哪個多事的人補上幾筆，補得很惡劣。楊先生是迷信圖章的。既無圖章，而補的那幾筆又是那麼明顯的惡劣，所以他斷定那幅畫是假的。雖然他也知道那是張精品。在鑒賞之外，自然他還另有作用。他想用假畫的價錢買過來，而後轉手賣給日本人。他知道，那張畫確是不錯；而且，即使是假的，日本人也肯出相當高價買去，因爲石溪在東洋正有極大的行市。

楊先生是濟南鑒別古董的權威，而好玩古董的人多數又自己沒長著眼睛，於是石溪的那張畫便成了大家開心的東西。「去看看假石溪呀！」當他們沒有事的時候，就這樣去與那位小古玩商開個小玩笑。來看的人很多，而沒有出價錢的——誰肯出錢買假東西呢？

最後，楊先生，看時機已熟，遞了個價——二百五十元，不賣拉倒。他心中很快活，因爲他一轉手就起碼能賣八百元，乾賺五六百！

莊先生也看準了那張畫。跑了不知多少次，看了不知多少回，他斷定那一定是眞的。每看一次，他的自信心便增高一分，要買到手裏的決定也堅強了一些。但是，每看一次，他的難過也增加了許多。他沒有錢。

有好幾天，他坐臥不安，翻來覆去的自己叨嘮：「收藏貴精不貴多！石溪！石溪！有一張石溪豈不比這兩箱陳穀子爛芝麻強？強得多！這兩箱子算什麼？有一張石溪才鎮得住呀！哪怕從此以後絕對，絕對不再買任何東西呢，這張石溪非拿來不可……」他想去借錢，又不好意思。當衣服？沒有値錢的。怎辦呢？怎辦呢？

及至聽到楊先生出了二百五十元的價，他不能再考慮，不能再坐。一口氣，他跑到小古玩店。他的手心出著汗，心房嘣嘣的亂跳，越要鎮靜，心中越慌，說話都有點結巴：

「我，我，我再看看那張假石溪！」

畫兒打開。他看不清。眼前似乎有一片熱霧遮著。其實他用不著再看，閉著眼他也記得畫上的一切，愣了一會兒，他低聲的說：

「我給五百！明天交錢！怎樣？」

他閉住氣等待回答，像囚犯等著死刑的宣判似的。好容易，他得到了商家的「好吧」兩個字。他昏迷了一小會兒。然後瘋也似的跑回家，把太太的金銀首飾，不容分說的，一股攏總都搶過來，飛快的又往回跑。

他得到了那張畫。

可是，也和楊先生結了仇。

楊先生，因爲沒得到那件賺錢的貨物，到處去宣傳莊亦雅是如何可笑的假內行，花五百元買了一張假畫。全濟南的收藏家幾乎都拿這件事作爲茶餘酒後說笑話的好資料，弄得莊亦雅再也不敢在光天化日之下去逛古玩鋪。可是，他並不妥協，既不肯因閒話而看輕那張畫，也不肯因恢復名譽而把畫偷偷的再賣出去，他仍舊相信，他是用最低的價錢得到一幅傑作。

在六月間，由北平下來一位姓盧的鑒賞家。盧先生的聲望是國際的，字畫上只要有他的圖章，就是歐美的收藏家也不敢微微的搖一搖頭。莊亦雅把那張石溪拿去給盧先生看，盧先生沒說什麼，給畫上打了個圖章。等莊亦雅抱著畫要走的時候，盧先生才很隨便的問了聲：「我給你一千二，你肯讓給我不呢？」莊亦雅沒敢回答什麼，只把畫兒抱緊了一些。「沒關係！」盧先生表示了決不奪人所好。莊亦雅抱歉的，高興的惶惑而興奮的，告了辭。

楊可昌低聲下氣的來看莊亦雅。他知道自己的眼力與聲譽遠不及盧先生。盧先生既說那張石溪是眞的，他自己要是再說它是假的，簡直就是自己打碎自己的飯碗。他想對莊亦雅說明，他以前的話不過是朋友們開開小玩笑，請莊先生不要認眞。莊亦雅沒有見他！

七七抗戰。濟南也與其他的地方一樣，感到極度的興奮。莊亦雅也與別人一樣，受了極大的刺激，日夜期待著勝利的消息。

消息，可是，越來越不好。最使人不安的是車站上的慌亂與擁擠。誰也不知道上哪裏去好，而大家都想動一動；車站上成爲紛亂與動搖的中心。莊先生看著朋友們匆匆的逃往上海，青島，南山，而後又各處逃了回來。他心中極其不安，但是不敢輕意的逃走，他是濟南人，他捨不得老家。再說，即使想逃，應當跑到哪裏去呢？逃出去，怎樣維持生活呢？他決定看一看再說。好在自己還沒有兒女，等到非跑不可的時候，他和太太總會臨時想主意的。

滄州淪陷了，德州撤守了，敵機到了頭上，濼口炸死了人，千佛山上開了高射炮。消息很亂，謠言比消息更亂。莊亦雅決定先下鄉躲一躲。別的且不講，他怕那兩箱子畫和石溪毀滅在炸彈下。腋下夾著溪谿，背上負著一大包袱小名家，他擠出城去。雇不著車子。步行了十里。聽到前邊有匪。他飛快的往回跑。跑回來，他在屋中亂轉了有十分鐘。他不爲自己憂慮什麼；對太太，他簡直的不去費什麼心思。鄉下人有幾畝地，地不會被炮火打碎，用不著關心。他只愁石溪與那些小名家沒有安全的地方去安置。又警報了。他抱著那些字畫藏在了桌子底下。遠處有轟炸的聲響。他心裏說：「炸！炸吧！要死，我教這些字畫殉了葬！」

敵人已越過德州，可是「保境安民」的謠言又給莊亦雅一點希望。他並非完全沒有愛國的心，他不願聽這類可恥的謠言。可是，爲了自己心愛的東西，彷彿投降也未爲不可。

楊可昌來看了他一次，勸他賣出那張石溪，作爲路費，及早的逃走。「你不能和我比，」他勸告莊先生，「我是純粹的收藏家，東洋人曉得。你，你作過公務人員和教員，知識分子，東洋人來到，非殺你的頭不可！」

「殺頭？」莊亦雅愣了一會兒。「殺頭就殺頭，我不能放手我的石溪！」

楊可昌走後，莊先生決定不帶著太太，而只帶著石溪與山東小名家逃出去。但是，走不成。敵機天天炸火車。自己沒關係，石溪比什麼也要緊。他須再等一等。

敵人到了。他並不十分後悔。每天，他抱著石溪等候日本人，自言自語的說：「來吧！我和石溪死在一處！」

等來等去，又把楊先生等來了。

莊亦雅，本是個最心平氣和的人，現在發了怒。這些日子所受的驚恐與痛苦，要一古腦兒在楊可昌身上發洩出來：「你又幹麼來了？國都快亡了，你還想賺錢嗎？」

「不必生氣，」楊可昌笑著說，「聽我慢慢的說。你知道東洋人最精細，咱們誰手裏收藏著什麼，他們全知道。他們知道你有石溪。他們的軍隊到，文人也到。挨家收取古物。你要腦袋呢，交出畫來。要畫呢，犧牲了腦袋！」

「好！我的腦袋，我的畫都是我自己的！請不必替我擔心！」

「你眞算個硬漢！」

「硬不硬，用不著你誇獎！」

「別發脾氣好不好？」楊先生又笑了。「告訴你吧，我不是來跟你要畫，我來給你道喜！」

「道喜？你幹麼跟我開這個玩笑呢？」

楊先生的臉上極嚴肅了：「莊先生！東洋人派我來，請你出山，作教育局長！」

「嗯？」莊亦雅像由夢中被人喚醒似的發出這個聲音來。待了一會兒，「我不能給東洋人作事！」

「我忙得很，咱們脆快的說吧。」楊先生的眼像要施行催眠術似的盯住莊亦雅的臉。「你要肯答應作局長，你可以保存這點世上無雙的收藏，不但保存，東洋人還可以另送你許多好東西呢！你若是不肯呢！他們沒收你的東西，還要治罪——也許有性命之憂吧！怎樣？」

好大半天，莊先生說不出話來。

「怎樣？」楊先生催了一板。

莊先生低著頭，聲音極微的說：「等我想一想！」

「要快。」

「明天我答覆你！」

「現在就要答覆！」楊先生看了手表，「五分鐘內，給我『是』，或是『不是』！」

楊先生的一枝香菸吸完，又看了看表。「怎樣？」

莊亦雅對著那兩只收藏字畫的箱子，眼中含著淚，點了點頭。

戀什麼就死在什麼上。

——原刊於一九四三年三月五日《時與潮文藝》創刊號；
初收錄於一九四四年三月出版之《貧血集》，重慶，文聿出版社

一筒炮臺菸

闞進一在大學畢業後就作助教。三年的工夫，他已升爲講師。求學、作事、爲人，他還像個學生；畢業、助教、講師，都沒能使他忘了以前的自己。在大學畢業的往往像姑娘出嫁，今天還是靦腆的小姐，過了一夜便須變爲善於應付的媳婦。進一不這樣。直到作了講師，他的衣服仍舊是讀書時代的那些，衣袋裏還時常存著花生米。他不吸菸，不喝酒，不會應酬，只有吃花生米是他的嗜好。

作了講師，他還和學生們在一塊去打球和作其他的運動與操作。有時候，他也和學生們一齊站在街上吃烤紅薯，因此，學生們都叫他闞大哥。課後，他的屋裏老擠滿了男女同學，有的問功課，有的約踢球，有的借錢，有的談心。他的屋子很小，可是收拾得極整齊清爽。門外鋪著一個破麻袋，同學們有踏了泥的，必被他勒令去在麻袋上擦鞋底。小几上有個相當大的土磁花瓶，沒有花，便插上幾根青草，或一枝樹葉。女同學們時常給他帶來一點花。把花插好，他必親自把青草或樹葉扔在垃圾箱裏去。他幾乎永遠不支使工友，同學們來到，他總是說一聲：「請不要把東西弄亂，我給你們提開水去。」

雖然接近同學，他可是永遠不敷衍他們。他授課認眞，改卷認眞，考試認眞，因此，他可就得罪了一小部分不用功的學生。在他心裏，凡事按規矩辦理，就是公正無私，而公正無私就不應當引起任何人反感。他並不因爲恨惡誰，才叫誰不及格。同時，他對不及格的學生表示，他極願特別幫助他們在課外補習；因爲給他們補習功課，而犧牲了他自己的運動時間也無所不可。通融辦理，可是，絕對作不到。這個公正無私的態度與辦法，使他覺得他可以暢行無阻，可以毫不費心思而致天下太平。所以，他一天到晚老是快活的，像個無憂無慮的小鳥兒。

但是當他升爲講師的時候，他感到自個兒的快樂，像孤獨的一枝美麗的花，是無法攔阻暴風雨的襲來的。好幾位與他地位相等的朋友，都爭那個講師的位子，他絲毫沒把這件事放在心裏，更不想去向誰說句好話，或折腰。他以爲那是極可恥的事。

聘書落在了他的手中。這，惹惱了競爭地位的同事們，而被他得罪過的同學也隨著興風作浪。他幾乎一點也不曉得，假若聘書落在別人的手中，他一定不會表示什麼不滿意，聘誰和不聘誰是由學校當局作主啊。所以，聘書到了他自己手中，他想別人也無話可說。可是慢慢的，女同學們全不到他的屋中來了；又過了一個時期，男同學也越來越少了。沒有人來，正好，他可以安靜地多讀點書，他想不到風之後，會有什麼大雨下來。謠言都已像熟透了的櫻桃，落在地上，才被他拾起來。他有許多罪過；貪玩不好；教書，巴結學校當局，行爲有乖師道。聯絡學生……還有引誘女生。

他是個粗壯而短矮的人，無論是立著還是躺著。他老像一根柏木樁子似的。模樣長得不錯，而臉色相當的黑；因此，他內心的爽朗與眉眼的端正都遮上了一片微黑的薄雲。好像幫助他表示愛說話似的，他的嘴特別大。每當遇到困難問題，他的大嘴會向左邊——永遠向左邊——歪，直到無可再歪，才又收回來。歪完了嘴而仍解決不了問題，他的第二招是用力的啃手指甲，有時候會啃出血來。

謠言的襲擊，使他歪了幾小時的嘴，而且咬破了手。最後，他把嘴角收回，對自己說：「扯淡！辭職，不幹了！」馬上上了辭職書。並且，絕對不見一個朋友，一個學生。自己的事，自己拿主意，用不著宣傳。

辭呈被退回來，並且附著一封慰留的信。

把文件念了兩三遍，他又歪了嘴，手插在褲袋裏，詳細的打主意。大約有十分鐘吧，他的主意已打定：「謠言總是謠言。學校當局既不信謠言，而信任我，再多說什麼便是故意的囉嗦！算了吧。」對自己說完了這一套，他打開了屋門與窗子，叫陽光直接射到他的黑臉上；一切都光亮起來。極快的買來一包花生米，細細的咀嚼；嚼到最香美的時候，嘴向左邊歪了去。又想起個主意來，趕快結婚，豈不把引誘女生的謠言根本杜絕？對的。他給表妹董秀華打了電報去。

他知道，秀華表妹長得相當的清秀，而脾氣不大很好——小氣，好吵嘴。他想，只有他足以治服她的小嘴；絕對不成問題。他還記得：有一回——大概有五六年了吧——他偷偷吻了她一下，而被她打了個大嘴巴子，打得相當的疼。可是他禁得住；再疼一點也沒關係。別個弱一點的男子大概就受不了，但是他自己毫不在乎，他等著回電。

等了一個星期，沒有回電或快信。他冒了火。在他想，他向秀華求婚，拿句老話來說，可以算作「門當戶對」。他想不出她會有什麼不願意的理由。退一步講，即使她不願接收他，也該快點回封信；一聲不響算什麼辦法呢？在這一個星期裏，他每天要爲這件不痛快的事生上十分鐘左右的氣。最後他想寫一封極厲害的信去教訓教訓秀華。歪著嘴，嚼著花生米，他寫了一封長而厲害的信。寫完，又朗讀了一遍，他吐了口氣。可是，將要加封的時候，他笑了笑，把信撕了。「何必呢！何必呢！她不回信是她不對，可是自己只去了個簡單的電報，人家怎麼答覆呢？算了！算了！也許再等兩天就會來信的。」

又過了五天，他才等到一封信——小白信封，微微有些香粉味；因爲信紙是淺紅的，所以信封上透出一點令人快活的顏色。信的言語可是很短，而且令人難過：「接到電報，莫名其妙！敬祝康健！秀。」

進一對著信上的「莫名其妙」愣了十多分鐘。他想不出道理來，而只覺得婦女是一種奇怪的什麼。買了足夠把兩個人都吃病的花生米，他把一位號稱最明白人情的同事找來請教。

「事情成功了。」同事的告訴他。

「怎麼？」

「你去電報，她遲遲不答，她是等你的信。得不到你的信，所以她說莫名其妙，催你補遞情書啊。你的情書遞上，大事成矣。恭喜！恭喜！」

「好麻煩！好麻煩！」進一啼笑皆非的說，可是，等朋友走後，他給秀華寫了信。這是信，不是情書，因爲他不會說那些肉麻的話。

按照他的想法，戀愛、訂婚、結婚，大概一共有十天就都可以完事了。可是，事情並沒有這麼簡便乾脆。秀華對每件事，即使是最小的事，也詳加考慮——說「故意麻煩」也許更正確一點。「國難期間，一切從簡。」在進一想，是必然的。到結婚這天，他以爲，他只須理理髮，刷刷皮鞋，也就滿夠表示鄭重其事的了。可是，秀華開來的訂婚禮的節目，已足使兩個進一暈倒的。第一，他兩人都得作一套新衣服，包括著帽子、皮鞋、襪子、手帕。第二，須預備二三桌酒席；至不濟，也得在西餐館吃茶點。第三，得在最大的報紙的報頭旁邊，登頭號字的啓事。第四，……進一看一項，心中算一算錢，他至少須有兩萬元才能訂婚！他想乾脆的通知秀華，彼此兩便，各奔前程吧。同時，他也想到：勞民傷財的把一切籌備好，而親友來到的時節誰也說不清到底應當怎樣行禮，除了大家唧咕唧咕一大陣，把點心塞在口中，恐怕就再沒有別的事；假若有的話，那就是小姐們——新娘子算在內——要說笑，又不敢，而只扭扭揑揑的偷著笑。想到這裏，他打了個震動全身的冷顫！非寫信告訴秀華不可：結婚就是結婚，不必格外的表演猴兒戲。結婚應當把錢留起來，預備著應付人口過多時的花費。不能，不能，不能把錢先都花去，叫日後相對落淚。說到天邊上去，他覺得他完全合理，而表妹是瞎胡鬧。他寫好了信——告訴她彼此兩便吧。

好像知道不一定把信發出去似的，也沒有照著習慣寫好信馬上就貼郵票。他把信放在了一邊。秀華太麻煩人，可是，有幾個不囉嗦的女子呢？好吧，和她當面談一談，也當更有效力。

預備了像講義那麼有條理的一片話，他去找秀華。見了面，他的講義完全沒有用處。秀華的話像雨裏的小雹子，東一個，西一個，隨時閃擊過來；橫的，斜的，出其不意的飛來，叫他沒法順暢的說下去。有時候，她的話毫無意義，回答也好，不回答也好，可是適足以擾亂了進一的思路。

最後，他的黑臉上透出一點紫色，額上出了些汗珠。「秀華，說乾脆的，不要亂扯！要不然，我沒工夫陪你說廢話！我走！」

他眞要走，並不是嚇嚇她，也沒有希望什麼意外的效果。可是，秀華讓步了。他開始對著正題發言。商談的結果：凡是她所提出的辦法，一樣也沒撤銷，不過都打了些折扣。進一是爽快的人，只要事情很快的有了辦法，他就不願多爭論。而且，即使他不惜多費唇舌，秀華也不會完全屈服；而弄僵了之後，便更麻煩——事事又須從頭商討一遍啊。

他們訂了婚，結了婚。

在進一想，結婚以後的生活應當比作單身漢的時候更簡單明快一些，因爲自己有了一個幫忙的人。因此，在婚前，他常常管秀華叫作「生活的助教」。及至結了婚，他首先感覺到，生活不但不更簡單一些，反而更複雜得多了。不錯，在許多的小事情上，他的確得到了幫助：什麼縫縫鈕扣，補補襪子呀，現在已經都無須他自己動手了。可是，買針買線，還得他跑腿，而且他所買的總是大針粗線，秀華無論如何也不將就！爲一點針線，他得跑好幾趟。麻煩！麻煩得出奇！

還有秀華不老坐在屋裏安安靜靜的補襪子呀。她有許多計劃，隨時的提將出來。他連頭也不抬，就那麼不著痕跡的，一邊挑花，或看《婦女月刊》，一邊的說：「咱們該請王教授們吃頓飯吧？你都不用管！我會預備！」或者「咱們還得買幾個茶杯。客來了，不夠用的呀！我已經看好了一套，眞不貴！」

進一對抗戰是絕對樂觀的。在婚前，只要一聽到人們抱怨生活困難，他便發表自己的意見！「勒緊了肚子，沒有過不去的事。我們既沒到前線去作戰，還不受點苦？民族的復興，須要經過血火的洗禮！哼！」他以爲生活的困難絕對不足阻礙抗戰的進行，只要我們自己肯像苦修的和尙那麼受苦。他的話不是隨便說的，他自己的生活便是足以使人折服的實例。因此，他敢結婚。他想，秀華也是青年，理應明白抗戰時所應有的生活方式。及至聽到秀華這些計劃，他的嘴歪得幾乎不大好拉回來了。秀華已經告訴他好幾次，不要歪嘴，可是他沒法矯正自己。他想不到秀華會這麼隨便的亂出主意。他可是也不便和她爭辯，因爲爭辯是吵架的起源。

「別以爲我愛花錢請貴客，」秀華不抬頭，而瞟了丈夫一眼，聲音並沒提高，而腔調更沉重了些，「我們作事就得應酬，不能一把死拿'，叫人家看不起咱們！'」

進一開始啃手指甲。他頂恨應酬。憑自己的本領掙飯吃，應酬什麼呢？況且是在抗戰中！但是他不敢對她明言。她是那麼清秀，那麼嬌嫩，彷彿是與他絕對不同的一種人。既然絕對不相同，她就必有她的道理。在體格上，學識上，他絕對相信自己比她強的。他可以控制她。但是，無論怎樣說，她是另一種人，她有他所沒有的一些什麼。他能控制她，或者甚至於強迫她隨著他的意見與行動爲轉移。可是，那並不就算他得到了一切。她所有的，永遠在他自己的身上找不到。她的存在，從某一角度上去看，是完全獨立的。要不然，他幹麼結婚呢？

他只好一聲不響。

秀華挑了眼：「我知道，什麼事都得由著你！我不算人！」她放下手中的東西，眼中微濕的看著他，分明是要挑戰。

他也冒了火。他絲毫沒有以沉默爲武器的意思。他的不出聲是退讓與體諒的表示。她連沉默也不許，也往錯裏想，這簡直是存心嘔氣。還沒把言語預備好，他就開了口，而且聲音相當的直硬：「我告訴你！秀華！」

夫妻第一次開了口戰。誰都有一片大道理，但是因爲語言的慌急，和心中的跳動，誰都越說越沒理；到後來，只求口中的痛快，一點也不管哪叫近情，何謂合理；說著說著，甚至於忘了話語的線索，而隨便用聲音與力氣繼續的投石射箭。

1 一把死拿：指為人處世不懂變通。

經過這一次舌戰，進一有好幾天打不定主意，以後是應該更強硬一點好呢？還是更溫和一點好呢？幸而，秀華有了受孕的徵兆，她懶，臉上發黃，常常嘔吐。進一得到了不用說話而能使感情濃厚的機會，他服侍她，安慰她，給她找來一些吃不吃都可以的小藥。這時候，不管她有多少缺點，進一總覺得自己有應當慚愧的地方。即使鬧氣吵嘴都是由她發動吧，可是她現在正受著一種苦刑，他一點也不能分擔。她的確是另一種人，能夠從自己的身中再變出一個小人來。

看著她，他想像著將要作他的子或女的樣子：頭髮是黑的，還是黃的；鼻子是尖尖的，還是長長的？無論怎麼想，他總覺得他的小孩子一定是可愛的，即使生得不甚俊美，也是可愛的。

在婚前，有許多朋友警告過他！小孩子是可怕的，因爲小人比大人更會花錢。他不大相信。他的自信心叫他敢挺著胸膛去應付一切困難。他的收入很有限，又沒有什麼財產。他知道困難是難免的，但不是不可克服的。一個人在抗戰中，他想，是必須受些苦的。他不能因爲增加收入而改行去作別的。教育是神聖的事業。假若他爲生活舒服而放棄了教職，便和臨陣脫逃的一位士兵一樣。同時，結婚生孩子是最自然的事，一個人必須爲國家生小孩，養小孩，教育小孩。這樣，結婚才有了意義，有了結果。在困苦中，他應當挺著胸準備作父親，不該用皺皺眉和歎氣去迎接一條新生命。困難是無可否認的，但是唯其有困難，敢與困難搏鬥，彷彿才更有意義。

可是，金錢到手裏，就像水放在漏壺裏一樣，不知不覺的就漏沒有了。進一還是穿著那些舊衣服，還是不動菸酒，不虛花一個錢。可是一個月的薪水不夠一個月花的了。要糊過一個月來，他須借貸，他問秀華，秀華的每一個錢都有去路，她並沒把錢打了水漂兒玩。

他不肯去借錢，他甚至看借錢是件可恥的事。但是咬住牙硬不去借，又怎麼渡過一個月去呢？他不能叫懷孕的婦人少吃幾頓飯！

他向來不肯從別人或別處找來原諒自己的理由。不錯，物價是高了，薪水太少，而且自己又組織了家庭。這些都是一算便算得出來的，像二加二等於四那麼顯明。可是，他不肯這麼輕易的把罪過推出去。他總認為家庭中的生活方式不大對，才出了毛病。或者僅是自己完全不對，因為若把罪過都推在秀華身上去，自己還算什麼男子漢大丈夫呢？

秀華有一點錢便給肚中的娃娃預備東西。小鞋，小襪，小毛衣，小圍嘴……都做得相當的考究，美觀。進一很喜歡這些小物件，可是一打聽細毛線和布帛的價錢，他才明白，專就這一項事來說，他的月薪當然不夠花一個月的了，由這一點，他又想到生娃娃和生產以後的費用；大概一個月的薪水還不夠接生的花費呢！秀華的身子是一天比一天的重了。他不敢勸她少給娃娃預備東西，也不敢對她說出生娃娃時候的一切費用。她需要安靜，快樂；他不能在她身體上的苦痛而外，再使她精神上不痛快。他常常出一頭冷汗，而自己用手偷偷的擦去。他相信自己並沒作錯一件事，可是也不知怎的一切都出了岔子。

秀華的娘家相當的有錢，她叫進一去求母親幫忙。他不肯去。他從大學畢業那一天，就沒再用過家中一個錢。那麼，怎好為自己添丁進口而去求岳母呢。他的嘴不是為央求人用的。

這，逼得秀華聲色俱厲的問他：「那麼，怎麼辦呢？」

進一慘笑了一下：「受點苦，就什麼事都辦了！」

爲證明他自己的話合理，進一格外努力的操作。他起得很早，把屋裏屋外收拾得頂整潔，彷彿是說：「你看，秀華，貧苦並無礙於生活的整潔呀！」同時他在一個補習學校兼了鐘點。所得的報酬很少，可是他滿臉笑容的把這一點錢遞在秀華手中：「秀華，別著急，咱們有辦法，咱們年輕輕的，肯出點汗，還能教貧窮給捉住嗎？是不是，秀華？」

秀華很隨便的把那一點錢放在身旁，一語未發。

進一啃了半天手指甲，而後實在忍不住了，才低聲的，懇切的說：

「華！我知道這一點錢太少，沒有什麼用處。可是，積少成多，我再去想別的法子呀。比如說，我可以寫點稿子賣錢。」

「寫稿子！」秀華冷淡的問。

「嗯！」進一想了一會兒：「是這樣，秀華，我盡到我的心，賣盡我的力，去弄錢。可是弄錢只爲解決生活，而不爲弄錢而弄錢。因此，我去兼課，我寫稿子，一方面是增加收入，一方面也還爲教書與作文章有益於別人的事。假若，你以爲我可以用我的心力去作生意，發國難財，除了弄錢別無意義，你就完全把我看錯了！我希望你把我憑良心掙下來的每一個錢，都看成我的愛，我的勞力，我的苦心的一個象徵。你要爲這樣的錢吻我，誇讚我，我才能得到鼓勵，要更要好要強，像一匹駿馬那樣活潑有力，勇敢熱烈！能這樣，我們倆便是一對兒好馬，我們還怕拖不動這一點困苦嗎？笑！秀華！笑！發愁，苦悶，有什麼用處呢！」

秀華很勉強的笑了一笑。她有一肚子的委屈，可是只簡單的縮斂成很短的，沒有頭尾的幾句話：「什麼也沒有，沒有交際，沒有玩耍，沒有……」

「我知道！我知道！每次朋友來，都叫你臉紅。沒有好茶葉，漂亮的點心，沒有香菸……甚至於沒有夠用的凳子和茶碗。可是，朋友們也該知道現在是抗戰時期呀。他們知道這個，就該原諒咱們。假若咱們是由發國難財而有好茶好香菸好茶杯給他們享受，他們和咱們就都沒有了良心，你說是不是？秀華，打起精神來，別再叫我心裏難過！」

秀華沒再說什麼，可是臉上也並沒有一點笑容。進一也不敢再多講，他知道話太多了也不易消化。他去擦皮鞋，掃地，以免彼此對愣著。雖然如此，屋中到底還是沉靜得難堪。

一位朋友來給解了圍。進一的迎接朋友是直爽而熱烈的。有茶，他便倒茶；沒茶，他乾脆說沒有。假若沒有茶，而朋友眞口渴呢，他就是走出二里地也得把茶水弄了來。

這位朋友是來求他作點事。在婚後，正如婚前，進一有求必應的。特別在婚後，他彷彿是故意的作給秀華看：「你說咱們不會招待朋友，朋友有事可是先來求我呀！彼此幫忙才是眞朋友，應酬算什麼呢！」

三言兩語，朋友把事情說清楚；三言兩語，進一說明了他可以幫忙。然後，他三步當作兩步的去給友人辦理那件事。

把事情辦成，他給了友人回話，而後把它放在腦子後頭——進一永遠不愛多說怎樣給別人幫忙的經過；幫忙是應該的，用不著給自己宣傳。

過了幾天，他已經幾乎把這件事忘得一乾二淨了，友人來了，給他道謝。一邊說著話，友人順手的放下一筒兒炮臺菸。

「喝！炮臺！」進一笑著說。「幹什麼？」

「小意思！」友人也笑了笑。「送給你的！」

「我不吸菸！」進一表示不願接收禮物。

「留著招待朋友。遇到會吸菸的。你送他一枝，一枝，他也得喜歡！」說罷，友人就搭訕著告辭了。

送客回來，他看見秀華正拿著那筒菸細細的看呢，倒彷彿從來沒看見過的樣子。

「秀華！」進一笑著叫。「給他送回去吧，反正咱們倆都不抽菸。憑咱們這破桌子爛板凳，擺上這麼一筒菸也不配合！」

「你掂一掂！」秀華把筒兒舉起來。

「幹麼？」

「不像是菸，菸沒有這麼沉重！」

進一接過菸來，掂了一掂。掂了一小會兒，「不是香菸！可也不能是大菸吧？」說著，他把筒的蓋兒掀開。「錢！」

「錢？」秀華探著脖子看。「多少？」

「管他多少呢，我馬上給他送回去！」進一頗用力的把蓋兒蓋好。就要往外走。

「等等！你等等！」秀華立了起來。「到底是怎回事？」

「他托我給說了個情，我給辦到了。沒費我一個銅板，幹麼送我錢呢？」進一又把嘴歪到左邊去。

「大概事情不那麼簡單吧？」秀華慢慢的坐下。「求你的事必不像他說的那麼容易。人家求你，你彷彿吃了蜜，連事情還沒弄明白就一勁兒點頭！」

「管它呢，反正我不能收這點錢！」

「這點錢，他應當給，應當多給！」

「秀華！」進一的臉上很不好看了。「這是賄賂！一文錢也是賄賂！」

說完，進一又要往外走。

從外面進來個二十歲上下的學生，走得慌速，幾乎和進一碰個滿懷。

「闞先生！」學生的眼中含著淚。

「怎麼啦？丁文！」進一關切的問。

「弟弟急性盲腸炎！入院得先交一千，動手術又得一兩千！他疼得翻滾，我沒錢！我們的家在淪陷區！先生，你救命！」丁文把話一氣說完，一下子坐在了小凳上，頭上冒出大汗珠子。

「嗯！」進一手中掂著那個香菸筒，打主意。他好像忘了筒裏裝的是錢，而忽然的想起來。「等我看看！不要著急！」他打開菸筒，把一卷塞得很結實的鈔票用力扯出來。極快的他數了一數。「嘿，整三千！丁文，這不是好來的錢，你願意用嗎？」

丁文幾乎像搶奪似的把一卷票子抓在手中。「先生，人命要緊！」他噗咚一聲跪在地上，磕了一個頭起來，沒再說什麼，像箭頭兒似的飛跑出去。

進一把嘴歪到一邊，向門外發愣。

「進一！」秀華含著怒喊叫，「我不久也得入醫院，也得先交一千，也得花一兩千醫藥費！你怎麼不給我想一想呢？你從哪裏再弄到三千元呢？」

進一慢慢的走過來，輕輕的拍了兩下秀華的肩。「華，天無絕人之路，咱們必有辦法。無論什麼吧，咱們的兒女必要生得乾淨！生得乾淨！」

——原刊於一九四三年十二月一日《文風雜誌》創刊號；初收錄於一九四四年三月出版之《貧血集》，重慶，文聿出版社

歪毛兒

小的時候，我們倆——我和白仁祿——下了學總到小茶館去聽評書。我倆每天的點心錢不完全花在點心上，留下一部分給書錢。雖然茶館掌櫃孫二大爺並不一定要我們的錢，可是我倆不肯白聽。其實，我倆眞不夠聽書的派兒：我那時腦後梳著個小墜根，結著紅繩兒；仁祿梳倆大歪毛。孫二大爺用小笸籮打錢的時候，一到我倆面前便低聲的說，「歪毛子！」把錢接過去，他馬上笑著給我們抓一大把煮毛豆角，或是花生米來：「吃吧，歪毛子！」他不大愛叫我小墜根，我未免有點不高興。可是說眞的，仁祿是比我體面得多。他的臉正像年畫上的白娃娃的，雖然沒有那麼胖。單眼皮，小圓鼻子，清秀好看。一跑，倆歪毛左右開弓的敲著臉蛋，像個撥浪鼓兒。青嫩頭皮，剃頭之後，誰也想輕敲他三下——剃頭打三光。就是稍打重了些，他也不急。

他不淘氣，可是也有背不上書來的時候。歪毛仁祿背不過書來本可以不挨打，師娘不准老師打他，他是師娘的歪毛寶貝：上街給她買一縷白棉花線，或是打倆小錢的醋，都是仁祿的事兒。可是他自己找打。每逢背不上書來，他比老師的脾氣還大。他把小臉憋紅，鼻子皺起一塊兒，對先生說：「不背！不背！」不等老師發作，他又添上：「就是不背，看你怎樣！」老師磨不開臉了，只好拿板子吧。仁祿不擦磨手心，也不遲宕，單眼皮眨巴的特別快，搖著倆歪毛，過去領受平板。打完，眼淚在眼眶裏轉，轉好大半天，像水花打旋而滲不下去的樣兒。始終他不許淚落下來。過了一會兒，他的脾氣消散了，手心搓著膝蓋，低著頭念書，沒有聲音，小嘴像熱天的魚，動得很快很緊。

奇怪，這麼清秀的小孩，脾氣這麼硬。

到了入中學的年紀，他更好看了。還不甚胖，眉眼可是開展了。我們臉上都起了小紅膿泡，他還是那麼白淨。後一天入中學，上一班的學生便有一個擠了他一膀子，然後說：「對不起，姑娘！」仁祿一聲沒出，只把這位學友的臉打成醱麵包子。他不是打架呢，是拚命，連勸架的都受了點罣誤傷。第二天，他沒來上課。他又考入別的學校。

一直有十幾年的工夫，我們倆沒見面。聽說，他在大學畢了業，到外邊去作事。

去年舊曆年前的末一次集，天很冷。千佛山上蓋著些厚而陰寒的黑雲。尖溜溜的小風，鬼似的掏人鼻子與耳唇。我沒事，住得又離山水溝不遠，想到集上看看。集上往往也有幾本好書什麼的。

我以爲天寒人必少，其實集上並不冷靜；無論怎冷，年總是要過的。我轉了一圈，沒看見什麼對我的路子的東西——大堆的海帶菜，財神的紙像，凍得鐵硬的豬肉片子，都與我沒有多少緣分。本想不再繞，可是極南邊有個地攤，擺著幾本書，引起我的注意，這個攤子離別的買賣有兩三丈遠，而且地點是遊人不大來到的。設若不是我已走到南邊，設若不是我注意書籍，我決不想過去。我走過去，翻了翻那幾本書——都是舊英文教科書，我心裏說，大年底下的誰買舊讀本？看書的時候，我看見賣書人的腳，一雙極舊的棉鞋，可是緞子的；襪子還是夏季的單線襪。別人都跺跺著腳，天是眞冷；這雙腳好像凍在地上，不動。把書合上我便走開了。

大概誰也有那個時候：一件極不相干的事，比如看見一群螞蟻擒住一個綠蟲，或是一個癩狗被打，能使我們不痛快半天，那個掙扎的蟲或是那條癩狗好似貼在我們心上，像塊病似的。這雙破緞子鞋就是這樣貼在我的心上。走了幾步，我不由的回了頭。賣書的正彎身擺那幾本書呢。其實我並沒給弄亂：只那麼幾本，也無從亂起。我看出來，他不是久幹這個的。逢集必趕的賣零碎的不這樣細心。他穿著件舊灰色棉袍，很單薄，頭上戴著頂沒人要的老式帽頭。由他的身上，我看到南圩子牆，千佛山，山上的黑雲，結成一片清冷。我好似被他吸引住了。決定回去，雖然覺得不好意思的。我知道，走到他跟前，我未必敢端詳他。他身上有那麼一股高傲勁兒，像破廟似的，雖然破爛而仍令人心中起敬。我說不上來那幾步是怎樣走回去的，無論怎說吧，我又立在他面前。

我認得那兩隻眼，單眼皮兒。其餘的地方我一時不敢相認，最清楚的記憶也不敢反抗時間，我倆已十幾年沒見了。他看了我一眼，趕快把眼轉向千佛山去：一定是他了，我又認出這個神氣來。

「是不是仁祿哥？」我大著膽問。

他又掃了我一眼，又去看山，可是極快的又轉回來。他的瘦臉上沒有任何表示，只是腮上微微的動了動，傲氣使他不願與我過話，可是「仁祿哥」三個字打動了他的心。他沒說一個字，拉住我的手。手冰硬。臉朝著山，他無聲的笑了笑。

「走吧，我住的離這兒不遠。」我一手拉著他，一手拾起那幾本書。

他叫了我一聲。然後待了一會兒，「我不去！」

我抬起頭來，他的淚在眼內轉呢。我鬆開他的手，把幾本書夾起來，假裝笑著，「你走也得走，不走也得走！」

「待一會兒我找你去好了。」他還是不動。

「你不用！」我還是故意打哈哈似的說：「待一會兒？管保再也找不到你了？」

他似乎要急，又不好意思；多麼高傲的人也不能不原諒梳著小辮時候的同學。一走路，我才看出他的肩往前探了許多。他跟我來了。

沒有五分鐘便到了家。一路上，我直怕他和我轉了影壁。他坐在屋中了，我才放心，彷彿一件寶貝確實落在手中。可是我沒法說話了。問他什麼呢？怎麼問呢？他的神氣顯然的是很不安，我不肯把他嚇跑了。

想起來了，還有瓶白葡萄酒呢。找到了酒，又發現了幾個金絲棗。好吧，就拿這些待客吧。反正比這麼僵坐著強。他拿起酒杯，手有點顫。喝下半杯去，他的眼中濕了一點，濕得像小孩冬天下學來喝著熱粥時那樣。

「幾時來到這裏的？」我試著步說。

「我？有幾天了吧？」他看著杯沿上一小片木塞的碎屑，好像是和這片小東西商議呢。

「不知道我在這裏？」

「不知道。」他看了我一眼，似乎表示有許多話不便說，也不希望我再問。

我問定了。討厭，但我倆是幼年的同學。「在哪兒住呢？」

他笑了，「還在哪兒住？憑我這個樣？」還笑著，笑得極無聊。

「那好了，這兒就是你的家，不用走了。咱們一塊兒聽鼓書去。趵突泉有三四處唱大鼓的呢：《老殘遊記》，嘜？」我想把他哄喜歡了。「記得小時候一同去聽《施公案》？」

我的話沒得到預期的效果，他沒言語。但是我不失望。勸他酒，酒會打開人的口。還好，他對酒倒不甚拒絕，他的倆臉漸漸有了紅色。我的主意又來了：

「說，吃什麼？麵條？餃子？餅？說，我好去預備。」

「不吃，還得賣那幾本書去呢！」

「不吃？你走不了！」

---

1 我直怕他和我轉了影壁：我擔心他一溜煙不見了蹤影。影壁，古時立在房屋門內或門外的一道牆，用以遮擋視線，也稱照壁、照牆；亦有木製材質，下方有底座，可移動。

待了老大半天，他點了點頭，「你還是這麼活潑！」

「我？我也不是咱們梳著小辮時的樣子了！光陰多麼快，不知不覺的三十多了，想不到的事！」

「三十多也就該死了。一個狗才活十來年。」

「我還不那麼悲觀。」我知道已把他引上了路。

「人生還就不是個好玩藝！」他歎了口氣。

隨著這個往下說，一定越說越遠：我要知道的是他的遭遇。我改變了戰略，開始告訴他我這些年的經過，好歹的把人生與悲觀扯在裏面，好不顯著生硬。費了許多周折，我才用上了這個公式——「我說完了，該聽你的了。」

其實他早已明白我的意思，始終他就沒留心聽我的話。要不然，我在引用公式以前還得多繞幾個彎兒呢。他的眼神把我的話刪短了好多。我說完，他好似沒法子了，問了句：「你叫我說什麼吧？」

這真使我有點難堪。律師不是常常逼得犯人這樣問麼？可是我扯長了臉，反正我倆是有交情的。爽性直說了吧，這或者倒合他的脾氣：

「你怎麼落到這樣？」

他半天沒回答出。不是難以出口，他是思索呢。生命是沒有什麼條理的，老朋友見面不是常常相對無言麼？

「從哪裏說起呢？」他好像是和生命中那些小岔路商議呢。「你記得咱們小的時候，我也不短挨打？」

「記得，都是你那點怪脾氣。」

「還不都在乎脾氣，」他微微搖著頭。「那時候咱倆還都是小孩子，所以我沒對你說過；說眞的那時節我自己也還沒覺出來是怎回事。後來我才明白了，是我這兩隻眼睛作怪。」

「不是一雙好好的眼睛嗎？」我說。

「平日是好好的一對眼；不過，有時候犯病。」

「怎樣犯病？」我開始懷疑莫非他有點精神病。

「並不是害眼什麼的那種肉體上的病，是種沒法治的毛病。有時候忽然來了，我能看見些——我叫不出名兒來。」

「幻象？」我想幫他的忙。

「不是幻象，我並沒看見什麼綠臉紅舌頭的。是些形象。也還不是形象；是一股神氣。舉個例說，你就明白了，你記得咱們小時候那位老師？很好的一個人，是不是？可是我一犯病，他就非常的可惡，我所以跟他橫著來了。過了一會兒，我的病犯過去，他還是他，我白挨一頓打。只是一股神氣，可惡的神氣。」

我沒等他說完就問：「你有時候你也看見我有那股神氣吧？」

他微笑了一下：「大概是，我記不甚清了。反正咱倆吵過架，總有一回是因爲我看你可惡。萬幸，我們一入中學就不在一處了。不然……你知道，我的病越來越深。小的時候，我還沒覺出這個來，看見那股神氣只鬧一陣氣就完了；後來，我管不住自己了，一旦看出誰可惡來，就是不打架，也不能再和他交往，連一句話也不肯過。現在，在我的記憶中只有幼年的一切是甜蜜的，因爲那時病還不深。過了二十，凡是可惡的都記在心裏！我的記憶是一堆醜惡相片！」他愣起來了。

「人人都可惡？」我問。

「在我犯病的時節，沒有例外。父母兄弟全可惡。要是敷衍，得敷衍一切，生命那才難堪。要打算不敷衍，得見一個打一個，辦不到。慢慢的，我成了個無家無小沒有一個朋友的人。幹麼再交朋友呢？怎能交朋友呢？明知有朝一日便看出他可惡！」

我插了一句：「你所謂的可惡或者應當改爲軟弱，人人有個弱點，不見得就可惡。」

「不是弱點。弱點足以使人生厭，可也能使人憐憫。譬如對一個愛喝醉了的人，我看見的不是這個。其實不用我這對眼也能看出點來，你不信這麼試試，你也能看出一些，不過不如我的眼那麼強就是了。你不用看人臉的全部，而單看他的眼，鼻子，或是嘴，你就看出點可惡來。特別是眼與嘴，有時一個人正和你講道德說仁義，你能看見他的眼中有張活的春畫正在動。那嘴，露著牙噴糞的時節單要笑一笑！越是上等人越可惡。沒受過教育的好些，也可惡，可是可惡得明顯一些；上等人會遮掩。假如我沒有這麼一對眼，生命豈不是個大騙局？還舉個例說吧，有一回我去看戲，旁邊來了個三十多歲的人，很體面，穿得也講究。我的眼一斜，看出來，他可惡。我的心中冒了火。不干我的事，誠然；可是，爲什麼可惡的人單要一張體面的臉呢？這是人生的羞恥與錯處。正在這麼個當兒，查票了。這位先生沒有票，瞪圓了眼向查票員說：「我姓王，沒買過票，就是日本人查票，我姓王的還是不買！」我沒法管束自己了。我並不是要懲罰他，是要把他的原形眞面目打出來。我給了他一個頂有力的嘴巴。你猜他怎樣？他嘴裏嚷著，走了。要不怎說他可惡呢。這不是弱點，是故意的找打——只可惜沒人常打他。他的原形是追著叫化子亂咬的母狗。幸而我那時節犯了病，不然，他在我眼中也是個體面的雄狗了。」

「那麼你很願意犯病！」我故意的問。

他似乎沒聽見，我又重了一句，他又微笑了笑。「我不能說我以這個爲一種享受；不過，不犯病的時候更難堪——明知人們可惡而看不出，明知是夢而醒不了。病來了，無論怎樣吧，我不至於無聊。你看，說打就打，多少有點意思。最有趣的是打完了人，人們還不敢當面說我什麼，只在背後低聲的說，這是個瘋子。我沒遇上一個可惡而硬掙的人；都是些虛僞的軟蛋。有一回我指著個軍人的臉說他可惡，他急了，把槍掏出來，我很喜歡。我問他：你幹什麼？哼，他把槍收回去了，走出老遠才敢回頭看我一眼；可惡而沒骨頭的東西！」他又愣了一會兒。「當初，我是怕犯病。一犯病就吵架，事情怎會作得長遠？久而久之，我怕不犯病了。不犯病就得找事去作，閒著是難堪的事。可是有事便有人，有人就可惡。一來二去，我立在了十字路口：長期的抵抗呢？還是敷衍一下？不能決定。病犯了不由的便惹是非，可是也有一月兩月不犯的時候。我能專等著犯病，什麼也不幹？不能！剛要幹點什麼，病又來了。生命彷彿是拉鋸玩呢。有一回，半年多沒犯病。好了，我心裏說，再找回人生的舊轍吧；既然不願放火，煙還是由菸筒出去好。我回了家，老老實實去作孝子賢孫。臉也常刮一刮，表示出誠意的敷衍。既然看不見人中的狗臉，我假裝看見狗中的人臉，對小貓小狗都很和氣，閒著也給小貓梳梳毛，帶著狗去溜個圈。我與世界復合了。人家世界本是熱熱鬧鬧的混，咱幹麼非硬拐硬碰不可呢。這時候，我的文章作多了。第一，我想組織家庭，把油鹽柴米的責任加在身上也許會治好了病。況且，我對婦人的印象比較的好。在我的病眼中經過的多數是男人。雖然這也許是機會不平的關係，可是我硬認定女子比男子好一些。作文章嗎？人們大概都很會替生命作文章。我想，自要找到個理想的女子，大概能馬馬虎虎的混幾十年。文章還不盡於此，原先我不是以眼的經驗斷定人人可惡嗎，現在改了。我這麼想了：人人可惡是個推論，我並沒親眼看見人人可惡呀。也許人人可惡，而我不永遠是犯著病，所以看不出。可也許世上確有好人，完全人，就是立在我的病眼前面，我也看不出他可惡來。我並不曉得哪時犯病；看見面前的人變了樣，我才曉得我是犯了病？焉知沒有我已犯病而看不出人家可惡的時候呢？假如那是個根本不可惡的人。這麼一作文章，我的希望更大了。我決定不再硬了，結婚，組織家庭，生胖小子；人家都快活的過日子，我幹麼放著熟葡萄不吃，單撿酸的吃呢？文章作得不錯。」

他休息了一會兒，我沒敢催促他。給他滿上了酒。

「還記得我的表妹？」他突然的問：「咱們小時候和她一塊兒玩耍過。」

「小名叫招弟兒？」我想起來，那時候她耳上戴著倆小綠玉艾葉兒。

「就是。她比我小兩歲，還沒出嫁；等著我呢，好像是。想作文章就有材料，你看她等著我呢。我對她說了一切，她願意跟我。我倆訂了婚。」他又半天沒言語，連喝了兩三口酒。「有一天，我去找她，在路上我又犯了病。一個七八歲小女孩，拿著個粗碗，正在路中走。來了輛汽車。聽見喇叭響，她本想往前跑，可是跑了一步，她又退回來了。車到了跟前，她蹲下了。車幸而猛的收住。在這個工夫，我看見車夫的臉，非常的可惡。在事實上他停住了車；心裏很願意把那個小女孩軋死，軋，來回的軋，軋碎了。作文章才無聊呢。我不能再找表妹去了。我的世界是個醜惡的，我不能把她也拉進來。我又跑了出來；給她一封極簡短的信——不必再等我了。有過希望以後，我硬不起來了。我忽然的覺到，焉知我自己不可惡呢，不更可惡呢？這一疑慮，把硬氣都跑了。以前，我見著可惡的便打，至少是瞪他那麼一眼，使他哆嗦半天。我雖不因此得意，可是非常的自信——信我比別人強。及至一想結婚，與世界共同敷衍，壞了；我原來不比別人強，不過只多著雙病眼罷了。我再沒有勇氣去打人了，只能消極的看誰可惡就躲開他。很希望別人指著臉子說我可惡，可是沒人肯那麼辦。」他又愣了一會兒。「生命的眞文章比人作得更周到？你看，我是剛從獄裏出來。是這麼回事，我和土匪們一塊混來著。我既是也可惡，跟誰在一塊不可以呢。我們的首領

開市大吉

我，老王，和老邱，湊了點錢，開了個小醫院。老王的夫人作護士主任，她本是由看護而高升爲醫生太太的。老邱的岳父是庶務兼會計。我和老王是這麼打算好，假如老丈人報花賬或是攜款潛逃的話，我們倆就揍老邱；合著老邱是老丈人的保證金。我和老王是一黨，老邱是我們後約的，我們倆總得防備他一下。辦什麼事，不拘多少人，總得分個黨派，留個心眼。不然，看著便不大像回事兒。加上王太太，我們是三個打一個，假如必須打老邱的話。老丈人自然是幫助老邱嘍，可是他年歲大了，有王太太一個人就可把他的鬍子扯淨了。老邱的本事可眞是不錯，不說屈心的話。他是專門割痔瘡，手術非常的漂亮，所以請他合作。不過他要是找揍的話，我們也不便太厚道了。

我治內科，老王花柳，老邱專門痔漏兼外科，王太太是看護士主任兼產科，合著我們一共有四科。我們內科，老老實實的講，是地道二五八[1]。一分錢一分貨，我們的內科收費可少呢。要敲是敲花柳與痔瘡，老王和老邱是我們的希望。我和王太太不過是配搭，她就根本不是大夫，對於生產的經驗她有一些，因爲她自己生過兩個小孩。至於接生的手術，反正我有太太決不叫她接生。可是我們得設產科，產科是最有利的。只要順順當當的產下來，至少也得住十天半月的；稀粥爛飯的對付著，住一天拿一天的錢。要是不順順當當的生產呢，那看事作事，臨時再想主意。活人還能叫尿憋死？

我們開了張。「大眾醫院」四個字在大小報紙已登了一個半月。名字起得好——辦什麼賺錢的事兒，在這個年月，就是別忘了「大眾」。不賺大眾的錢，賺誰的？這不是眞情實理嗎？自然在廣告上我們沒這麼說，因爲大眾不愛聽實話的；我們說的是：「爲大眾而犧牲，爲同胞謀幸福。一切科學化，一切平民化，溝通中西醫術，打破階級思想。」眞花了不少廣告費，本錢是得下一些的。把大眾招來以後，再慢慢收拾他們。專就廣告上看，誰也不知道我們的醫院有多麼大。院圖是三層大樓，那是借用近鄰轉運公司的相片，我們一共只有六間平房。

我們開張了。門診施診一個星期，人來得不少，還眞是「大眾」，我挑著那稍像點樣子的都給了點各色的蘇打水，不管害的是什麼病。這樣，延遲過一星期好正式收費呀；那眞正老號的大眾就乾脆連蘇打水也不給，我告訴他們回家洗洗臉再來，一臉的滋泥[2]，吃藥也是白搭。

忙了一天，晚上我們開了緊急會議，專替大眾不行啊，得設法找「二眾」。我們都後悔了，不

1 二五八：外行人。
2 滋泥：爛污泥巴。

該叫「大眾醫院」。有大眾而沒貴族，由哪兒發財去？醫院不是煤油公司啊，早知道還不如乾脆叫「貴族醫院」呢。老邱把刀子沾了多少回消毒水，一個割痔瘡的也沒來！長痔瘡的闊老誰能上「大眾醫院」來割？

老王出了主意：明天包一輛能駛的汽車，我們輪流的跑幾趟，把二姥姥接來也好，把三舅母裝來也行。一到門口看護趕緊往裏攙，接上這麼三四十趟，四鄰的人們當然得佩服我們。

我們都很佩服老王。

「再賃幾輛不能駛的。」老王接著說。

「幹麼？」我問。

「和汽車行商量借給咱們幾輛正在修理的車，在醫院門口放一天。一會兒叫咕嘟一陣。上咱們這兒看病的人老聽外面咕嘟咕嘟的響，不知道咱們又來了多少坐汽車的。外面的人呢，老看著咱們的門口有一隊汽車，還不唬住？」

我們照計而行，第二天把親戚們接了來，給他們碗茶喝，又給送走。兩個女看護是見一個攙一個，出來進去，一天沒住腳。那幾輛不能活動而能咕嘟的車由一天亮就運來了，五分鐘一陣，輪流的咕嘟，剛一出太陽就圍上一群小孩。我們給汽車隊照了個相，托人給登晚報。老邱的丈人作了篇八股，形容汽車往來的盛況。當天晚上我們都沒能吃飯，車咕嘟得太厲害了，大家都有點頭暈。

不能不佩服老王，第三天剛一開門，汽車，進來位軍官。

老王急於出去迎接，忘了屋門是那麼矮，頭上碰了個大包。花柳；老王顧不得頭上的包了，臉笑得一朵玫瑰似的，似乎再碰它七八個包也沒大關係。三言五語，賣了一針六〇六。我們的兩位女看護給軍官解開制服，然後四隻白手扶著他的胳臂，王太太過來先用小胖食指在針穴輕輕點了兩下，然後老王才給用針。軍官不知道東西南北了，看著看護一個勁兒說：「得勁！得勁！得勁！」我在旁邊說了話，再給他一針。老邱也是福至心靈，早預備好了——香片茶加了點鹽。老王叫看護扶著軍官的胳臂，王太太又過來用小胖食指點了點，一針香片下去了。軍官還說得勁，老王這回是自動的又給了他一針龍井。我們的醫院裏吃茶是講究的，老是香片龍井兩著沏。兩針茶，一針六〇六，我們收了他二十五塊錢。本來應當是十元一針，因為三針，減收五元。我們告訴他還得接著來，有十次管保除根。反正我們有的是茶，我心裏說。

把錢交了，軍官還捨不得走，老王和我開始跟他瞎扯，我就誇獎他的不瞞著病——有花柳，趕快治，到我們這裏來治，準保沒危險。花柳是偉人病，正大光明，有病就治，幾針六〇六，完了，什麼事也沒有。就怕像鋪子裏的小夥計，或是中學的學生，得了藥藏藏掩掩，偷偷的去找老虎大夫，或是袖口來袖口去買私藥——廣告專貼在公共廁所裏，非糟不可。軍官非常贊同我的話，告訴我他已上過二十多次醫院。不過哪一回也沒有這一回舒服。我沒往下接碴兒。

老王接過去，花柳根本就不算病，自要勤扎點六〇六。軍官非常贊同老王的話，並且有事實為證——他老是不等完全好了便又接著去逛；反正再扎幾針就是了。老王非常贊同軍官的話，並且願拉個主顧，軍官要是長期扎扎的話，他願減收一半藥費：五塊錢一針。包月也行，一月一百塊錢，不論扎多少針。軍官非常贊同這個主意，可是每次得照著今天的樣子辦，我們都沒言語，可是笑著點了點頭。

軍官汽車剛開走，迎頭來了一輛，四個丫鬟攙下一位太太來。一下車，五張嘴一齊問：有特別房沒有？我推開一個丫鬟，輕輕的托住太太的手腕，攙到小院中。我指著轉運公司的樓房說，「那邊的特別室都住滿了。您還算得湊巧，這裏——我指著我們的幾間小房說——還有兩間頭等房，您暫時將就一下吧。其實這兩間比樓上還舒服，省得樓上樓下的跑，是不是，老太太？」

老太太的第一句話就叫我心中開了一朵花，「唉，這還像個大夫——病人不爲舒服，上醫院來幹麼？東生醫院那群大夫，簡直的不是人！」

「老太太，您上過東生醫院？」我非常驚異的問。

「剛由那裏來，那群王八羔子！」

乘著她罵東生醫院——憑良心說，這是我們這裏最大最好的醫院——我把她攙到小屋裏，我知道，我要是不引著她罵東生醫院，她決不會住這間小屋，「您在那兒住了幾天？」我問。

「兩天；兩天就差點要了我的命！」老太太坐在小床上。我直用腿頂著床沿，我們的病床都好，就是上了點年紀，愛倒。「怎麼上那兒去了呢？」我的嘴不敢閒著，不然，老太太一定會注意到我的腿的。

「別提了！一提就氣我個倒仰——。你看，大夫，我害的是胃病，他們不給我東西吃！」老太太的淚直要落下來。

「不給您東西吃？」我的眼都瞪圓了。「有胃病不給東西吃？蒙古大夫！就憑您這個年紀？老太太您有八十了吧？」

老太太的淚立刻收回去許多，微微的笑著：「還小呢。剛五十八歲。」

「和我的母親同歲，她也是有時候害胃口疼！」我抹了抹眼睛。「老太太，您就在這兒住吧，我準把那點病治好了。這個病全仗著好保養，想吃什麼就吃：吃下去，心裏一舒服，病就減去幾分，是不是，老太太？」

老太太的淚又回來了，這回是因爲感激我。「大夫，你看，我專愛吃點硬的，他們偏叫我喝粥，這不是故意氣我嗎？」

「您的牙口好，正應當吃口硬的呀！」我鄭重的說。

「我是一會兒一餓，他們非到時候不准我吃！」

「糊塗東西們！」

「半夜裏我剛睡好，他們把小玻璃棍放在我嘴裏，試什麼度。」

「不知好歹！」

「我要便盆，那些看護說，等一等，大夫就來，等大夫查過病去再說！」

「該死的玩藝兒！」

「我剛掙扎著坐起來，看護說，躺下。」

「討厭的東西！」

我和老太太越說越投緣，就是我們的屋子再小一點，大概她也不走了。爽性我也不再用腿頂著床了，即使床倒了，她也能原諒。

「你們這裏也有看護呀？」老太太問。

「有，可是沒關係，」我笑著說。「您不是帶來四個丫鬟嗎？叫她們也都住院就結了。您自己的人當然伺候得周到；我乾脆不叫看護們過來，好不好？」

「那敢情好啦，有地方呀？」老太太好像有點過意不去了。「有地方，您乾脆包了這個小院吧。四個丫鬟之外，不妨再叫個廚子來，您愛吃什麼吃什麼。我只算您一個人的錢，丫鬟廚子都白住，就算您五十塊錢一天。」

老太太歎了口氣：「錢多少的沒有關係，就這麼辦吧。春香，你回家去把廚子叫來，告訴他就手兒帶兩隻鴨子來。」

我後悔了：怎麼才要五十塊錢呢？眞想抽自己一頓嘴巴！幸而我沒說藥費在內；好吧，在藥費上找齊兒就是了；反正看這個來派，這位老太太至少有一個兒子當過師長。況且，她要是天天吃火燒夾烤鴨，大概不會三五天就出院，事情也得往長裏看。

醫院很有個樣子了：四個丫鬟穿梭似的跑出跑入，廚師傅在院中牆根砌起一座爐灶，好像是要辦喜事似的。我們也不客氣，老太太的果子隨便拿起就嘗，全鴨子也吃它幾塊。始終就沒人想起給她看病，因爲注意力全用在看她買來什麼好吃食。

老王和我總算開了張，老邱可有點掛不住了。他手裏老拿著刀子。我都直躲他，恐怕他拿我試試手。老王直勸他不要著急，可是他太好勝，非也給醫院弄個幾十塊不甘心。我佩服他這種精神。

吃過午飯，來了！割痔瘡的！四十多歲，胖胖的，肚子很大。王太太以爲他是來生小孩，後來看清他是男性，才把他讓給老邱。老邱的眼睛都紅了。三言五語，老邱的刀子便下去了。四十多歲的小胖子疼得直叫喚，央告老邱用點麻藥。老邱可有了話：

「咱們沒講下用麻藥哇！用也行，外加十塊錢。用不用？快著！」

小胖子連頭也沒敢搖。老邱給他上了麻藥。又是一刀，又停住了：「我說，你這可有管子，剛才咱們可沒講下割管子。還往下割不割？往下割的話，外加三十塊錢。不的話，這就算完了。」

我在一旁，暗伸大指，眞有老邱的！拿住了往下敲，是個辦法！

四十多歲的小胖子沒有駁回，我算計著他也不能駁回。老邱的手術漂亮，話也說得脆，一邊割管子一邊宣傳：「我告訴你，這點事兒値得你二百塊錢；不過，我們不敲人；治好了只求你給傳傳名。趕明天你有工夫的時候，不妨來看看。我這些傢伙用四萬五千倍的顯微鏡照，照不出半點微生物！」胖子一聲也沒出，也許是氣糊塗了。

老邱又弄了五十塊。當天晚上我們打了點酒，托老太太的廚子給作了幾樣菜。菜的材料多一半是利用老太太的。一邊吃一邊討論我們的事業，我們決定添設打胎和戒菸。老王主張暗中宣傳檢查身體，凡是要考學校或保壽險的，哪怕已經作下壽衣，預備下棺材，我們也把體格表填寫得好好的；只要交五元的檢查費就行。這一案也沒費事就通過了。老邱的老丈人最後建議，我們匀出幾塊錢，自己掛塊匾。老人出老辦法。可是總算有心愛護我們的醫院，我們也就沒反對。老丈人已把匾文擬好——仁心仁術。陳腐一點，不過也還恰當。我們議決，第二天早晨由老丈人上早市去找塊舊匾。王太太說，把匾油飾好，等門口有過娶婦的，借著人家的樂隊吹打的時候，我們就掛匾。到底婦女的心細，老王特別顯著驕傲。

——原刊於一九三三年十月號《矛盾》第四卷第二期；
初收錄於一九三四年九月出版之《趕集》，上海，良友圖書印刷公司

月牙兒

一

是的，我又看見月牙兒了，帶著點寒氣的一鉤兒淺金。多少次了，我看見跟現在這個月牙兒一樣的月牙兒；多少次了。它帶著種種不同的感情，種種不同的景物，當我坐定了看它，它一次一次的在我記憶中的碧雲上斜掛著。它喚醒了我的記憶，像一陣晚風吹破一朵欲睡的花。

二

那第一次，帶著寒氣的月牙兒確是帶著寒氣。它第一次在我的雲中是酸苦，它那一點點微弱的淺金光兒照著我的淚。那時候我也不過是七歲吧，一個穿著短紅棉襖的小姑娘。戴著媽媽給我縫的一頂小帽兒，藍布的，上面印著小小的花，我記得。我倚著那間小屋的門垛，看著月牙兒。屋裏是藥味，菸味，媽媽的眼淚，爸爸的病；我獨自在臺階上看著月牙，沒人招呼我，沒人顧得給我作晚飯。我曉得屋裏的慘淒，因為大家說爸爸的病……可是我更感覺自己的悲慘，我冷，餓，沒人理我。一直的我立到月牙兒落下去。什麼也沒有了，我不能不哭。可是我的哭聲被媽媽的壓下去；爸，不出聲了，面上蒙了塊白布。我要掀開白布，再看看爸，可是我不敢。屋裏只是那麼點點地方，都被爸占了去。媽媽穿上白衣，我的紅襖上也罩了個沒縫襟邊的白袍，我記得，因爲不斷地撕扯襟邊上的白絲兒。大家都很忙，嚷嚷的聲兒很高，哭得很慟，可是事情並不多，也似乎值不得嚷：爸爸就裝入那麼一個四塊薄板的棺材裏，到處都是縫子。然後，五六個人把他抬了走。媽和我在後邊哭。我記得爸，記得爸的木匣。那個木匣結束了爸的一切：每逢我想起爸來，我就想到非打開那個木匣不能見著他。但是，那木匣是深深地埋在地裏，我明知在城外哪個地方埋著它，可又像落在地上的一個雨點，似乎永難找到。

三

媽和我還穿著白袍，我又看見了月牙兒。那是個冷天，媽媽帶我出城去看爸的墳。媽拿著很薄很薄的一羅兒紙。媽那天對我特別的好，我走不動便背我一程，到城門上還給我買了一些炒栗子。什麼都是涼的，只有這些栗子是熱的；我捨不得吃，用它們熱我的手。走了多遠，我記不清了，總該是很遠很遠吧。在爸出殯的那天，我似乎沒覺得這麼遠，或者是因爲那天人多；這次只是我們娘兒倆，媽不說話，我也懶得出聲，什麼都是靜寂的；那些黃土路靜寂得沒有頭兒。天是短的，我記得那個墳：小小的一堆兒土，遠處有一些高土崗兒，太陽在黃土崗兒上頭斜著。媽媽似乎顧不得我了，把我放在一旁，抱著墳頭兒去哭。我坐在墳頭的旁邊，弄著手裏那幾個栗子。媽哭了一陣，把那點紙焚化了，一些紙灰在我眼前捲成一兩個旋兒，而後懶懶地落在地上；風很小，可是很夠冷的。媽媽又哭起來。我也想爸，可是我不想哭他；我倒是爲媽媽哭得可憐而也落了淚。過去拉住媽媽的手：「媽不哭！不哭！」媽媽哭得更慟了。她把我摟在懷裏。眼看太陽就落下去，四外沒有一個人，只有我們娘兒倆。媽似乎也有點怕了，含著淚，扯起我就走，走出老遠，她回頭看了看，我也轉過身去：爸的墳已經辨不清了；土崗的這邊都是墳頭，一小堆一小堆，一直擺到土崗底下。媽媽歎了口氣。我們緊走慢走，還沒有走到城門，我看見了月牙兒。四外漆黑，沒有聲音，只有月牙兒放出一道兒冷光。我乏了，媽媽抱起我來。怎樣進的城，我就不知道了，只記得迷迷糊糊的天上有個月牙兒。

四

剛八歲，我已經學會了去當東西。我知道，若是當不來錢，我們娘兒倆就不要吃晚飯；因爲媽媽但分[1]有點主意，也不肯叫我去。我準知道她每逢交給我個小包，鍋裏必是連一點粥底兒也看不見了。我們的鍋有時乾淨得像個體面的寡婦。這一天，我拿的是一面鏡子。只有這件東西似乎是

1 但分：倘若、只要。

不必要的，雖然媽媽天天得用它。這是個春天，我們的棉衣都剛脫下來就入了當鋪。我拿著這面鏡子，我知道怎樣小心，小心而且要走得快，當鋪是老早就上門的。我怕當鋪的那個大紅門，那個大高長櫃檯。一看見那個門，我就心跳。可是我必須進去，似乎是爬進去，那個高門坎兒是那麼高。我得用盡了力量，遞上我的東西，還得喊：「當當[2]！」得了錢和當票，我知道怎樣小心的拿著，快快回家，曉得媽媽不放心。可是這一次，當鋪不要這面鏡子，告訴我再添一號來。我懂得什麼叫「一號」。把鏡子摟在胸前，我拚命的往家跑。媽媽哭了；她找不到第二件東西。我在那間小屋住慣了，總以爲東西不少；及至幫著媽媽一找可當的衣物，我的小心裏才明白過來，我們的東西很少，很少。媽媽不叫我去了。可是「媽媽咱們吃什麼呢？」媽媽哭著遞給我她頭上的銀簪——只有這一件東西是銀的。我知道，她拔下過來幾回，都沒肯交給我去當。這是媽媽出門子時，姥姥家給的一件首飾。現在，她把這末一件銀器給了我，叫我把鏡子放下。我盡了我的力量趕回當鋪，那可怕的大門已經嚴嚴地關好了。我坐在那門墩上，握著那根銀簪。不敢高聲地哭，我看著天，啊，又是月牙兒照著我的眼淚！哭了好久，媽媽在黑影中來了，她拉住了我的手，哦，多麼熱的手，我忘了一切的苦處，連餓也忘了，只要有媽媽這隻熱手拉著我就好。我抽抽搭搭地說：「媽！咱們回家睡覺吧。明兒早上再來！」媽一聲沒出。又走了一會兒：「媽！你看這個月牙；爸死的那天，它就是這麼歪歪著。爲什麼它老這麼斜著呢？」媽還是一聲沒出，她的手有點顫。

五

媽媽整天地給人家洗衣裳。我老想幫助媽媽，可是插不上手。我只好等著媽媽，非到她完了事，我不去睡。有時月牙兒已經上來，她還哼哧哼哧地洗。那些臭襪子，硬牛皮似的，都是鋪子裏的夥計們送來的。媽媽洗完這些「牛皮」就吃不下飯去。我坐在她旁邊，看著月牙，蝙蝠專會在那條光兒底下穿過來穿過去，像銀線上穿著個大菱角，極快的又掉到暗處去。我越可憐媽媽，便越愛這個月牙，因為看著它，使我心中痛快一點。它在夏天更可愛，它老有那麼點涼氣，像一條冰似的。我愛它給地上的那點小影子，一會兒就沒了；迷迷糊糊的不甚清楚，及至影子沒了，地上就特別的黑，星也特別的亮，花也特別的香——我們的鄰居有許多花木，那棵高高的洋槐總把花兒落到我們這邊來，像一層雪似的。

六

媽媽的手起了層鱗，叫她給搓搓背頂解癢癢了。可是我不敢常勞動她，她的手是洗粗了的。她瘦，被臭襪子熏得常不吃飯。我知道媽媽要想主意了，我知道。她常把衣裳推到一邊，愣著。她和

2當當：讀作「盪盪」，指拿東西到當鋪抵押，借點錢。

自己說話。她想什麼主意呢？我可是猜不著。

七

媽媽囑咐我不叫我彆扭，要乖乖地叫「爸」：她又給我找到一個爸。這是另一個爸，我知道，因爲墳裏已經埋好一個爸了。媽囑咐我的時候，眼睛看著別處。她含著淚說：「不能叫你餓死！」哦，是因爲不餓死我，媽才另給我找了個爸！我不明白多少事，我有點怕，又有點希望——果然不再挨餓的話。多麼湊巧呢，離開我們那間小屋的時候，天上又掛著月牙。這次的月牙比哪一回都清楚，都可怕；我是要離開這住慣了的小屋了。媽坐了一乘紅轎，前面還有幾個鼓手，吹打得一點也不好聽。轎在前邊走，我和一個男人在後邊跟著，他拉著我的手。那可怕的月牙放著一點光，彷彿在涼風裏顫動。街上沒有什麼人，只有些野狗追著鼓手們咬；轎子走得很快。上哪去呢？是不是把媽抬到城外去，抬到墳地去？那個男人扯著我走，我喘不過氣來，要哭都哭不出來。那男人的手心出了汗，涼得像個魚似的，我要喊「媽」，可是不敢。一會兒，月牙像個要閉上的一道大眼縫，轎子進了個小巷。

八

我在三四年裏似乎沒再看見月牙。新爸對我們很好，他有兩間屋子，他和媽住在裏間，我在外間睡鋪板。我起初還想跟媽媽睡，可是幾天之後，我反倒愛「我的」小屋了。屋裏有白白的牆，還有條長桌，一把椅子。這似乎都是我的。我的被子也比從前的厚實暖和了。媽媽也漸漸胖了點，臉上有了紅色，手上的那層鱗也慢慢掉淨。我好久沒去當當了。新爸叫我去上學。有時候他還跟我玩一會兒。我不知道爲什麼不愛叫他「爸」，雖然我知道他很可愛。他似乎也知道這個，他常常對我那麼一笑；笑的時候他有很好看的眼睛。可是媽媽偷告訴我叫爸，我也不願十分的彆扭。我心中明白，媽和我現在是有吃有喝的，都因爲有這個爸，我明白。是的，在這三四年裏我想不起曾經看見過月牙兒；也許是看見過而不大記得了。爸死時那個月牙，媽轎子前面那個月牙，我永遠忘不了。那一點點光，那一點寒氣，老在我心中，比什麼都亮，都清涼，像塊玉似的，有時候想起來彷彿能用手摸到似的。

九

我很愛上學。我老覺得學校裏有不少的花，其實並沒有；只是一想起學校就想到花罷了，正像一想起爸的墳就想起城外的月牙兒——在野外的小風裏歪歪著。媽媽是很愛花的，雖然買不起，可是有人送給她一朵，她就頂喜歡地戴在頭上。我有機會便給她折一兩朵來；戴上朵鮮花，媽的後影還很年輕似的。媽喜歡，我也喜歡。在學校裏我也很喜歡。也許因爲這個，我想起學校便想起花來？

十

當我要在小學畢業那年，媽又叫我去當當了。我不知道爲什麼新爸忽然走了。他上了哪兒，媽似乎也不曉得。媽媽還叫我上學，她想爸不久就會回來的。他許多日子沒回來，連封信也沒有。我想媽又該洗臭襪子了，這使我極難受。可是媽媽並沒這麼打算。她還打扮著，還愛戴花；奇怪！她不落淚，反倒好笑；爲什麼呢？我不明白！好幾次，我下學來，看她在門口兒立著。又隔了不久，我在路上走，有人「嗨」我了：「嗨！給你媽捎個信兒去！」「嗨！你賣不賣呀？小嫩的！」我的臉紅得冒出火來，把頭低得無可再低。我明白，只是沒辦法。我不能問媽媽，不能。她對我很好，而且有時候極鄭重地說我：「念書！念書！」媽是不識字的，爲什麼這樣催我念書呢？我疑心；又常由疑心而想到媽是爲我才作那樣的事。媽是沒有更好的辦法。疑心的時候，我恨不能罵媽媽一頓。再一想，我要抱住她，央告她不要再作那個事。我恨自己不能幫助媽媽。所以我也想到：我在小學畢業後又有什麼用呢？我和同學們打聽過了，有的告訴我，去年畢業的有好幾個作姨太太的。有的告訴我，誰當了暗門子[3]。我不大懂這些事，可是由她們的說法，我猜到這不是好事。她們似乎什麼都知道，也愛偷偷地談論她們明知是不正當的事——這些事叫她們的臉紅紅的而顯出得意。我更疑心媽媽了，是不是等我畢業好去作……這麼一想，有時候我不敢回家，我怕見媽媽。媽媽有時候給我點心錢，我不肯花，餓著肚子去上體操，常常要暈過去。看著別人吃點心，多麼香甜呢！

可是我得省著錢，萬一媽媽叫我去……我可以跑，假如我手中有錢。我最闊的時候，手中有一毛多錢！在這些時候，即使在白天，我也有時望一望天上，找我的月牙兒呢。我心中的苦處假若可以用個形狀比喻起來，必是個月牙兒形的。它無倚無靠的在灰藍的天上掛著，光兒微弱，不大會兒便被黑暗包住。

十一

叫我最難過的是我慢慢地學會了恨媽媽。可是每當我恨她的時候，我不知不覺地便想起她背著我上墳的光景。想到了這個，我不能恨她了。我又非恨她不可。我的心像——還是像那個月牙兒，只能亮那麼一會兒，而黑暗是無限的。媽媽的屋裏常有男人來了，她不再躲避著我。他們的眼像狗似地看著我，舌頭吐著，垂著涎。我在他們的眼中是更解饞的，我看出來。在很短的期間，我忽然明白了許多的事。我知道我得保護自己，我覺出我身上好像有什麼可貴的地方，我聞得出我已有一種什麼味道，使我自己害羞，多感。我身上有了些力量，可以保護自己，也可以毀了自己。我有時很硬氣，有時候很軟。我不知怎樣好。我願愛媽媽，這時候我有好些必要問媽媽的事，需要媽媽的安慰；可是正在這個時候，我得躲著她，我得恨她；要不然我自己便不存在了。當我睡不著的時

3 暗門子：非法賣淫的娼妓，即暗娼。

節，我很冷靜地思索，媽媽是可原諒的。她得顧我們倆的嘴。可是這個又使我要拒絕再吃她給我的飯菜。我的心就這麼忽冷忽熱，像冬天的風，休息一會兒，刮得更要猛；我靜候著我的怒氣沖來，沒法兒止住。

十二

事情不容我想好方法就變得更壞了。媽媽問我，「怎樣？」假若我眞愛她呢，媽媽說，我應該幫助她。不然呢，她不能再管我了。這不像媽媽能說得出的話，但是她確是這麼說了。她說得很清楚：「我已經快老了，再過二年，想白叫人要也沒人要了！」這是對的，媽媽近來擦許多的粉，臉上還露出褶子來。她要再走一步，去專伺候一個男人。她的精神來不及伺候許多男人了。爲她自己想，這時候能有人要她——是個饅頭鋪掌櫃的願要她——她該馬上就走。可是我已經是個大姑娘了，不像小時候那樣容易跟在媽媽轎後走過去了。我得打主意安置自己。假若我願意「幫助」媽媽呢，她可以不再走這一步，而由我代替她掙錢。代她掙錢，我眞願意；可是那個掙錢方法叫我哆嗦。我知道什麼呢，叫我像個半老的婦人那樣去掙錢?!媽媽的心是狠的，可是錢更狠。媽媽不逼著我走哪條路，她叫我自己挑選——幫助她，或是我們娘兒倆各走各的。媽媽的眼沒有淚，早就乾了。我怎麼辦呢？

十三

我對校長說了。校長是個四十多歲的婦人，胖胖的，不很精明，可是心熱。我是真沒了主意，要不然我怎會開口述說媽媽的……我並沒和校長親近過。當我對她說的時候，每個字都像燒紅了的煤球燙著我的喉，我啞了，半天才能吐出一個字。校長願意幫助我。她不能給我錢，只能供給我兩頓飯和住處——就住在學校和個老女僕作伴兒。她叫我幫助文書寫寫字，可是不必馬上就這麼辦，因為我的字還需要練習。兩頓飯，一個住處，解決了天大的問題。我可以不連累媽媽了。媽媽這回連轎也沒坐，只坐了輛洋車，摸著黑走了。我的鋪蓋，她給了我。臨走的時候，媽媽掙扎著不哭，可是心底下的淚到底翻上來了。她知道我不能再找她去，她的親女兒。我呢，我連哭都忘了怎麼哭了，我只咧著嘴抽搭，淚蒙住了我的臉。我是她的女兒、朋友、安慰。但是我幫助不了她，除非我得作那種我決不肯作的事。在事後一想，我們娘兒倆就像兩個沒人管的狗，為我們的嘴，我們得受著一切的苦處，好像我們身上沒有別的，只有一張嘴。為這張嘴，我們得把其餘一切的東西都賣了。我不恨媽媽了，我明白了。不是媽媽的毛病，也不是不該長那張嘴，是糧食的毛病，憑什麼沒有我們的吃食呢？這個別離，把過去一切的苦楚都壓過去了。那最明白我的眼淚怎流的月牙這回會沒出來，這回只有黑暗，連點螢火的光也沒有。媽媽就在暗中像個活鬼似的走了，連個影子也沒有。即使她馬上死了，恐怕也不會和爸埋在一處了，我連她將來的墳在哪裏都不會知道。我只有這麼個媽媽，朋友。我的世界裏剩下我自己。

十四

媽媽永不能相見了，愛死在我心裏，像被霜打了的春花。我用心地練字，爲是能幫助校長抄抄寫寫些不要緊的東西。我必須有用，我是吃著別人的飯。我不像那些女同學，她們一天到晚注意別人，別人吃了什麼，穿了什麼，說了什麼；我老注意我自己，我的影子是我的朋友。「我」老在我的心上，因爲沒人愛我。我愛我自己，可憐我自己，鼓勵我自己，責備我自己；我知道我自己，彷彿我是另一個人似的。我身上有一點變化都使我害怕，使我歡喜，使我莫名其妙。我在我自己手中拿著，像捧著一朵嬌嫩的花。我只能顧目前，沒有將來，也不敢深想。嚼著人家的飯，我知道那是晌午或晚上了，要不然我簡直想不起時間來；沒有希望，就沒有時間。我好像釘在個沒有日月的地方。想起媽媽，我曉得我曾經活了十幾年。對將來，我不像同學們那樣盼望放假，過節，過年；假期，節，年，跟我有什麼關係呢？可是我的身體是往大了長呢，我覺得出。覺出我又長大了一些，我更渺茫，我不放心我自己。我越往大了長，我越覺得自己好看，這是一點安慰；美使我抬高了自己的身分。可是我根本沒身分，安慰是先甜後苦的，苦到末了又使我自傲。窮，可是好看呢！這又使我怕：媽媽也是不難看的。

十五

我又老沒看月牙了，不敢去看，雖然想看。我已畢了業，還在學校裏住著。晚上，學校裏只有兩個老僕人，一男一女。他們不知怎樣對待我好，我既不是學生，也不是先生，又不是僕人，可有點像僕人。晚上，我一個人在院中走，常被月牙給趕進屋來，我沒有膽子去看它。可是在屋裏，我會想像它是什麼樣，特別是在有點小風的時候。微風彷彿會給那點微光吹到我的心上來，使我想起過去，更加重了眼前的悲哀。我的心就好像在月光下的蝙蝠，雖然是在光的下面，可是自己是黑的；黑的東西，即使會飛，也還是黑的，我沒有希望。我可是不哭，我只常皺著眉。

十六

我有了點進款：給學生織些東西，她們給我點工錢。校長允許我這麼辦。可是進不了許多，因爲她們也會織。不過她們自己急於要用，而趕不來，或是給家中人打雙手套或襪子，才來照顧我。雖然是這樣，我的心似乎活了一點，我甚至想到：假若媽媽不走那一步，我是可以養活她的。一數我那點錢，我就知道這是夢想，可是這麼想使我舒服一點。我很想看看媽媽。假若她看見我，她必能跟我來，我們能有方法活著，我想——可是不十分相信。我想媽媽，她常到我的夢中來。有一天，我跟著學生們去到城外旅行，回來的時候已經是下午四點多了。爲是快點回來，我們抄了個小道。我看見了媽媽！在個小胡同裏有一家賣饅頭的，門口放著個元寶筐，筐上插著個頂大的白木頭饅頭。順著牆坐著媽媽，身兒一仰一彎地拉風箱呢。從老遠我就看見了那個大木饅頭與媽媽，我認識她的後影。我要過去抱住她。可是我不敢，我怕學生們笑話我，她們不許我有這樣的媽媽。越走越近了，我的頭低下去，從淚中看了她一眼，她沒看見我。我們一群人擦著她的身子走過去，她好像是什麼也沒看見，專心地拉她的風箱。走出老遠，我回頭看了看，她還在那兒拉呢。我看不清她的臉，只看到她的頭髮在額上披散著點。我記住這個小胡同的名兒。

十七

像有個小蟲在心中咬我似的，我想去看媽媽，非看見她我心中不能安靜。正在這個時候，學校換了校長。胖校長告訴我得打主意，她在這兒一天便有我一天的飯食與住處，可是她不能保險新校長也這麼辦。我數了數我的錢，一共是兩塊七毛零幾個銅子。這幾個錢不會叫我在最近的幾天中挨餓，可是我上哪兒呢？我不敢坐在那兒呆呆地發愁，我得想主意。找媽媽去是第一個念頭。可是她能收留我嗎？假若她不能收留我，而我找了她去，即使不能引起她與那個賣饅頭的吵鬧，她也必定很難過。我得為她想，她是我的媽媽，又不是我的媽媽，我們母女之間隔著一層用窮作成的障礙。想來想去，我不肯找她去了。我應當自己擔著自己的苦處。可是怎麼擔著自己的苦處呢？我想不起。我覺得世界很小，沒有安置我與我的小鋪蓋卷的地方。我還不如一條狗，狗有個地方便可以躺下睡；街上不准我躺著。是的，我是人，人可以不如狗。假若我扯著臉不走，焉知新校長不往外攆我呢？我不能等著人家往外推。這是個春天。我只看見花兒開了，葉兒綠了，而覺不到一點暖氣。紅的花只是紅的花，綠的葉只是綠的葉，我看見些不同的顏色，只是一點顏色；這些顏色沒有任何意義，春在我的心中是個涼的死的東西。我不肯哭，可是淚自己往下流。

十八

我出去找事了。不找媽媽，不依賴任何人，我要自己掙飯吃。走了整整兩天，抱著希望出去，帶著塵土與眼淚回來。沒有事情給我作。我這才眞明白了媽媽，眞原諒了媽媽。媽媽還洗過臭襪子，我連這個都作不上。媽媽所走的路是唯一的。學校裏教給我的本事與道德都是笑話，都是吃飽了沒事時的玩藝。同學們不准我有那樣的媽媽，她們笑話暗門子；是的，她們得這樣看，她們有飯吃。我差不多要決定了：只要有人給我飯吃，什麼我也肯幹；媽媽是可佩服的。我才不去死，雖然想到過；不，我要活著。我年輕，我好看，我要活著。羞恥不是我造出來的。

十九

這麼一想，我好像已經找到了事似的。我敢在院中走了，一個春天的月牙在天上掛著。我看出它的美來。天是暗藍的，沒有一點雲。那個月牙清亮而溫柔，把一些軟光兒輕輕送到柳枝上。院中有點小風，帶著南邊的花香，把柳條的影子吹到牆角有光的地方來，又吹到無光的地方去；光不強，影兒不重，風微微地吹，都是溫柔，什麼都有點睡意，可又要輕軟地活動著。月牙下邊，柳梢上面，有一對星兒好像微笑的仙女的眼，逗著那歪歪的月牙和那輕擺的柳枝。牆那邊有棵什麼樹，開滿了白花，月的微光把這團雪照成一半兒白亮，一半兒略帶點灰影，顯出難以想到的純淨。這個月牙是希望的開始，我心裏說。

二十

我又找了胖校長去，她沒在家。一個青年把我讓進去。他很體面，也很和氣。我平素很怕男人，但是這個青年不叫我怕他。他叫我說什麼，我便不好意思不說；他那麼一笑，我心裏就軟了。我把找校長的意思對他說了，他很熱心，答應幫助我。當天晚上，他給我送了兩塊錢來，我不肯收，他說這是他嬸母——胖校長——給我的。他並且說他的嬸母已經給我找好了地方住，第二天就可以搬過去。我要懷疑，可是不敢。他的笑臉好像笑到我的心裏去。我覺得我要疑心便對不起人，他是那麼溫和可愛。

二十一

他的笑唇在我的臉上，從他的頭髮上我看著那也在微笑的月牙。春風像醉了，吹破了春雲，露出月牙與一兩對兒春星。河岸上的柳枝輕擺，春蛙唱著戀歌，嫩蒲的香味散在春晚的暖氣裏。我聽著水流，像給嫩蒲一些生力，我想像著蒲梗輕快地往高裏長。小蒲公英在潮暖的地上生長。什麼都在溶化著春的力量，然後放出一些香味來。我忘了自己，我沒了自己，像化在了那點春風與月的微光中。月兒忽然被雲掩住，我想起來自己。我失去那個月牙兒，也失去了自己，我和媽媽一樣了！

二十二

我後悔，我自慰，我要哭，我喜歡，我不知道怎樣好。我要跑開，永不再見他；我又想他，我寂寞。兩間小屋，只有我一個人，他每天晚上來。他永遠俊美，老那麼溫和。他供給我吃喝，還給我作了幾件新衣。穿上新衣，我自己看出我的美。可是我也恨這些衣服，又捨不得脫去。我不敢思想，也懶得思想，我迷迷糊糊的，腮上老有那麼兩塊紅。我懶得打扮，又不能不打扮，太閒在[4]了，總得找點事作。打扮的時候，我憐愛自己；打扮完了，我恨自己。我的淚很容易下來，可是我設法不哭，眼終日老那麼濕潤潤的，可愛。我有時候瘋了似的吻他，然後把他推開，甚至於破口罵他；他老笑。

4 閒在：清閒無事。

二十三

我早知道，我沒希望；一點雲便能把月牙遮住，我的將來是黑暗。果然，沒有多久，春便變成了夏，我的春夢作到了頭兒。有一天，也就是剛晌午吧，來了一個少婦。她很美，可是美得不玲瓏，像個磁人兒似的。她進到屋中就哭了。不用問，我已明白了。看她那個樣兒，她不想跟我吵鬧，我更沒預備著跟她衝突。她是個老實人。她哭，可是拉住我的手：「他騙了咱們倆！」她說。我以為她也只是個「愛人」。不，她是他的妻。她不跟我鬧，只口口聲聲的說：「你放了他吧！」我不知怎麼才好，我可憐這個少婦。我答應了她。她笑了。看她這個樣兒，我以為她是缺個心眼，她似乎什麼也不懂，只知道要她的丈夫。

二十四

我在街上走了半天。很容易答應那個少婦呀，可是我怎麼辦呢？他給我的那些東西，我不願意要；既然要離開他，便一刀兩斷。可是，放下那點東西，我還有什麼呢？我上哪兒呢？我怎麼能當天就有飯吃呢？好吧，我得要那些東西，無法。我偷偷的搬了走。我不後悔，只覺得空虛，像一片雲那樣的無倚無靠。搬到一間小屋裏，我睡了一天。

二十五

我知道怎樣儉省，自幼就曉得錢是好的。湊合著手裏還有那點錢，我想馬上去找個事。這樣，我雖然不希望什麼，或者也不會有危險了。事情可是並不因我長了一兩歲而容易找到。我很堅決，這並無濟於事，只覺得應當如此罷了。婦女掙錢怎這麼不容易呢！媽媽是對的，婦人只有一條路走，就是媽媽所走的路。我不肯馬上就往那麼走，可是知道它在不很遠的地方等著我呢。我越掙扎，心中越害怕。我的希望是初月的光，一會兒就要消失。一兩個星期過去了，希望越來越小。最後，我去和一排年輕的姑娘們在小飯館受選閱。很小的一個飯館，很大的一個老闆；我們這群都不難看，都是高小畢業的少女們，等皇賞似的，等著那個破塔似的老闆挑選。他選了我。我不感謝他，可是當時確有點痛快。那群女孩子們似乎很羨慕我，有的竟自含著淚走去，有的罵聲「媽的！」女人夠多麼不值錢呢！

二十六

我成了小飯館的第二號女招待。擺菜、端菜、算賬、報菜名，我都不在行。我有點害怕。可是「第一號」告訴我不用著急，她也都不會。她說，小順管一切的事；我們當招待的只要給客人倒茶，遞手巾把，和拿賬條；別的不用管。奇怪！「第一號」的袖口捲起來很高，袖口的白裏子上連一個污點也沒有。腕上放著一塊白絲手絹，繡著「妹妹我愛你」。她一天到晚往臉上拍粉，嘴唇抹得血瓢似的。給客人點菸的時候，她的膝往人家腿上倚；還給客人斟酒，有時候她自己也喝了一口。對於客人，有的她伺候得非常的周到；有的她連理也不理，她會把眼皮一搭拉，假裝沒看見。她不招待的，我只好去。我怕男人。我那點經驗叫我明白了些，什麼愛不愛的，反正男人可怕。特別是在飯館吃飯的男人們，他們假裝義氣，打架似的讓座讓賬；他們拚命的猜拳，喝酒；他們野獸似的吞吃，他們不必要而故意的挑剔毛病，罵人。我低頭遞茶遞手巾，我的臉發燒。客人們故意的和我說東說西，招我笑；我沒心思說笑。晚上九點多鐘完了事，我非常的疲乏了。到了我的小屋，連衣裳沒脫，我一直地睡到天亮。醒來，我心中高興了一些，我現在是自食其力，用我的勞力自己掙飯吃。我很早的就去上工。

二十七

「第一號」九點多才來，我已經去了兩點多鐘。她看不起我，可也並非完全惡意地教訓我：「不用那麼早來，誰八點來吃飯？告訴你，喪氣鬼，把臉別搭拉得那麼長；你是女跑堂的，沒讓你在這兒送殯玩。低著頭，沒人多給酒錢；你幹什麼來了？不爲掙子兒嗎？你的領子太矮，咱這行全得弄高領子，綢子手絹，人家認這個！」我知道她是好意，我也知道設若我不肯笑，她也得吃虧，少分酒錢；小賬是大家平分的。我也並非看不起她，從一方面看，我實在佩服她，她是爲掙錢。婦女掙錢就得這麼著，沒第二條路。但是，我不肯學她。我彷彿看得很清楚：有朝一日，我得比她還開通，才能掙上飯吃。可是那得到了山窮水盡的時候；「萬不得已」老在那兒等我們女人，我只能叫它多等幾天。這叫我咬牙切齒，叫我心中冒火，可是婦女的命運不在自己手裏。又幹了三天，那個大掌櫃的下了警告：再試我兩天，我要是願意往長了幹呢，得照「第一號」那麼辦。「第一號」一半嘲弄，一半勸告的說：「已經有人打聽你，幹麼藏著乖的賣傻的呢？咱們誰不知道誰是怎著？女招待嫁銀行經理的，有的是；你當是咱們低賤呢？闖開臉兒幹呀，咱們也他媽的坐幾天汽車！」這個，逼上我的氣來，我問她：「你什麼時候坐汽車？」她把紅嘴唇撇得要掉下去：「不用你耍嘴皮子，幹什麼說什麼；天生下來的香屁股，還不會幹這個呢！」我幹不了，拿了一塊另五分錢，我回了家。

二十八

最後的黑影又向我邁了一步。為躲它，就更走近了它。我不後悔丟了那個事，可我也眞怕那個黑影。把自己賣給一個人，我會。自從那回事兒，我很明白了些男女之間的關係。女人把自己放鬆一些，男人聞著味兒就來了。他所要的是肉，他發散了獸力，你便暫時有吃有穿；然後他也許打你罵你，或者停止了你的供給。女人就這麼賣了自己，有時候還很得意，我曾經覺到得意。在得意的時候說的淨是一些天上的話；過了會兒，你覺得身上的疼痛與喪氣。不過，賣給一個男人，還可以說些天上的話；賣給大家，連這些也沒法說了，媽媽就沒說過這樣的話。怕的程度不同，我沒法接受「第一號」的勸告；「一個」男人到底使我少怕一點。可是，我並不想賣我自己。我並不需要男人，我還不到二十歲。我當初以爲跟男人在一塊兒必定有趣，誰知道到了一塊他就要求那個我所害怕的事。是的，那時候我像把自己交給了春風，任憑人家擺布；過後一想，他是利用我的無知，暢快他自己。他的甜言蜜語使我走入夢裏；醒過來，不過是一個夢，一些空虛；我得到的是兩頓飯，幾件衣服。我不想再這樣掙飯吃，飯是實在的，實在地去掙好了。可是，若眞掙不上飯吃，女人得承認自己是女人，得賣肉！一個多月，我找不到事作。

二十九

我遇見幾個同學，有的升入了中學，有的在家裏作姑娘。我不願理她們，可是一說起話兒來，我覺得我比她們精明。原先，在學校的時候，我比她們傻；現在，「她們」顯著呆傻了。她們似乎還都作夢呢。她們都打扮得很好，像鋪子裏的貨物。她們的眼溜著年輕的男人，心裏好像作著愛情的詩。我笑她們。是的，我必定得原諒她們，她們有飯吃，吃飽了當然只好想愛情，男女彼此織成了網，互相捕捉；有錢的，網大一些，捉住幾個，然後從容地選擇一個。我沒有錢，我連個結網的屋角都找不到。我得直接地捉人，或是被捉，我比她們明白一些，實際一些。

三十

有一天，我碰見那個小媳婦，像磁人似的那個。她拉住了我，倒好像我是她的親人似的。她有點顚三倒四的樣兒。「你是好人！你是好人！我後悔了，」她很誠懇地說，「我後悔了！我叫你放了他，哼，還不如在你手裏呢！他又弄了別人，更好了，一去不回頭了！」由探問中，我知道她和他也是由戀愛而結的婚，她似乎還很愛他。他又跑了。我可憐這個小婦人，她也是還作著夢，還相信戀愛神聖。我問她現在的情形，她說她得找到他，她得從一而終。要是找不到他呢？我問。她咬上了嘴唇，她有公婆，娘家還有父母，她沒有自由，她甚至於羨慕我，我沒有人管著。還有人羨慕我，我眞要笑了！我有自由，笑話！她有飯吃，我有自由；她沒自由，我沒飯吃，我倆都是女人。

三十一

自從遇上那個小瓷人，我不想把自己專賣給一個男人了，我決定玩玩了；換句話說，我要「浪漫」地掙飯吃了。我不再爲誰負著什麼道德責任，我餓。浪漫足以治餓，正如同吃飽了才浪漫，這是個圓圈，從哪兒走都可以。那些女同學與小瓷人都跟我差不多，她們比我多著一點夢想，我比她們更直爽，肚子餓是最大的眞理。是的，我開始賣了。把我所有的一點東西都折賣了，作了一身新行頭，我的確不難看。我上了市。

三十二

我想我要玩玩，浪漫。啊，我錯了。我還是不大明白世故。男人並不像我想的那麼容易勾引。我要勾引文明一些的人，要至多只賠上一兩個吻。哈哈，人家不上那個當，人家要初次見面便得到便宜。還有呢，人家只請我看電影，或逛逛大街，吃杯冰激凌；我還是餓著肚子回家。所謂文明人，懂得問我在哪兒畢業，家裏作什麼事。那個態度使我看明白，他若是要你，你得給他相當的好處；你若是沒有好處可貢獻呢，人家只用一角錢的冰激凌換你一個吻。要賣，得痛痛快快地。我明白了這個。小磁人們不明白這個。我和媽媽明白，我很想媽了。

三十三

據說有些女人是可以浪漫地掙飯吃，我缺乏資本；也就不必再這樣想了。我有了買賣。可是我的房東不許我再住下去，他是講體面的人。我連瞧他也沒瞧，就搬了家，又搬回我媽媽和新爸爸曾經住過的那兩間房。這裏的人不講體面，可也更眞誠可愛。搬了家以後，我的買賣很不錯。連文明人也來了。文明人知道了我是賣，他們是買，就肯來了；這樣，他們不吃虧，也不丟身分。初幹的時候，我很害怕，因爲我還不到二十歲。及至作過了幾天，我也就不怕了。多咱他們像了一攤泥，他們才覺得上了算，他們滿意，還替我作義務的宣傳。幹過了幾個月，我明白的事情更多了，差不多每一見面，我就能斷定他是怎樣的人。有的很有錢，這樣的人一開口總是問我的身價，表示他買得起我。他也很嫉妒，總想包了我；逛暗娼他也想獨占，因爲他有錢。對這樣的人，我不大招待。他鬧脾氣，我不怕，我告訴他，我可以找上他的門去，報告給他的太太。在小學裏念了幾年書，到底是沒白念，他唬不住我。「教育」是有用的，我相信了。有的人呢，來的時候，手裏就攥著一塊錢，唯恐上了當。對這種人，我跟他細講條件，他就乖乖地回家去拿錢，很有意思。最可恨的是那些油子[5]，不但不肯花錢，反倒要占點便宜走，什麼半盒菸卷呀，什麼一小瓶雪花膏呀，他們隨手拿去。這種人還是得罪不起的，他們在地面上很熟，得罪了他們，他們會叫巡警跟我搗亂。我不得罪他們，我餵著他們；乃至我認識了警官，才一個個的收拾他們。世界就是狼吞虎咽的世界，誰壞誰就占便宜。頂可憐的是那像學生樣兒的，袋裏裝著一塊錢，和幾十銅子，叮噹地直響，鼻子上出著汗。我可憐他們，可是也照常賣給他們。我有什麼辦法呢！還有老頭子呢，都是些規矩人，或者家中已然兒孫成群。對他們，我不知道怎樣好；但是我知道他們有錢，想在死前買些快樂，我只好供給他們所需要的。這些經驗叫我認識了「錢」與「人」。錢比人更厲害一些，人若是獸，錢就是獸的膽子。

5 油子：指世故又狡猾的人。

三十四

我發現了我身上有了病。這叫我非常的苦痛，我覺得已經不必活下去了。我休息了，我到街上去走；無目的，亂走。我想去看看媽，她必能給我一些安慰，我想像著自己已是快死的人了。我繞到那個小巷，希望見著媽媽；我想起她在門外拉風箱的樣子。饅頭鋪已經關了門。打聽，沒人知道搬到哪裏去。這使我更堅決了，我非找到媽媽不可。在街上喪膽遊魂地走了幾天，沒有一點用。我疑心她是死了，或是和饅頭鋪的掌櫃的搬到別處去，也許在千里以外。這麼一想，我哭起來。我穿好了衣裳，擦上了脂粉，在床上躺著，等死。我相信我會不久就死去的。可是我沒死。門外又敲門了，找我的。好吧，我伺候他，我把病盡力地傳給他。我不覺得這對不起人，這根本不是我的過錯。我又痛快了些，我吸菸，我喝酒，我好像已是三四十歲的人了。我的眼圈發青，手心發熱，我不再管；有錢才能活著，先吃飽再說別的吧。我吃得並不錯，誰肯吃壞的呢！我必須給自己一點好吃食，一些好衣裳，這樣才稍微對得起自己一點。

三十五

一天早晨，大概有十點來鐘吧，我正披著件長袍在屋中坐著，我聽見院中有點腳步聲。我十點來鐘起來，有時候到十二點才想穿好衣裳，我近來非常的懶，能披著件衣服呆坐一兩個鐘頭。我想不起什麼，也不願想什麼，就那麼獨自呆坐。那點腳步聲，向我的門外來了，很輕很慢。不久，我看見一對眼睛，從門上那塊小玻璃向裏面看呢。看了一會兒，躲開了；我懶得動，還在那兒坐著。待了一會兒，那對眼睛又來了。我再也坐不住，我輕輕的開了門。「媽！」

三十六

我們母女怎麼進了屋，我說不上來。哭了多久，也不大記得。媽媽已老得不像樣兒了。她的掌櫃的回了老家，沒告訴她，偷偷地走了，沒給她留下一個錢。她把那點東西變賣了，辭退了房，搬到一個大雜院裏去。她已找了我半個多月。最後，她想到上這兒來，並沒希望找到我，只是碰碰看，可是竟自找到了我。她不敢認我了，要不是我叫她，她也許就又走了。哭完了，我發狂似的笑起來：她找到了女兒，女兒已是個暗娼！她養著我的時候，她得那樣；現在輪到我養著她了，我得那樣！女人的職業是世襲的，是專門的！

三十七

我希望媽媽給我點安慰。我知道安慰不過是點空話，可是我還希望來自媽媽的口中。媽媽都往往會騙人，我們把媽媽的誆騙叫作安慰。我的媽媽連這個都忘了。她是餓怕了，我不怪她。她開始檢點我的東西，問我的進項與花費，似乎一點也不以這種生意爲奇怪。我告訴她，我有了病，希望她勸我休息幾天。沒有；她只說出去給我買藥。「我們老幹這個嗎？」我問她。她沒言語。可是從另一方面看，她確是想保護我，心疼我。她給我作飯，問我身上怎樣，還常常偷看我，像媽媽看睡著了的小孩那樣。只是有一層她不肯說，就是叫我不用再幹這行了。我心中很明白——雖然有一點不滿意她——除了幹這個，還想不到第二個事情作。我們母女得吃得穿——這個決定了一切。什麼母女不母女，什麼體面不體面，錢是無情的。

三十八

媽媽想照應我，可是她得聽著看著人家蹂躪我。我想好好對待她，可是我覺得她有時候討厭。她什麼都要管管，特別是對於錢。她的眼已失去年輕時的光澤，不過看見了錢還能發點光。對於客人，她就自居為僕人，可是當客人給少了錢的時候，她張嘴就罵。這有時候使我很為難。不錯，既幹這個還不是為錢嗎？可是幹這個的也似乎不必罵人。我有時候也會慢待人，可是我有我的辦法，我使客人急不得惱不得。媽媽的方法太笨了，很容易得罪人。看在錢的面上，我們不應當得罪人。我的方法或者出於我還年輕，還幼稚；媽媽便不顧一切的單單站在錢上了，她應當如此，她比我大著好些歲。恐怕再過幾年我也就這樣了，人老心也跟著老，漸漸老得和錢一樣的硬。是的，媽媽不客氣。她有時候劈手就搶客人的皮夾，有時候留下人家的帽子或值錢一點的手套與手杖。我很怕鬧出事來，可是媽媽說得好：「能多弄一個是一個，咱們是拿十年當作一年活著的，等七老八十還有人要咱們嗎？」有時候，客人喝醉了，她便把他架出去，找個僻靜地方叫他坐下，連他的鞋都拿回來。說也奇怪，這種人倒沒有來找賬的，想是已人事不知，說不定也許病一大場。或者事過之後，想過滋味，也就不便再來鬧了，我們不怕丟人，他們怕。

三十九

媽媽是說對了：我們是拿十年當一年活著。幹了二三年，我覺出自己是變了。我的皮膚粗糙了，我的嘴唇老是焦的，我的眼睛裏老灰淥淥的帶著血絲。我起來得很晚，還覺得精神不夠。我覺出這個來，客人們更不是瞎子，熟客漸漸少起來。對於生客，我更努力的伺候，可是也更厭惡他們，有時候我管不住自己的脾氣。我暴躁，我胡說，我已經不是我自己了。我的嘴不由的老胡說，似乎是慣了。這樣，那些文明人已不多照顧我，因為我丟了那點「小鳥依人」——他們唯一的詩句——的身段與氣味。我得和野雞學了。我打扮得簡直不像個人，這才招得動那不文明的人。我的嘴擦得像個紅血瓢，我用力咬他們，他們覺得痛快。有時候我似乎已看見我的死，接進一塊錢，我彷彿死了一點。錢是延長生命的，我的掙法適得其反。我看著自己死，等著自己死。這麼一想，便把別的思想全止住了。不必想了，一天一天地活下去就是了，我的媽媽是我的影子，我至好不過將來變成她那樣，賣了一輩子肉，剩下的只是一些白頭髮與抽皺的黑皮。這就是生命。

四十

我勉強地笑，勉強地瘋狂，我的痛苦不是落幾個淚所能減除的。我這樣的生命是沒什麼可惜的，可是它到底是個生命，我不願撒手。況且我所作的並不是我自己的過錯。死假如可怕，那只因爲活著是可愛的。我決不是怕死的痛苦，我的痛苦久已勝過了死。我愛活著，而不應當這樣活著。我想像著一種理想的生活，像作著夢似的；這個夢一會兒就過去了，實際的生活使我更覺得難過。這個世界不是個夢，是眞的地獄。媽媽看出我的難過來，她勸我嫁人。嫁人，我有了飯吃，她可以弄一筆養老金。我是她的希望。我嫁誰呢？

四十一

因爲接觸的男子很多了，我根本已忘了什麼是愛。我愛的是我自己，及至我已愛不了自己，我愛別人幹什麼呢？但是打算出嫁，我得假裝說我愛，說我願意跟他一輩子。我對好幾個人都這樣說了，還起了誓；沒人接受。在錢的管領下，人都很精明。嫖不如偷，對，偷省錢。我要是不要錢，管保人人說愛我。

四十二

正在這個期間，巡警把我抓了去。我們城裏的新官兒非常地講道德，要掃清了暗門子。正式的妓女倒還照舊作生意，因爲她們納捐；納捐的便是名正言順的，道德的。抓了去，他們把我放在了感化院，有人教給我作工。洗、做、烹調、編織，我都會；要是這些本事能掙飯吃，我早就不幹那個苦事了。我跟他們這樣講，他們不信，他們說我沒出息，沒道德。他們教給我工作，還告訴我必須愛我的工作。假如我愛工作，將來必定能自食其力，或是嫁個人。他們很樂觀。我可沒這個信心。他們最好的成績，是已經有十幾多個女的，經過他們感化而嫁了人。到這兒來領女人的，只須花兩塊錢的手續費和找一個妥實的鋪保[6]就夠了。這是個便宜。從男人方面看；據我想，這是個笑話。我乾脆就不受這個感化。當一個大官兒來檢閱我們的時候，我唾了他一臉唾沫。他們還不肯放了我，我是帶危險性的東西。可是他們也不肯再感化我。我換了地方，到了獄中。

四十三

獄裏是個好地方，它使人堅信人類的沒有起色；在我作夢的時候都見不到這樣醜惡的玩藝。自從我一進來，我就不再想出去，在我的經驗中，世界比這兒並強不了許多。我不願死，假若從這兒出去而能有個較好的地方；事實上既不這樣，死在哪兒不一樣呢。在這裏，在這裏，我又看見了我

6 鋪保：商店所開立的擔保文件。

的好朋友，月牙兒！多久沒見著它了！媽媽幹什麼呢？我想起來一切。

——原刊於一九三五年四月一日、八日、十五日《國聞周報》第十二卷第十二～十四期；初收錄於一九三五年八月出版之《櫻海集》，上海，人間書屋

有聲電影

二姐還沒有看過有聲電影。可是她已經有了一種理論。在沒看見以前，先來一套說法，不獨二姐如此，有許多偉人也是這樣；此之謂「知之爲知之，不知爲知之」也。她以爲有聲電影便是電機答答之聲特別響亮而已。要不然便是當電人——二姐管銀幕上的英雄美人叫電人——互相巨吻的時候，臺下鼓掌特別發狂，以成其「有聲」。她確信這個，所以根本不想去看。本來她對電影就不大熱心，每當電人巨吻，她總是用手遮上眼的。

但據說有聲電影是有說有笑而且有歌。她起初還不相信，可是各方面的報告都是這樣，她才想開開眼。

二姥姥等也沒開過此眼，而二姐又恰巧打牌贏了錢，於是大請客。二姥姥三舅媽，四姨，小禿，小順，四狗子，都在被請之列。

二姥姥是天一黑就睡，所以決不能去看夜場；大家決定午時出發，看午後兩點半那一場。看電影本是爲開心解悶，所以十二點動身也就行了。要是上車站接個人什麼的，二姐總是早去七八小時的。那年二姐夫上天津，二姐在三天前就催他到車站去，恐怕臨時找不到座位。

早動身可不見得必定早到；要不怎麼越早越好呢。說是十二點走哇，到了十二點三刻誰也沒動身。二姥姥找眼鏡找了一刻來鐘；確是不容易找，因爲眼鏡在她自己腰裏帶著呢。跟著就是三舅媽找鈕子，翻了四只箱子也沒找到，結果是換了件衣裳。四狗子洗臉又洗了一刻多鐘，這還總算順當；往常一個臉得至少洗四十多分鐘，還得有門外的巡警給幫忙。

出發了。走到巷口，一點名，小禿沒影了。大家折回家裏，找了半點多鐘，沒找著。大家決定不看電影了，找小禿是更重要的。把新衣裳全脫了，分頭去找小禿。正在這個當兒，小禿回來了；原來他是跑在前面，而折回來找她們。好吧，再穿好衣裳走吧，巷外有的是洋車，反正耽誤不了。

二姥姥給車價還按著現洋換一百二十個銅子時的規矩，多一個不要。這幾年了，她不大出門，所以老覺得燒餅賣三個大鍋子一個不是件事實，而是大家欺騙她。現在拉車的三毛兩毛向她要，也不是車價高了，是欺侮她年老走不動。她偏要走一個給他們瞧瞧。這一掛勁可有些「憧憬」：她確是有志向前邁步，不過腳是向前向後，連她自己也不準知道。四姨倒是能走，可惜爲看電影特意換上高底鞋，似乎非扶著點什麼不敢抬腳。她假裝過去攙著二姥姥，其實是爲自己找個靠頭。不過大家看得很清楚，要是跌倒的話，這二位一定是一齊倒下。四狗子和小禿們急得直打蹦[1]。

總算不離[2]，三點一刻到了電影院。電影已經開映。這當然是電影院不對；難道不曉得二姥姥今天來麼？二姐實在覺得有罵一頓街的必要，可是沒罵出來，她有時候也很能「文明」一氣。

既來之則安之，打了票。一進門，小順便不幹了，怕黑，黑的地方有紅眼鬼，無論如何也不能進去。二姥姥一看裏面黑洞洞，以爲天已經黑了，想起來睡覺的舒服；她主張帶小順回家。要是不爲二姥姥，二姐還想不起請客呢。誰不知道二姥姥已經是土埋了半截的人，不看回有聲電影，將來見閻王的時候要是盤問這一層呢？大家開了家庭會議。不行，二姥姥是不能走的。至於小順，好辦，買幾塊糖好了。吃糖自然便看不見紅眼鬼了。事情便這樣解決了。四姨攙著二姥姥，三舅媽拉著小順，二姐招呼著小禿和四狗子。前呼後應，在暗中摸索，雖然有看座的過來招待，可是大家各自爲政的找座兒，忽前忽後，忽左忽右，離而復散，分而復合，主張不一，而又願坐在一塊兒。直落得二姐口乾舌燥，二姥姥連喘帶嗽，四狗子咆哮如雷，看座的滿頭是汗。觀眾們全忘了看電影，一齊惡聲的「吃——」，但是壓不下去二姐的指揮口令。二姐在公共場所說話特別響亮，要不怎樣是「外場」人[3]呢。

直到看座的電棒[4]中的電已使淨，大家才一狠心找到了座。不過，還不能這麼馬馬虎虎的坐

1 打蹦：躍起、跳腳。
2 不離：還可以、差不多。
3 外場人：長於人情世故交際，且好面子的人。
4 電棒：即手電筒。

下。大家總不能忘了謙恭呀，況且是在公共場所。二姥姥年高有德，當然往裏坐。可是二姥姥當著四姨怎肯倚老賣老，四姨是姑奶奶呀；而二姐又是姐姐兼主人；而三舅媽到底是媳婦，而小順子等是孩子；一部倫理從何處說起？大家打架似的推讓，甚至把前後左右的觀眾都感化得直喊叫老天爺。好容易大家覺得讓得已夠上相當的程度，一齊坐下。可是小順的糖還沒有買呢！二姐喊賣糖的，眞喊得有勁，連賣票的都進來了，以爲是賣糖的殺了人。

糖買過了，二姥姥想起一樁大事——還沒咳嗽呢。二姥姥一陣咳嗽，惹起二姐的孝心，與四姨三舅媽說起二姥姥的後事來。老人家像二姥姥這樣的，是不怕兒女當面講論自己的後事，而且樂意參加些意見，如「別的都是小事，我就是要個金九連環。也別忘了糊一對童兒！」這一說起來，還有完嗎？一樁套著一樁，一件聯著一件，說也奇怪，越是在戲館電影場裏，家事越顯著複雜。大家剛說到熱鬧的地方，忽，電燈亮了，人們全往外走。二姐喊賣瓜子的；說起家務要不吃瓜子便不夠派兒。看座的過來了，「這場完了，晚場八點才開呢。」

大家只好走吧。一直到二姥姥睡了覺，二姐才想起問三舅媽：「有聲電影到底怎麼說來著？」三舅媽想了想：「管它呢，反正我沒聽見。」還是四姨細心，她說她看見一個洋鬼子吸菸，還從鼻子裏冒煙呢，「電影是怎樣作的，多麼巧妙哇，鼻子冒煙，和眞的一樣，你就說。」大家都讚歎不已。

——原刊於一九三三年十一月十六日《論語》第二十九期

狗之晨

東方既明，宇宙正在微笑，玫瑰的光吻紅了東邊的雲。大黑在窩裏伸了伸腿；似乎想起一件事，啊，也許是剛才作的那個夢；誰知道，好吧，再睡。門外有點腳步聲！耳朵豎起，像雨後的兩枝慈姑葉；嘴，可是，還捨不得項下那片暖，柔，有味的毛。眼睛睜開半個。聽出來了，又是那個巡警，因爲腳步特別笨重，聞過他的皮鞋，馬糞味很大；大黑把耳朵落下去，似乎以爲巡警是沒有什麼趣味的東西。但是，腳步到底是腳步聲，還得聽聽；啊，走遠了。算了吧，再睡。把嘴更往深裏頂了頂，稍微一睜眼，只能看見自己的毛。

剛要一迷糊，哪來的一聲貓叫？頭馬上便抬起來。在牆頭上呢，一定。可是並沒看到；納悶：是那個黑白花的呢，還是那個狸子皮的？想起那狸子皮的，心中似乎不大起勁；狸子皮的抓破過大黑的鼻子；不光榮的事，少想爲妙。還是那個黑白花的吧，那天不是大黑幾乎把黑白花的堵在牆角麼？這麼一想，喉嚨立刻癢了一下，向空中叫了兩聲。

「安頓著，大黑！」屋中老太太這麼喊。

大黑翻了翻眼珠，老太太總是不許大黑咬貓！可是不敢再作聲，並且向屋子那邊搖了搖尾巴。什麼話呢，天天那盆熱氣騰騰的食是誰給大黑端來？老太太！即使她的意見不對也不能得罪她，什麼話呢，大黑的靈魂是在她手裏拿著呢。她不准大黑叫，大黑當然不再叫。假如不服從她，而她三天不給端那熱騰騰的食來？大黑不敢再往下想了。

似乎受了刺激，再也睡不著；咬咬自己的尾巴，大概是有個狗蠅，討厭的東西！窩裏似乎不易找到尾巴，出去。在院裏繞著圓圈找自己的尾巴，剛咬住，「不棱」，又被（誰？）奪了走，再繞著圈捉。有趣，不覺得嗓子裏哼出些音調。

「大黑！」

老太太眞愛管閒事啊！好吧，夾起尾巴，到門洞去看看。坐在門洞，順著門縫往外看，喝，四眼已經出來遛早了！四眼是老朋友：那天要不幸虧是四眼，大黑一定要輸給二青的！二青那小子，處處是大黑的仇敵：搶骨頭，鬧戀愛，處處他和大黑過不去！假如那天他咬住大黑的耳朵？十分感激四眼！「四眼！」熱情地叫著。四眼正在牆根找到包廂似的方便所在，剛要抬腿；「大黑，快來，到大院去跑一回？」

大黑焉有不同意之理，可是，門，門還關著呢！叫幾聲試試，也許老頭就來開門。叫了幾聲，沒用。再試試兩爪，在門上抓了一回，門紋絲沒動！

眼看著四眼獨自向大院跑去！大黑眞急了，向牆頭叫了幾聲，雖然明知道自己沒有上牆的本領。再向門外看看，四眼已經沒影了。可是門外走著個叫化子，大黑借此爲題，拚命的咬起來。大黑要是有個缺點，那就是好欺侮苦人。見汽車快躲，見窮人緊追，大黑幾乎由習慣中形成這麼兩句格言。叫化子也沒影了，大黑想像著狂咬一番，不如是好像不足以表示出自己的尊嚴，好在想像是不費什麼實力的。

大概老頭快來開門了，大黑猜摸著。這麼一想，趕緊跑到後院去，以免大清早晨的就挨一頓罵。果然，剛到後院，就聽見老頭兒去開街門。大黑心中暗笑，覺得自己的智慧足以使生命十分有趣而平安。

等到老頭又回到屋中，大黑輕輕的順著牆根溜出去。出了街門，抖了抖身上的毛，向空中聞了聞，覺得精神十分煥發。然後又伸了個懶腰，就手兒在地上磨了磨腳指甲，後腿蹬起許多的土，沙沙的打在牆上，非常得意。在門前蹲坐起來，耳朵立著，坐著比站著身量高，加上兩個豎立的耳朵，覺得自己很偉大而重要。

剛這麼坐好，黃子由東邊來了。黃子是這條胡同裏的貴族，身量大，嘴是方的，叫的聲音聾聲甕氣。大黑的耳朵漸漸往下落，心裏嘀咕：還是坐著不動好呢，還是向黃子擺擺尾巴好呢，還是以進爲退假裝怒叫兩聲呢？他知道黃子的厲害，同時，又要顧及自己的尊嚴。他微微的回了回頭，哦，沒關係，坐在自己家門口還有什麼危險？耳朵又微微的往上立，可是其餘的地方都沒敢動。

黃子過來了！在離大黑不遠的一個牆角聞了聞，好像並沒注意大黑。大黑心中同時對自己下了兩道命令：「跑！」「別動！」

黃子又往前湊了湊，幾乎是要挨著大黑了。大黑的胸部有些顫動。可是黃子還好似沒看見大黑，昂然走過去。他遠了，大黑開始覺得不是味道：爲什麼不乘著黃子沒防備好而撲過去咬他一口？十分的可恥，那樣的怕黃子。大黑越想越看不起自己。爲發洩心中的怒氣，開始向空中瞎叫。繼而一想，萬一把黃子叫回來呢？登時立起來，向東走去，這樣便不會和黃子走個兩碰頭。

大黑不像黃子那樣在道路當中捲起尾巴走。而是夾著尾巴順牆根往前溜；這樣，如遇上危險，至少屁股可以拿牆作後盾，減少後方的防務。在這裏就可以看出大黑並不「大」；大黑的「大」和小花的「小」，都不許十分叫眞的。可是他極重視這個「大」字，特別和他主人在一塊的時候，主人一喊「大」黑，他便覺得自己至少有駱駝那麼大，跟誰也敢拚一拚。就是主人不在眼前的時候，他也不敢承認自己是小。因爲連不敢這麼承認還不肯捲起尾巴走路呢；設若根本的自認渺小，那還敢出來走走嗎。「大」字是他的主心骨。「大」字使他對小哈巴狗，瘦貓，叫花子，敢張口就咬；「大」字使他有時候對大狗——像黃子之類的——也敢露一露牙，和嗓子眼裏細叫幾聲；而且主人在跟前的時候「大」字使他甚至於敢和黃子幹一仗，雖明知必敗，而不得不這樣犧牲。狗的世界是不和平的，大黑專仗著這個「大」字去欺軟怕硬的享受生命。

大黑的長相也不漂亮，而最足自餒的是沒有黃子那樣的一張方嘴。狗的女性們，把吻永遠白送給方嘴；大黑的小尖嘴，猛看像個子粒不足的「老雞頭」，就是把舌頭伸出多長，她們連向他笑一下都覺得有失尊嚴。這個，大黑在自思自歎的時候，不能不歸罪於他的父母。雖然老太太常說，大黑的父親是飯莊子的那個小驢似的老黑，他十分懷疑這個說法。況且誰是他的母親？沒人知道！大黑沒有可靠的家譜作證，所以連和四眼談話的時候，也不提家事；大黑十分傷心。更不敢照鏡子；地上有汪水，他都躲開。對於大黑，顧影是不能引起自憐的。那條尾巴！細，軟，毛兒不多，偏偏很長，就是捲起來也不威武，況且捲著還很費事；老得夾著！

大黑到了大院。四眼並沒在那裏。大黑趕緊往四下看看，好在二青什麼的全沒在那裏，心裏安定了些。由走改爲小跑，覺得痛快。好像二青也算不了什麼，而且有和二青再打一架的必要。再和二青打的時候，頂好是咬住他一個地方，死不撒嘴，這樣必能致勝。打倒了二青，再聯絡四眼戰敗黃子，大黑便可以稱雄了。

遠處有吠聲，好幾個狗一同叫呢。細聽，有她的聲音！她，小花！大黑向她伸過多少回舌頭，擺過多少回尾巴；可是她，她連正眼瞧大黑一眼也不瞧！不是她的過錯；戰敗二青和黃子，她自然會愛大黑的。大黑決定去看看，誰和小花一塊唱戀歌呢。快跑。別，跑太快了，和黃子碰個頭，可不得了；謹慎一些好。四六步的跑。

看見了：小花，喝，圍著七八個，哪個也比大黑個子大，聲音高！無望！不便於過去。可是四眼也在那邊呢；四眼敢，大黑爲何不敢？可是，四眼也個子不小哇，至少四眼的尾巴捲得有個樣兒。有點恨四眼，雖然是好朋友。

大黑叫開了。雖然不敢過去，可是在遠處示威總比那一天到晚悶在家裏的小哈巴狗強多了。那邊還有個小板凳狗，安然的在家門口坐著，連叫也不敢叫；大黑的身分增高了很多，凡事就怕比較。

那群大狗打起來了。打得眞厲害，啊，四眼倒在底下了。哎呀四眼；哦，活該；到底他已聞了小花一鼻子。大黑的嫉妒把友誼完全忘了。看，四眼又起來了，撲過小花去了，大黑的心差點跳出來了，自己耗著轉了個圓圈。啊，好！小花極驕慢的躲開四眼。好，小花，大黑痛快極了。

那群大狗打過這邊來了，大黑一邊看著一邊退步，心裏說：別叫四眼看見，假如一被看見，他求我幫忙，可就不好辦了。往後退，眼睛呆看著小花，她今天特別的驕傲，好看。大黑恨自己！退得離小板凳狗不遠了，唉，拿個小東西殺殺氣吧！聞了小板凳一下，小板凳跳起來，善意的向大黑腿部一撲，似乎是要和大黑玩耍玩耍。大黑更生氣了：誰和你個小東西玩呢？牙露出來，耳朵也立起來示威。小板凳眞不知趣：輕輕抓了地幾下，腰兒塌著，尾巴捲著直擺。大黑知道這個小東西是不怕他，嘴張開了，預備咬小東西的脖子。正在這個當兒，大狗們跑過來了。小板凳看著他們，小嘴兒撇著巴巴的叫起來，毫無懼意。大黑轉過身來，幾乎碰著黃子的哥哥，比黃子還大，鼻子上一大道白，這白鼻梁看著就可怕！大黑深恐小板凳的吠聲引起他們的注意，而把大黑給圍在當中。可是他們只顧追著小花，一群野馬似的跑了過去，似乎誰也沒有看到大黑。大黑的恥辱算是到了家，他還不如小板凳硬氣呢！

似乎得設法叫小板凳看出大黑是和那群大狗爲伍的：好吧，向前趕了兩步，輕輕的叫了兩聲，瞭了小板凳一眼，似乎是說：你看，我也是小花的情人；你，小板凳，只配在這兒坐著。

風也似的，小花在前，他們在後緊隨，又回來了！躲是來不及了，大黑的左右都是方嘴——都大得出奇！他們全身沒有一根毛能舒坦的貼著肉皮子，全離心離骨的立起來。他的腿好像抽出了骨頭，只剩下些皮和筋，而還要立著！他的尖嘴向四圍縱縱著[1]，只露出一對大牙。他的尾巴似乎要擠進肚皮裏去。他的腰躬著，可是這樣縮短，還掩不住兩旁的筋骨。小花，好像是故意的，擠了他一下。他一點也不覺得舒服，急忙往後退。後腿碰著四眼的頭。四眼並沒招呼他。

一陣風似的，他們又跑遠了。大黑哆嗦著把牙收回嘴中去，把腰平伸了伸，開始往家跑。後面小板凳追上來，一勁巴巴的叫。大黑回頭齜了齜牙：幹麼呀，你！似乎是說。

回到家中，看了看盆裏，老太太還沒把食端來。倒在臺階上，舐著腿上的毛。

「一邊去！好狗不擋道，單在臺階上趴著！」老太太喊。

翻了翻白眼，到牆根去臥著。心中安定了，開始設想：假如方才不害怕，他們也未必把我怎樣了吧！後悔：小花擠了我一下，假使乘那個機會……決定不行，決定不行！那個小板凳！焉知小板凳不是個女性呢，竟自忘了看！誰和小板凳講交情呢！

1尖嘴向四圍縱縱著：指嘴巴死命地往外撐著，撐住氣勢。

門外有人拍門。大黑立刻精神起來，等著老太太叫大黑。

「大黑！」

大黑立刻叫起來，往下撲著叫，覺得自己十二分的重要威嚴。老太太去看門，大黑跟著，拚命的叫。

送信的。大黑在老太太腳前撲著往外咬。郵差安然不動。老太太踢了大黑一腿：「怎這麼討厭，一邊去！」

大黑不敢再叫，隨著老太太進來，依舊臥在牆根。肚中發空，眼瞭著食盆，把一切都忘了，好像大黑的生命存在與否只看那個黑盆裏冒熱氣不冒！

——原刊於一九三三年一月二十四日～二月二日《益世報》

一塊豬肝

大中華的半個身腔已被魔鬼的腳踩住，大中華的頭顱已被魔鬼的拳頭擊碎，只剩下了心房可憐的勇敢的不規則的尚在顫動。這心房以長江爲血，武漢三鎮爲心瓣：每一跳動關係著民族的興亡，每一啓閉輕顫出歷史續絕的消息。它是流民與傷兵的歸處，也是江山重整的起點。多少車船載來千萬失了國棄了家的男女，到了這裏都不由的壯起些膽來，渺茫的有了一點希望。就是看一眼那滾滾的長江，與山水的壯麗，也足以使人咽下苦淚，而想到地靈人傑，用不著悲觀。

江上飛著雪花，灰黃的江水托著原始的木舟與鋼鐵的輪船，浩浩蕩蕩的向東流瀉；像懷著無限的憤慨，時時發出抑鬱不平的波聲。一隻白鷗追隨著一條小舟，頗似一大塊雪，在浪上起伏。黃鶴樓上有一雙英朗的眼，正隨著這片不易融化的雪轉動。

前幾天，林磊從下江與兩千多難民擠在一條船上，來到武昌，他很難承認自己是個難民，他有知識，有志願，有前途，絕對不能與那些只會吃飯與逃生的老百姓爲伍。可是，知識，志願，與前途，全哪裏去了？他逃，他擠，他髒，他餓，他沒任何能力與辦法，和他們沒有絲毫的分別。看見武漢，他隱隱的聽到前幾天的炮聲，看見前幾天的火光。眨一眨眼，江漢關與黃鶴樓都在火影裏，冒著沖天的黑煙。再眨一眨眼，火影煙塵都已不在；他獨自流落在異鄉。身下薄薄的一身西服，皮鞋上裹滿各色的泥漿，獨自扛著簡單得可笑的一個小鋪蓋卷。誰？幹什麼？怎回事？他一邊走一邊自問。不是難民！他自己堅決的回答。旅館卻很難找，多少鐵一般的面孔，對他發出鋼一般的「沒有房間！」連那麼簡單的鋪蓋卷都已變成重擔，腿已不能再負邁開的辛苦，他才找到一間比狗窩稍大的黑洞。絕對不尊嚴的，他趴在那木板上整整睡了一夜，還不如一隻狗那麼警醒靈動。

醒來，由衣袋裏摸出那還未曾丟失的一面小鏡來，他笑了。什麼都沒有了，卻仍有這方小鏡照照自己。瘦了許多，鼻眼還是那麼俊秀，只是兩腮凹下不少，嘴角旁顯出兩條深溝，好像是刻成的，微微有些陰影。是自己，又不十分正確——到底不是難民！

放下小鏡，他決定忘下以前種種。原先就不是凡夫，現在也不能是難民，明日還得成個有為的人物。這是一貫的，馬上要為將來打算打算。

他過江去看看漢口。車馬的奔馳，人聲的叫鬧，街道的生疏，身上的寒冷，教他沒法思索什麼，計劃什麼。他只覺得孤獨，苦悶。街上沒遇到一個熟臉，終日沒聽到一句同情的話，抱著自己過去的一切志願與光榮，到今天連牢騷也無處去訴。這個處所是沒有將來的。自己可是無論如何決不肯與難民為伍。買了份報，沒有看見什麼。他不能這樣在人群中作個不伸手乞錢的流浪者，他須找個清靜的地方，細細思索一番。把報紙扔掉，想買本刊物拿回旅館去看——黑洞裏不是讀書的地方，算了吧；非常的彆扭！不過，刊物各有各的立場；自己也有自己的立場；不讀也沒多大關係。自己的立場是一切活動——對個人的，對國家的——的基礎。這個，一般人是不會有的，所以他們只配作難民，對己對國全無辦法。

在黃鶴樓上，看著武漢三鎮的形勝，他心中那些爲自己的打算，和自己平日所抱定的主張，似乎都太小一點，眼前的景物逼迫著他忘了自己，像那隻白鷗似的，自己不過是這風景中小小的一片；要是沒有那道萬古奔流，煙波萬頃的長江，一切就都不會存在；鷗鳥桅帆……連歷史也不會有。寒江上飛著雪花，翻著巨浪，武昌的高傲冷雋，漢口的繁華緊湊，漢陽的謙卑隱秀，使他一想便想到中國，想到中國的歷史，想到中國偉大的潛在力量。就是那些愚蠢無知的漁夫舟子好像也在那兒支持著一點什麼，既非偶然，也非無用，眼隨著那隻白鷗。他感到一種無以名之的情感，無限，渺茫，而又使他心中發熱，眼裏微溫。

但是，這沒有一點實在的用處。他必須爲他自己思索；茫茫的長江，廣大的景物，須拿他自己作爲中心，自己有了辦法，一切才能都有了辦法。自己的主張，是個人事業的出發點，也是國家轉危爲安的關鍵。順著自己的主張與意見往下看，破碎的江山還可以馬上整理起來，條條有理，頭頭是道。他吐了一口長氣。江上還落著零散的雪花；白鷗已不知隨著江波飄到哪裏去了。

是的，他知道自己的思想是前進的。他天然的應當負起救亡圖存的責任。他心中看見一條白光，比長江還長，把全中國都照亮，再沒一點渣滓，一星灰塵，整個的像塊水晶，裏邊印著青的松竹與金色的江河。不讓步，不搬動！把這條白光必須射出！他挺了挺胸，二十五歲的胸膛，吐出萬丈的豪氣。

雪停了。天天看見長江，天天堅定自己，天天在人群中擠來擠去，天天踩一鞋泥，天天找不到事作。林磊的志願依然很大，主張依然很堅決，只是沒有機會，一點沒有機會！他會氣餒，但是也不會快活。物質上的享受，因金錢的限制，不敢去試嘗；決定不到漢口去，免得看見那些令人羨慕的東西，又引起氣短與傷心，普通的勞作與事情，不屑於投效；精神上的安慰只仗著抱定主意，決不妥協。假若有機會得到大的事情作，既能施展懷抱，又能有物質的享受呢，頂好！能在精神上如願以償而身體受些苦處呢，也算不錯；若是只白白受此苦，而遠志莫伸，那就不如閒著。雖然閒著也不好受，可是到底自己不至與難民同流，像狗似的去求碗飯吃。

買了些本刊物，當不落雨的時候，拿到蛇山上去讀。每讀過一篇文字，他便盡著自己所知道的去揣摸，去猜想，去批判。每讀過幾篇文字，他便就著每一篇的批判，把它們分劃出來：哪篇是哪一黨一系的主張，哪一篇與哪一篇是同聲相應，或異趣相攻。他自信獨具卓見，能看清大時代的思想鬥爭的門戶與旗號，從而自許爲戰士中的一員。這使他歡喜，驕傲；眼前那些剛由內地開出來的兵，各地流亡來的乞丐，都不值得一看；他幾乎忘了前線上冰天雪地裏還有多少萬正規軍隊與義勇軍，正在與敵人血肉相拚，也幾乎忘了自己的家鄉已被敵人燒成一片焦土；反之，他渺茫的覺得自己是在一間光暖的大廳中，坐在沙發上，吸著三炮臺菸卷，與一些年輕漂亮的男女，討論著革命理論與救亡大計：香暖，熱鬧，舒服而激烈。他幻想著自己已作了那群青年的領袖，引導著他們漂亮亮的，精精神神的發表著談話，琢磨著字眼，每一個字都含著強烈的鬥爭力量，用一篇文字可以打倒多少政敵，掃蕩若干不正確的觀念。想到這裏，他不由的想起許多假想敵來，某人是某黨，某人是某派，都該用最毒辣的文字去斬伐。他的兩眼放了光。立起來，他用力的扯了扯西服的襟，挺起胸來，向左右顧盼。全城在他的眼中，他覺得山左山右不定藏著多少政匪與仇敵；屋頂上的炊煙彷彿是一些鬼氣，非立即掃清不可。

他這樣立在抱冰堂前或蛇山的背上，恍惚的想到他的英姿是值得刻個全身銅像，立在山上，永垂不朽——革命的烈士。可是，每逢一回到小旅館中，他的熱氣便沉落下去，所有的理論，主張，與立場，都不能使那間黑洞光明一點點。他好似忽然由天堂落到地獄中。這他才極難堪的覺到自己並沒有力量去克服任何困難，那眞正逼著他來到此地受罪的，卻是日本，而不是什麼鬼影似的假想敵。到這時候，他才又想起在黃鶴樓頭所得到的感觸與激刺；合起全中國的力量去打日本彷彿才是最好的辦法；內部的磨擦只是搗鬼。他想到了這個，可是不能深信，因爲實際上去戰爭與犧牲似乎離他太遠；他若這麼去努力，就有點像狗拿耗子，多管閒事。他是生在黨爭的時代，他的知識，志願，全由紙面上的鬥爭與虛榮而來。他的那身西服只宜坐在有暖氣管的屋子裏，他不能了解何謂「沙場」，何謂「流血」。他心中有「民眾」這一名詞，但是絕對不能與那把痰吐在地上的人們說過一句話。

他想安心寫些文章，投送到與他的主張相合的刊物去發表，每一篇文章，他決定好，必須是對他已讀過的某篇文字的攻擊或質問。把人家的文章割解開來，他不惜斷章取義的摘取一兩句話去拚死的責難，以便突破一點，而使敵軍全線崩潰。他一方面這樣拆割別人的文章，一方面盤算自己的寫法；費了許多工夫，可是總不易湊成一篇。他有些焦急，但是決定不自餒；越是難產才越見文藝的良心。

爲思索一詞一語，他有時候在街上去走好幾里路。街上一切的人與事，都像些霧氣，只足以遮障他的視線，而根本與他無關。正這樣喪膽遊魂的走著，遠遠的他看見個熟識的背影，頭髮齊齊的護著領子，脖兒長而挺脫，兩肩稍往裏抱著一些，而脊背並不往前探著，頂好看的細腰，一件藍色的短大衣的後襟在膝部左右晃動，下面露出長而鼓滿的腿肚兒。這後影的全部是溫柔，俐落，自然，眞純；使林磊忽然忘了他正思索著的一切，而給它配合上一張長而俊麗的臉，兩隻頂水靈的眼永遠欲罷不能的表情，不是微瞋便是淺笑；那小小的鼻子，緊緊的口，永遠輕巧可愛而又尊嚴可畏。他恨不能一步趕上前去，證明那張臉正和他所想起的一樣。而且多著一些他所未見過而可以想像到的表情：驚異，親切，眼中微濕，嘴唇輕顫，露出些光潤美麗的牙來，半晌無語……那個後影是不會錯的，那件藍色短大衣是不會錯的；他只須，必須，趕上前去，那張臉也必不會錯，而且必定給予他無限的安慰與同情。他是怎樣的孤寂悲苦呀！

可是他的腳不能輕快的往前挪。背影的旁邊還有另個背影：像寫意畫中的人物，未戴帽的頭只是個不甚圓的圈兒，下面極籠統的隨便的披著件臃腫的灰布棉衣。林磊一時想不出這個背影最恰當的像個什麼，他只覺得那是個布口袋，或沒有捆好的一個鋪蓋卷，倚靠著她，是她的致命的累贅。她居然和這個布袋靠得很近，緩緩的向前走！他不能趕上去，不能使布口袋與他分享著她的同情與美麗。他幻想著，假若他的臉若能倒長著，而看見了他，她必會把那件帶腿的行李棄下，而飛跑向他來。這既是決不會有的事，他的苦痛漸漸變爲輕蔑與殘酷：她並不是像他想像的那麼眞純美妙。說不定，還許是因逃難而變成了妓女呢！不，她決不能作妓女！他後悔了。即使是個妓女，他也得去找她，從地獄中把她救拔出來。他在大學畢業，她剛念完二年級的功課……看著那倆背景，他想起過去的甜美境界。兩年的同學，多少次的接觸，數不過來的小小的親密，——積成了一段永難消滅的心史。難道她的一切都是假的？爲什麼和個傷兵靠著肩？隨著她，看她到底往哪裏去！

馬路上迎面過來一隊女兵。只一眼，他收進多少純潔的臉，正氣的眼神，不體面的制服，短而努力前進的腿。她——他急忙把眼又放在那個背影上——莫非也是個女兵？他加快了腳步，已經追上她，她和那個傷兵進了一座破廟，上臺階的時候，她攙起傷兵的左臂；右臂已失，怪不得像個沒捆好的什麼行李卷呢。破廟的門垛上掛著個木牌——ＸＸＸ傷兵醫院。

林磊一夜沒能睡好。那兩個背影似乎比什麼都更難分析，沒有詳密的分析，結論是萬難得到的。救亡圖存的大計，在他心中，是很容易想出來的；只要有一定的立場而思路清楚便會有好的言論與文章；大家都照著文章裏的指示去作，事情是簡單的。那兩個背影卻是極難猜透的謎。盡他所

他想起那個布口袋。

「家裏怎樣？」她看了他的臉一下。

磊把手往更深處插了插。

光嫣把頭低下去：「我的家全完了！父母逃是逃出來了，至今沒有信！」

「可是你挺快活？」磊的唇顫動著，把手拔出來一隻，擦了擦鼻子。

「我很快樂！」她皺了下眉：「當逃難的時候，父母失散，人財兩空，我只感到窮困微弱，像風暴裏的一個落葉。後來，遇到一群受傷的將士與兵丁，他們有的斷了臂，有的瘸了腿，有的血流不住，有的疼痛難忍。他們可是仍想活著，還想病好再上沙場。他們簡單，眞是簡單，只有一條命，只有一個心眼把命喪在戰場！我呢，什麼也沒有了，可還有這條命。這條命，我就想，須放在一個心眼裏；我得作些什麼。我就隨著他們來到此處；作了他們的姐妹。」

「他們爲誰打？他們不知道。」磊給滿腹的牢騷打開了閘：「他們受傷，他們死；爲什麼？不知道；你去救護他們，立在什麼立場上，有什麼全盤的計劃？哦，把一兩個傷兵的臂裏好就能轉敗爲勝？」

光嫣笑了。「我沒有任何立場與計劃，我只求賣我個人的力量，救一個戰士便多保存一分戰鬥力。父母可以死，家產可以丟掉，立場主張可以拋開，我要作馬上能作該作的事。我只剩了一個理想，就是人人出力，國必不亡。國是我的父母，大家是我的兄弟姐妹。一路軍也好，七路軍也好，凡是爲國流血的都是英雄；凡是專注意到軍隊的系屬而有所重輕的都是愚蠢。」

「完全與青年會，紅十字會的愚人一樣，」磊的笑聲很高，很冷：「婦人之仁！」

「是的，我將永不撒手這個婦人之仁。」她沒有笑，也沒有一點氣：「我相信我自己現在不空虛，因爲我是與傷兵們的血肉相親：我看見了要國不要命的事實，所以我的血肉也須投在戰潮中。假若兵們在我的照料勞作而外，還要我的身體，我決不吝惜；我的肉並不比他們的高貴。可是，他們對我都很敬重；我袋中有一角錢也爲他們花了，他們買一分錢的花生也給我幾個。在這兒，我明白了什麼叫作眞純，什麼叫作熱烈。」

「連報紙也不看？」磊惡意的問。

「不但看，而且得由我詳細的講解：在講解之中，他們告訴我許多戰績，人名，地名，風景，物產。他們不懂得的是那些新名詞，我不懂得的是中國的人，地，事情。他們才是眞正的中國人；生在中國，爲中國而死，明白中國事。我們，」光嫣又笑了，「平日只顧了翻譯外國書，卻一點不曉得中國事。美國鬧什麼黨派，我們也隨著鬧，竟自不曉得那是無中生有白天鬧鬼！」她忽然立住了，「喲！走過了。」

「走過了什麼？」

「肉鋪！我出來給劉排長買二毛錢的豬肝。」她扭頭往回走，走了兩步，又轉回來。「他的血流得太多了，醫院裏又沒有優待的飯食；所以我得給他買點豬肝。你有錢沒有？這是我最後的兩毛錢了！」

林磊掏出一塊錢的票子來。她接過去，笑著，跳著，鑽進一家小肉鋪去。天上的薄雲裂開一條長縫，射出點陽光來。也看見了自己的影子，瘦長的在地上臥著。

「婦女是沒有理想的，」他輕輕的對自己說：「一個最壞的孩子也是媽媽的寶貝兒！誰給她送一束花，誰便是愛人；到如今，誰流點血便是英雄！」他想毫不客氣的把這個告訴她，教她去思索一下。

她由小肉鋪輕巧的跳出來，手中托著塊紫紅的肝。她兩眼釘在肝上，嘴角透出點笑，像看著個最可愛的小孩的臉似的。

他急忙的走開。陽光又被雲遮住。眼前時時的現出一塊紫紅的豬肝——豬肝的一邊有些人，有些事；豬肝的另一邊什麼也沒有；彷彿是一活一死的兩個小世界似的。

——原刊於一九三八年三月十六日、廿三日《民意》第十四、十五期；初收錄於一九三九年八月出版之《火車集》，上海，上海雜誌公司

善人

汪太太最不喜歡人叫她汪太太；她自稱穆鳳貞女士，也願意別人這樣叫她。她的丈夫很有錢，她老實不客氣的花著；花完他的錢，而被人稱穆女士，她就覺得自己是個獨立的女子，並不專指著丈夫吃飯。

穆女士一天到晚不用提多麼忙了，又搭著長得富泰，簡直忙得喘不過氣來。不用提別的，就光拿上下汽車說，穆女士——也就是穆女士！——一天得上下多少次。哪個集會沒有她，哪件公益事情沒有她？換個人，那麼兩條胖腿就夠累個半死的。穆女士不怕，她的生命是獻給社會的；那兩條腿再胖上一圈，也得設法帶到汽車裏去。她永遠心疼著自己，可是更愛別人，她是爲救世而來的。

穆女士還沒起床，丫鬟自由就進來回話。她囑咐過自由們不止一次了：她沒起來，不准進來回話。丫鬟就是丫鬟，叫她「自由」也沒用，天生來的不知好歹。她眞想抄起床旁的小桌燈向自由扔了去，可是覺得自由還不如桌燈值錢，所以沒扔。

「自由，我囑咐你多少回了！」穆女士看了看鐘，已經快九點了，她消了點氣，不爲別的，是喜歡自己能一氣睡到九點，身體定然是不錯；她得爲社會而心疼自己，她需要長時間的睡眠。

「不是，太太，女士！」自由想解釋一下。

「說，有什麼事！別磨磨蹭蹭的！」

「方先生要見女士。」

「哪個方先生？方先生可多了，你還會說話呀！」

「老師方先生。」

「他又怎樣了？」

「他說他的太太死了！」自由似乎很替方先生難過。

「不用說，又是要錢！」穆女士從枕頭底下摸出小皮夾來：「去，給他這二十，叫他快走；告訴明白，我在吃早飯以前不見人。」

自由拿著錢要走，又被主人叫住：

「叫博愛放好了洗澡水；回來你開這屋子的窗戶。什麼都得我現告訴，眞勞人得慌！大少爺呢？」

「上學了，女士。」

「連個kiss都沒給我，就走，好的。」穆女士連連的點頭，腮上的胖肉直動。

「大少爺說了，下學吃午飯再給您一個kiss。」自由都懂得什麼叫kiss，pie和bath。

「快去，別廢話；這個勞人勁兒！」

自由輕快的走出去，穆女士想起來：方先生家裏落了喪事，二少爺怎麼辦呢？無緣無故的死哪門子人，又叫少爺得荒廢好幾天的學！穆女士是極注意子女們的教育的。

博愛敲門，「水好了，女士。」

穆女士穿著睡衣到浴室去。雪白的澡盆，放了多半盆不冷不熱的清水。凸花的玻璃，白瓷磚的牆，圈著一些熱氣與香水味。一面大鏡子，幾塊大白毛巾；胰子盒，浴鹽瓶，都擦得放著光。她覺得痛快了點。把白胖腿放在水裏，她愣了一會兒；水給皮膚的那點刺激使她在舒適之中有點茫然。她想起點久已忘了的事。坐在盆中，她看著自己的白胖腿；腿在水中顯著更胖，她心中也更渺茫。用一點水，她輕輕的洗脖子；洗了兩把，又想起那久已忘了的事——自己的青春：二十年前，自己的身體是多麼苗條，好看！她彷彿不認識了自己。想到丈夫，兒女，都顯著不大清楚，他們似乎是些生人。她撩起許多水來，用力的洗，眼看著皮膚紅起來。她痛快了些，不茫然了。她不只是太太，母親；她是大家的母親，一切女同胞的導師。她在外國讀過書，知道世界大勢，她的天職是在救世。

可是救世不容易！二年前，她想起來，她提倡沐浴，到處宣傳：「沒有澡盆，不算家庭！」有什麼結果？人類的愚蠢，把舌頭說掉了，他們也不了解！摸著她的脖腿，她想應當灰心，任憑世界變成個狗窩，沒澡盆，沒衛生！可是她灰心不得，要犧牲就得犧牲到底。她喊自由：

「窗戶開五分鐘就得！」

「已經都關好了，女士！」自由回答。

穆女士回到臥室。五分鐘的工夫屋內已然完全換了新鮮空氣。她每天早上得作深呼吸。院內的空氣太涼，屋裏開了五分鐘的窗子就滿夠她呼吸用的了。先彎下腰，她得意她的手還搆得著腳尖，腿雖然彎著許多，可是到底手尖是碰了腳尖。俯仰了三次，她然後直立著餵了她的肺五六次。她馬上覺出全身的血換了顏色，鮮紅，和朝陽一樣的熱、豔。

「自由，開飯！」

穆女士最恨一般人吃得太多，所以她的早飯很簡單：一大盤火腿蛋兩塊黃油麵包，草莓果醬，一杯加乳咖啡。她曾提倡過儉食：不要吃五六個窩頭，或四大碗黑麵條，而多吃牛乳與黃油。沒人響應；好事是得不到響應的。她只好自己實行這個主張，自己單雇了個會作西餐的廚子。

吃著火腿蛋，她想起方先生來。方先生教二少爺讀書，一月拿二十塊錢，不算少。她就怕寒苦的人有多掙錢的機會；錢在她手裏是錢，到了窮人手裏是禍。她不是不能多給方先生幾塊，而是不肯，一來爲怕自己落個冤大頭的名兒，二來怕給方先生惹禍。連這麼著，剛教了幾個月的書，還把太太死了呢。不過，方先生到底是可憐的。她得設法安慰方先生：

---

1 胰子盒：皂盒。

「自由，叫廚子把『我』的雞蛋給方先生送十個去；囑咐方先生不要煮老了，嫩著吃！」

穆女士咂摸[2]著咖啡的回味，想像著方先生吃過嫩雞蛋必能健康起來，足以抵抗得住喪妻的悲苦。繼而一想呢，方先生既喪了妻，沒人給他作飯吃，以後頂好是由她供給他兩頓飯。她總是給別人想得這樣周到；不由她，慣了。供給他兩頓飯呢，可就得少給他幾塊錢。他少得幾塊錢，可是吃得舒服呢。方先生應當感謝她這份體諒與憐愛。她永遠體諒人憐愛人，可是誰體諒她憐愛她呢？想到這兒，她覺得生命無非是個空虛的東西；她不能再和誰戀愛，不能再把青春喚回來；她只能去爲別人服務，可是誰感激她，同情她呢？

她不敢再想這可怕的事，這足以使她發狂。她到書房去看這一天的工作；工作，只有工作使她充實，使她疲乏，使她睡得香甜，使她覺到快活與自己的價值。

她的秘書馮女士已經在書房裏等了一點多鐘了。馮女士才二十三歲，長得不算難看，一月掙十二塊錢。穆女士給她的名義是秘書，按說有這麼個名字，不給錢也滿下得去。穆女士的交際是多麼廣，做她的秘書當然能有機會遇上個闊人；假如嫁個闊人，一輩子有吃有喝，豈不比現在掙五六十塊錢強？穆女士爲別人打算老是這麼周到，而且眼光很遠。

見了馮女士，穆女士歎了口氣：「哎！今兒個有什麼事？說吧！」她倒在個大椅子上。

馮女士把記事簿早已預備好了：「今兒個早上是，穆女士，盲啞學校展覽會，十時二十分開會；十一點十分，婦女協會，您主席；十二點，張家婚禮；下午。」

「先等等，」穆女士又歎了口氣，「張家的賀禮送過去沒有？」

「已經送過去了，一對鮮花籃，二十八塊錢，很體面。」

「啊，二十八塊的禮物不太薄——」

「上次汪先生作壽，張家送的是一端壽幛，並不——」

「現在不同了，張先生的地位比原先高了；算了吧，以後再找補吧。下午一共有幾件事？」

「五個會呢！」

「哼！甭告訴我，我記不住。等我由張家回來再說吧。」穆女士點了根菸吸著，還想著張家的賀禮似乎太薄了些。「馮女士，你記下來，下星期五或星期六請張家新夫婦吃飯，到星期三你再提醒我一聲。」

馮女士很快的記下來。

「別忘了問我張家擺的什麼酒席，別忘了。」

「是，穆女士。」

穆女士不想上盲啞學校去，可是又怕展覽會照相，相片上沒有自己，怪不合適。她決定晚去一會兒，頂好是正趕上照相才好。這麼決定了，她很想和馮女士再說幾句，倒不是因爲馮女士有什麼

---

2 咂摸：思索。

可愛的地方，而是她自己覺得空虛，願意說點什麼……解解悶兒。她想起方先生來：

「馮，方先生的妻子過去了，我給他送了二十塊錢去，和十個雞子[3]，怪可憐的方先生！」穆女士的眼圈眞的有點發濕了。

馮女士早知道方先生是自己來見汪太太，她不見，而給了二十塊錢，可是她曉得主人的脾氣：「方先生眞可憐！可也是遇見女士這樣的人，趕著給他送了錢去！」

穆女士臉上有點笑意，「我永遠這樣待人；連這麼著還討不出好兒來，人世是無情的！」

「誰不知道女士的慈善與熱心呢！」

「哎！也許！」穆女士臉上的笑意擴展得更寬心了些。

「二少爺的書又得荒廢幾天！」馮女士很關心似的。

「可不是，老不叫我心靜一會兒！」

「要不我先好歹的教著他？我可是不很行呀！」

「你怎麼不行！我還眞忘了這個辦法呢！你先教著他得了，我白不了你！」

「您別又給我報酬，反正就是幾天的事，方先生事完了還叫方先生教。」

穆女士想了會兒，「馮，簡直這麼辦好不好？你就教下去，我每月一共給你二十五塊錢，豈不整重？」

「就是有點對不起方先生！」

「那沒什麼，反正他喪了妻，家中的嚼穀小了；遇機會我再給他弄個十頭八塊的事；那沒什麼！我可該走了，哎！一天一天的，真累死人！」

——原刊於一九三五年四月十五日《新小說》第一卷第三期；初收錄於一九三五年八月出版之《櫻海集》，上海，人間書屋

3 雞子：指雞蛋。

末一塊錢

一陣冷風把林乃久和一塊現洋吹到萃雲樓上。

樓上只有南面的大廳有燈亮。燈亮裏有塊白長布，寫著點什麼——林乃久知道寫的是什麼。其餘的三面黑洞洞的，高，冷，可怕。大廳的玻璃上掛著冷汗，把燈光流成一條條的。廳裏當然是很暖的，他知道。他不想進去，可是廳裏的暖氣和廳外的黑冷使他不能自主；暖氣把他吸了進去，像南風吸著一隻歸燕似的。

廳裏的煙和暖氣噎得他要咳嗽。他沒敢咳嗽，一溜歪斜的奔了頭排去，他的熟座兒；茶房老給他留著。他坐下了，心中直跳，鬧得慌，疲乏，閉上了眼。茶房泡過一壺茶來，放下兩碟瓜子。「先生怎麼老沒來？有三天了吧？」林乃久似乎沒聽見什麼，還閉著眼。頭上見了汗，他清醒過來。眼前的一切還是往常的樣子。臺上的長桌，桌上的繡圍子——團鳳已搭拉下半邊，老對著他的鼻子。牆上的大鏡，還崎嶇古怪的反映出人，物，燈。鏡子上頭的那些大紅紙條：金翠，銀翠，碧豔香……他都記得；史蓮雲，他不敢再看；但是他得往下看：史蓮霞！他只剩了一塊錢。這一塊圓硬的銀餅似乎有多少歷史，都與她有關係。他不敢去想。他扭過頭來看看後邊，後邊只有三五組人：那兩組老頭兒照例的在最後面擺圍棋。其餘的嗑著瓜子，喝著小壺悶的釅茶，談笑著，出去小便，回來擦帶花露水味的，有大量熱氣的手巾把兒。跟往日一樣。「有風，人不多。」他想。可是，屋裏的煙，熱氣，棋子聲，談笑聲，和鏡子裏的燈，減少了冷落的味道。他回過頭來，臺上還沒有人。他坐在這裏好呢？還是走？他只有一塊錢，最後的一塊！他能等著史蓮霞上來而不點曲子捧場麼？他今天不是來聽她。茶房已經過來了：「先生，回來點個什麼？」遞了一把手巾。林乃久的嘴在手巾裏哼了句：「回頭再說。」但是他再也坐不住。他想把那塊錢給了茶房，就走。這塊錢吸住了他的手，這末一塊錢！他不能動了。浪漫，勇氣，青春，生命，都被這塊錢拿住，也被這塊錢結束著。他坐著不動，渺茫，心裏發冷。待會兒再走，反正是要走的。眼睛又碰上紅紙條上的史蓮霞！

他想著她：那麼美，那麼小，那麼可憐！可憐；他並不愛她，可憐她的美，小，窮，與那——那什麼？那容易到手的一塊嫩肉！憐是需要報答的。但是一塊錢是沒法行善的。他還得走，馬上走，叫史蓮霞看見才沒辦法！上哪兒呢？世界上只剩了一塊錢是他的，上哪兒呢？

假如有五塊錢——不必多——他就可以在這兒舒舒服服的坐著；而且還可以隨著蓮霞姊妹到她們家裏去喝一碗茶。只要五塊錢，他就可以光明磊落的，大大方方的死。可是他只有一塊；在死前連蓮霞都不敢看一眼！殘忍！

疲乏了，他知道他走了一天的道兒；哪兒都走到了，還是那一塊錢。他就在這兒休息會兒吧；到底他還有一塊錢。這一塊錢能使他在這兒暖和兩三點鐘，他得利用這塊錢；兩三點鐘以後，誰知道呢！

臺上一個只仗著點「白麵兒」活著的老人來擺鼓架。走還是不走？林乃久問他自己。沒地方去；他沒動。不看臺上，想著他自己；活了二十多年沒這麼關心自己過；今天他一刻兒也忘不了自己。他幾乎要立起來，對鏡子看看他自己；可是沒這個勇氣。他知道自己體面，和他哥哥比起來，哥兒倆差不多是兩個民族的。哥哥；他的錢只剩了一塊，因爲哥哥不再給。哥哥一輩子不肯吃點肉，可憐的鄉下佬！哥哥把錢都供給我上學。哥哥不錯，可是哥哥有哥哥的短處：他看不清弟弟在大城裏上學得交際，得穿衣，得敷衍朋友們。哥哥不懂這個。林乃久不是沒有人心的，畢業後他會報答哥哥的，想起哥哥他時常感激；有時候想在畢業後也請哥哥到城裏來聽聽史蓮霞。可是哥哥到底是鄉下佬，不懂場面！

哥哥不會沒錢，是不明白我，不肯給我。林乃久開始恨他的哥哥。他不知道哥哥到底有多少財產，他也不愛打聽；他只知道哥哥不肯往外拿錢。他不能不恨哥哥；由恨，他想到一種報復——他自己去死，把林家的希望滅絕：他老覺得自己是林家的希望；哥哥至好不過是個鄉下佬。「我死了，也沒有哥哥的好處！」他看明白自己的死是一種報復，一種犧牲；他非去死不可，要不然哥哥總以爲他占了便宜。

只顧了這樣想，臺上已經唱起來。一個沒有什麼聲音，而有不少烏牙的人，眼望著遠處的燈，作著夢似的唱著些什麼。沒有人聽他。林乃久可憐這個人，但是更可憐自己。他想給這個人叫個好，可是他的嘴張不開。假如手中有兩塊錢的話，他會賞給這個烏牙鬼一塊，結個死緣；可是他只有一塊。他得死，給哥哥個報復，看林家還找得著他這樣的人找不著！他，懂得什麼叫世面，什麼叫文化，什麼叫教育，什麼叫前途！讓哥哥去把著那些錢，絕了林家的希望！

那個烏牙鬼已經下去了，換上個女角兒來。林乃久的心一動；要是走，馬上就該走了，別等蓮霞上來，蓮霞可是永遠壓臺；他捨不得這個地方，這個暖氣，這條生命；離開這個地方只有死在冷風裏等著他！他沒動。他聽不見臺上唱的是什麼。他可是看了那個彈弦子的一眼，一個生人，長得頗像他的哥哥。他的哥哥！他又想起來：來聽聽曲子，就連捧蓮霞都算上，他是爲省錢，爲哥哥省錢；哥哥哪懂得這個。頭一次是老何帶他到萃雲樓來的。老何是多麼精明的人：永遠躲著女同學，而閒著聽聽鼓書。交女友得多少錢？聽書才花幾個子兒？就說捧，點一個曲兒不是才一塊錢嗎？哥哥哪懂得這個？假如像王叔遠那樣，釣上女的就去開房間，甚至於叫女友有了大肚子，得多少錢？林乃久沒幹過這樣的事。同學不是都拿老何與他當笑話說嗎：他們不交女友，而去捧蓮霞！爲什麼，不是爲省錢麼？他和老何一晚上一共才花兩塊多錢，一人點一個曲子。不懂事的哥哥！

1白麵兒：毒品，海洛因。

可是在他的怒氣底下，他有點慚愧。他不止點曲子，他還給蓮霞買過鞋與絲襪子。同學們的嘲笑，他也沒安然的受著，他確是爲蓮霞失眠過。蓮霞——比起女學生來——確是落伍。她只有好看，只會唱；她的談吐，她的打扮，都落在女學生的後邊。她的領子還是碰著耳朵；女學生已早不穿元寶領了。「她可憐。」他常這麼想，常拿這三個字作原諒自己的工具。可是他也知道他確是有點「迷」。這個「迷」是立在金錢上；有兩塊錢便多聽她唱兩個曲子，多看她二十分鐘。有五塊錢便可以到她家去玩一點鐘。她賤！他不想娶她，他只要玩玩。她比女學生們好玩，她簡單，美，知道洋錢的力量。爲她，他實在沒花過多少錢。可是間接的，他得承認，花得不少。他得打扮。他得請朋友來一同聽她，——去跳舞不也是交際麼，這並不比舞場費錢——他有時候也陪著老何去嫖。但這都算在一塊兒，也沒有王叔遠給人家弄出大肚子來花得多。至於道德，林乃久是更道德的。不錯，蓮霞使他對於嫖感覺興趣。可是多少交著女朋友的人們不去找更實用的女人去？那群假充文明的小鬼！

況且，老何是得罪不得的，老何有才有錢有勢力；在求學時代交下個好友是必要的；有老何，林乃久將來是不愁沒有事的。哥哥是個糊塗蟲！

他本來是可以找老何借幾塊錢的，可是他不能，不肯；老何那樣的人是慷慨的，可是自己的臉面不能在別人的慷慨中丟掉。況且，假如和老何去借，免不掉就說出哥哥的糊塗來，哥哥是鄉下佬。不行，憑林乃久，哥哥是鄉下佬？這無傷於哥哥，而自己怎麼維持自己的尊嚴？林乃久死在城裏也沒什麼，永遠不能露出鄉下氣來。

臺上換了金翠。他最討厭金翠，一嘴假金牙，兩唇厚得像兩片魚肚；眼睛看人帶著鉤兒。他不喜歡這個浪貨；蓮霞多麼清俊，雖然也抹著紅嘴唇，可是紅得多麼潤！潤吧不潤吧，一塊錢是跟那個紅嘴不能發生關係的。他得走，能看著別人點她的曲子麼？可是，除了宿舍沒地方去。宿舍，不像個監獄；一到九點就撤火。林乃久只剩了一條被子和身上那些衣裳。他不能穿著衣裳睡，也不能賣了大衣而添置被子；至死不能洩氣。眞的，在鄉間他睡過土炕，穿過撅尾巴的短棉襖；但那是鄉下。他想起同學們的闊綽來，越恨他的哥哥。同學們不也是由家裏供給麼？人家怎麼穿得那麼漂亮？是的，他自己的服裝不算不漂亮，可是只在顏色與樣子上，他沒錢買眞好的材料。這使他想起就臉紅，鄉下佬穿假緞子！更傷心的是，這些日子就是勻得出錢也不敢去洗澡，貼身的絨衣滿是窟窿！他的能力與天才只能使他維持著外衣，小衣裳是添不起的。他眞需要些小衣裳，他冷。還不如壓根兒就不上城裏來。在鄉下，和哥哥們一鍋兒熬，熬一輩子，也好。自然那埋沒了他的天才，可是少受多少罪呢。不，不，還是幸而到城裏來了；死在城裏也是值得的。他見過了世面，享受了一點，即使是不大一點。那多麼可怕，假如一輩子沒離開過家！土炕，短棉襖，棒子麵的窩窩[2]，沒

2棒子麵的窩窩：指用玉蜀黍麵粉製成的圓錐狀麵食。窩窩，即「窩窩頭」，也稱「窩頭」。

有一個女人有蓮霞的一零兒[3]的俊美。死也對不起閻王。現在死是光榮的。他心裏舒服了點，金翠也下去了。

林乃久幾乎跳了起來。怎麼蓮霞這麼早就上來？他往後掃了一眼，幾個擺棋的老頭兒已經停住，其中一個用小烏木菸袋向臺上指呢。「啊，這群老傢伙們也捧她！」林乃久咬著牙說。老不要臉！他恨，妒；他沒錢，老梆子[4]們有。她，不過是個玩物。

「蓮霞唱個《遊武廟》！」

蓮霞扭了出來。她扭得確是好。只那麼幾步，由臺簾到鼓架。她低著點頭，將將[5]的還叫臺下看得見她的紅唇，微笑著。兩手左右的找胯骨尖作擺動的限度，兩胯擺得正好使上身一點不動，可是使旗袍的下邊左右的搖擺。那對瘦溜的腳，穿著白緞子繡紅牡丹的薄鞋，腳尖腳踵都似乎沒著地，而使腳心揉了那麼幾步。到了鼓架，順著低頭的姿式一彎腰，長，慢，滿帶著感情的一鞠躬。頭忽然抬起來，像曉風驚醒了的蓮花，眼睛掃到了左右遠近，右手提了提元寶領，緊跟著拿起鼓槌，輕輕的敲著。隨便的敲著鼓，隨便的用腳尖踢踢鼓架，隨便的搖著板，隨便的看著人們。

林乃久低下頭去，怕遇上她的眼光。低著頭把她的美在心裏琢磨著。老何確是有見識，女學生是差點事的，他想。特別是那些由鄉下來的女學生：大黑扁臉，大扁腳，穿著大紅毛繩長坎肩[6]！蓮霞是城裏的人，到底是城裏的人！她只是窮，沒有別的缺點；假如他有錢，或是哥哥的錢可以隨便花……他知道她的模樣：長頭髮齊肩，攏著個帶珠花的大梳子。長臉，腦門和下巴尖得好玩，小鼻子有個圓尖；眼睛小，可是雙眼皮，有神；嘴頂好看……他還要看看，又不敢看；假如他手裏有五塊錢！

蓮霞的嗓音不大，可是吐字清楚，她的唇，牙，腮，手，眼睛都幫助她唱；她把全身都放在曲子裏，她不許人們隨便的談笑，必得聽著她。她個子不高，可是有些老到的結實的，像魔力的，一點精神。這點精神使她占領了這個大廳：那些光，煙，暖氣，似乎都是她的。林乃久只有一塊錢，什麼也不是他的。

可是，她也沒有什麼，除了這份本事。林乃久記得她家裏只有個母親和點破爛東西。她和他一樣，財產都穿在身上。想到這兒，他眞要走了；他和她一樣？先前沒想到過。先前他可憐她，現在是同病相憐。與一個唱鼓書的同病相憐？他一向是不過火的自傲，現在他不能過火的自卑。況且她的姐姐——史蓮雲——原先下過窯子呢！自己的哥哥至多不過是個鄉下佬，她的姐姐下過窯子。他不能再愛她；打算結婚的話，還得娶個女學生；蓮霞只能當個妾。倒不是他一定擁護娶妾的制度，

3一零兒：一點點、零頭。
4老梆子：指老年人，但語帶蔑視。
5將將：恰好、正好。
6坎肩：即背心。

不是，可是……

「蓮霞，再唱個《大西廂》！」

林乃久連頭也沒抬。往常他只點她一個曲子，倒不專為省錢，是可憐她的嗓子；別人時常連點好幾個曲兒，他不去和人家爭強好勝；一連氣唱幾個，他不那麼殘忍。他拿她當個人待，她不是留聲機。今天，他冷淡，別人點曲子，他聽著，他無須可憐她。她受累，可是多分錢呢；他只有一塊錢。他讀書不完全為自己，可是沒人給他錢，是的，錢是一切；有錢可以點她一百個曲子，一氣累死她，或者用一堆錢買了她，專為自己唱。沒有什麼人道不人道。假若他明天來了錢，他可以一氣點她幾個曲子。誰知道世界是怎麼回事呢；錢是頂寶貝的東西，眞的。明天打哪兒會來錢呢？

蓮霞還笑著，可是唱得不那麼帶勁了。

他看了臺上一眼，蓮霞的眼恰恰的躲開他。故意的，他想。手中就是短幾塊錢！她的眼向後邊掃，後邊人點的曲子。林乃久的怒氣按不住了：「好！」他喊了出來。喊了，他看著蓮霞。她嘴角上微微有點笑，冷笑，眼角撩了他一下，給他一股冷氣。「好！」他又喊了。蓮霞的眼向後邊笑著一掃。後邊說了話：

「我花錢點她唱，沒花錢點你叫好，我的老兄弟！」

大廳裏滿了笑聲。

林乃久站起來：「什麼？」

「我說，等我煩你叫好，你再叫；明白不明白？」後邊笑著說。

林乃久看清，這是靠著窗子一個胖子說的。他沒再說什麼，抄起茶碗向窗戶扔了去。花啦，玻璃和茶碗全碎了。他極快的回頭看了蓮霞一眼。她已經不唱了，嘴張著點。

「怎麼著，打嗎？」胖子立起來，往前奔。

大家全站起來。

「媽的有錢自己點曲呀，裝他媽的孫子。」胖子被茶房攔住，罵得很起勁。

「太爺點曲子的時候，還他媽的沒你呢！」林乃久可是眞的往前奔。

「小子你拍出來，你他媽的要拍得出十塊錢來，我姓你姥姥的姓！」

林乃久奔過去了。茶房，茶客，亂伸手，亂嚷嚷，把他攔住。他在一群手裏，一團聲音裏，一片燈光裏，不知道怎的被推了出來。外邊黑，冷，有風。他哆嗦開了，也冷靜了。

上哪兒去呢？他慢慢的下著樓。

走出去有半里地了，他什麼也沒想。霹靂過去了，晴了天，好像是。可是走著走著他想起剛才的事來，彷彿已隔了好久。他想回去，回到萃雲樓下等蓮霞出來；跟她說句話。最後的一句話似乎該跟她說，要對她說明他不是個光棍土匪，愛打架；他是爲憐愛她才扔那個茶碗。可是這也含著點英雄氣概：沒有英雄氣的人，至死也不會打架的。這個自然得叫蓮霞表示出來，自己不便說自己怎麼英雄。她看出這個來，然後，死也就甘心了。

可是他沒往回走，他覺得冷。回宿舍去睡。想到宿舍更覺得有死的必要，憑林乃久就會只剩了一條被子？沒有活著的味兒。好在還有一塊錢，去買安眠藥水吧。他摸了摸袋中，那塊現洋沒了。街上的鋪子還開著，買安眠藥水與死還都不遲，可是那塊錢不在袋中了。想是打架的時候由袋裏跳出去，驚亂中也沒聽到響兒。不能回去找，不能；要是張十塊的票子還可以，一塊現洋……自殺是太晚了，連買斤煤油的錢也沒有了。他和一切沒了關係，連死也算上。投河是可以不花錢；可是，生命難道就那麼便宜？白白把自己扔在河裏，連一個子兒都不值？

他得快走，風不大，可是鑽骨頭。快快的走，出了汗便不覺得冷了。他快走起來，心中痛快了些。聽著自己的腳步聲，蹬蹬的，他覺得他不該死。他是個有作爲的人。應當設法過去這一關，熬到畢業他自然會報仇：哥哥，蓮霞，那個胖子……都跑不了。他笑了。還加勁的走。笑完了，他更大方了，哥哥，蓮霞，胖子都不算什麼，自己得了志才不和他們計較呢。明天還是先跟老何勻幾塊錢，先打過這一關。

好像老何已經借給他了，他又想起萃雲樓來。袋中有了錢，約上老何，照舊坐在前排，等那個胖子。老何是有勢力的；打了那個胖子，而後一同到蓮霞家中去；她必定會向他道歉，叫他林二爺，那個小嘴！就這麼辦。青春，什麼是青春？假如沒有這股子勁兒？

回到了宿舍，他幾乎是很歡喜的。別的屋裏已經有熄燈睡覺的了，這群沒有生命的玩藝兒。他坐在了床上，看著自己的鞋尖，滿是土。屋裏冷。坐了會兒，他不由的倒在床上。渺茫，混亂，金錢，性欲，拘束，自由，野蠻與文化，殘忍與漂亮，青春與老到，捻成了一股邪氣，這股氣送他進入夢中。

萃雲樓的大廳已一點亮兒沒有了，他輕手躡腳的推開了門，在滿蓋著瓜子皮菸卷頭的地上摸他那塊洋錢……

可是萃雲樓在事實上還有燈亮兒；客已散淨；只仗著著點「白麵兒」活著的那個人正在掃地。花啷一聲，他掃出一塊現洋：「啊，還是有錢的人哪，打架都順便往下掉現洋！」他拾起錢來，吹了吹，放在耳旁聽聽：「是眞的！別再貓咬尿胞瞎喜歡[7]！」放在袋中，一手掃地，一手按著那塊錢。他打算著：還是買雙鞋呢，還是……他決定多買四毛錢的「白麵兒」，犒勞犒勞自己。

——原刊於一九三五年一月一日《國聞周報》第十二卷第一期；初收錄於一九三五年八月出版之《櫻海集》，上海，人間書屋

---

7 貓咬尿胞瞎喜歡：在《西遊記》中則作「貓咬尿胞空歡喜」，喻白費苦心與氣力，空歡喜一場。

創造病

楊家夫婦的心中長了個小疙瘩，結婚以後，心中往往長小疙瘩，像水仙包兒似的，非經過相當的時期不會抽葉開花。他們的小家庭裏，處處是這樣的花兒。桌，椅，小巧的玩藝兒，幾乎沒有不是先長疙瘩而後開成了花的。

在長疙瘩的時期，他們的小家庭像晴美人間的唯一的小黑點，只有這裏沒有陽光。他們的談話失去了音樂，他們的笑沒有熱力，他們的擁抱像兩件衣服堆在一起。他們幾乎想到離婚也不完全是壞事。

過了幾天，小疙瘩發了芽。這個小芽往往是突然而來，使小家庭裏雷雨交加。那是，芽兒既已長出，花是非開不可了。花帶來陽光與春風，小家庭又移回到晴美的人間來；那個小疙瘩，憑良心說，並不是個壞包。它使他們的生活不至於太平凡了，使他們自信有創造的力量，使他們忘記了黑暗而喜愛他們自己所開的花。他們還明白了呢：在衝突中，他們會自己解和，會使醜惡的淚變成花瓣上的水珠；他們明白了彼此的力量與度量。況且再一說呢，每一朵花開開，總是他們倆的；雖然那個小包是在一個人心中長成的。他們承認了這共有的花，而忘記了那個獨有的小疙瘩。他們的花都是並蒂的，他們說。

前些日子，他們倆一人懷著一個小包。春天結的婚，他的薄大衣在秋天也還合適。可是哪能老是秋天呢？冬已在風兒裏拉他的袖口，他輕輕顫了一下，心裏結成個小疙瘩。他有件厚大衣；生命是舊衣裳架子麼？

他必須作件新的大衣。他已經計劃好，用什麼材料，裁什麼樣式，要什麼顏色。另外，他還想到穿上這件大衣時的光榮，俊美，自己在這件大衣之下，像一朵高貴的花。爲穿這件新大衣，他想到渾身上下應該加以修飾的地方；要是沒有這件新衣，這些修飾是無須乎費心去思索的；新大衣給了他對於全身的美麗的注意與興趣。冬日生活中的音樂，拿這件大衣作爲主音。沒有它，生命是一片荒涼；風，寒，與顫抖。

他知道在訂婚與結婚時拉下不少的虧空，不應當把債眼兒弄得更大。可是生命是創造的，人間美的總合是個個人對於美的創造與貢獻；他不能不盡自己的責任。他也並非自私，只顧自己的好看；他是想像著穿上新大衣與太太一同在街上走的光景與光榮：他是美男子，她是美女人，在大家的眼中。

但是他不能自己作主，他必須和太太商議一下。他也準知道太太必定不攔著他，她願意他打扮得漂亮，把青春掛在外面，如同新汽車的金漆的商標。可是他不能利用這個而馬上去作衣裳，他有虧空。要是不欠債的話，他爲買大衣而借些錢也沒什麼。現在，他不應當再給將來預定下困難，所以根本不能和太太商議。可是呢，大衣又非買不可。怎辦呢？他心中結了個小疙瘩。

他不願意露出他的心事來，但是心管不住臉，正像土攔不住種子往上拔芽兒。藏著心事，臉上會鬧鬼。

她呢，在結婚後也認識了許多的事，她曉得了愛的完成並不能減少別的困難；錢——先不說別的——並不偏向著愛。可是她反過來一想呢，他們還都年少，不應當把青春隨便的拋棄。假若處處儉省，等年老的時候享受，年老了還會享受嗎？這樣一想，她覺得老年還離他們很遠很遠，幾乎是可以永遠走不到的。即使不幸而走到呢，老年再說老年的吧，誰能不開花便爲果子思慮呢。她得先買個冬季用的黑皮包。她有個黃色的，春秋用著合適；還有個白的，配著個天藍的扣子，夏天——配上長白手套——也還體面。冬天，已經快到了，還要有合適的皮包。

她也不願意告訴丈夫，而心中結了個小疙瘩。

他們都偷偷的詳細的算過賬，看看一月的收入和開支中間有沒有個小縫兒，可以不可以從這小縫兒鑽出去而不十分的覺得難受。差不多沒有縫兒！冬天還沒到，他們的秋花都被霜雪給埋住了。他們不曉得能否挨過這個冬天，也許要雙雙的入墓！

他們不能屈服，生命的價值是在創造。假如不能十全，那只好有一方面讓步，別叫倆人都凍在冰裏。這樣，他們承認，才能打開僵局。誰應當讓步呢？二人都願自己去犧牲。犧牲是甜美的苦痛。他願意設法給她買上皮包，自己的大衣在熱烈的英雄主義之下可以後緩；她願意給他置買大衣，皮包只是爲犧牲可以不買。他們都很堅決。幾乎以爲大衣或皮包的購買費已經有了似的。他們熱烈的辯駁，擁抱著推讓，沒有結果。及至看清了買一件東西的錢並還沒有著落，他們的勇氣與相互的欽佩使他們決定，一不作，二不休，爽性借筆錢把兩樣都買了吧。

他穿上了大衣，她提上了皮包，生命在冬天似乎可以不覺到風雪了。他們不再討論錢的問題，美麗快樂充滿了世界。債是要還的，但那是將來的事，他們的前途是不可限量的。況且他們並非把錢花在不必要的東西上，他們作夢都夢不到買些古玩或開個先施公司。他們所必需的沒法不買。假如他們來一筆外財，他們就先買個小汽車，這是必需的。

冬天來了。大衣與皮包的欣喜已經漸漸的衰減，因爲這兩樣東西並不像在未買的時候所想的那麼足以代替一切，那麼足以結束了借款。冬天還有問題。原先夢也夢不到冬天的晚上是這麼可怕，冷風把戶外一切的遊戲都禁止住，雖然有大衣與皮包也無用武之處。這個冬天，照這樣下去，是會殺人的。多麼長的晚上呢，不能出去看電影，不能去吃咖啡，不能去散步。坐在一塊兒說什麼呢？幹什麼呢？接吻也有討厭了的時候，假如老接吻！

這回，那個小疙瘩是同時種在他們二人的心裏。他們必須設法打破這樣的無聊與苦悶。他們不約而同的想到：得買個話匣子。

話匣子又比大衣與皮包貴了。要買就買下得去的，不能受別人的恥笑。下得去的，得在一百五與二百之間。楊先生一月掙一百二，楊太太掙三十五，湊起來才一百五十五！

可是生命只是經驗，好壞的結果都是死。經驗與追求是眞的，是一切。想到這個，他們幾乎願意把身分降得極低，假如這樣能滿足目前的需要與理想。

他們誰也沒有首先發難的勇氣，可是明知道他們失去勇氣便失去生命。生命被個留聲機給懲悶回去，那未免太可笑，太可憐了。他們寧可以將來挨餓，也受不住目前的心靈的饑荒。他們必得給冬天一些音樂。誰也不發言，但是都留神報紙上的小廣告，萬一有賤賣的留聲機呢，萬一有按月償還的呢……向來他們沒覺到過報紙是這麼重要，應當費這麼多的心去細看。凡是費過一番心的必得到酬報，楊太太看見了：明華公司的留聲機是可以按月付錢，八個月還清。她不能再沉默著，可也無須說話。她把這段廣告用紅鉛筆勾起來，放在丈夫的書桌上。他不會看不見這個。

他看見了，對她一笑：她回了一笑。在寒風雪地之中忽然開了朵花！

留聲機拿到了，可惜片子少一點，只買了三片，都是西洋的名樂。片子是要用現錢買的，他們只好暫時聽這三片，等慢慢的逐月增多。他們想像著，在一年的工夫，他們至少可以有四五十片名貴的音樂與歌唱。他們可以學著唱，可以隨著跳舞，可以閉目靜聽那感動心靈的大樂，他們的快樂是無窮的。

對於機器，對於那三張片子，他們像對於一個剛抱來的小貓那樣愛惜。楊太太預備下綢子手絹，專去擦片子。那個機器發著欣喜的光輝，每張片子中間有個鮮紅的圓光，像黑夜裏忽然出了太陽。他們聽著，看著，撫摸著，從各項感官中傳進來欣悅，使他們更天眞了，像一對八九歲的小兒女。

在一個星期裏，他們把三張片子已經背下來；似乎已經沒有再使片子旋轉的必要。而且也想到了，如若再使它們旋轉，大概鄰居們也會暗中恥笑，假如不高聲的咒罵。而時間呢，並不爲這個而著急，離下月還有三個多星期呢。爲等到下月初買新片，而使這三個多星期成塊白紙，買了話匣和沒買有什麼分別呢？馬上去再買新片是不敢想的，這個月的下半已經很難過去了。

看著那個機器，他們有點說不出的後悔。他們雖然退一步的想，那個玩藝也可以當作一件擺設看，但究竟不是辦法。把它送回去損失一個月的錢與那三張片子，是個辦法，可是怎好意思呢！誰能拉下長臉把它送回去呢？他們倆沒這個勇氣。他們倆連討論這個事都不敢，因爲買來時的欣喜是那麼高，怎好意思承認一對聰明的夫婦會陷到這種難堪中呢；青年是不肯認錯，更不肯認自己呆蠢的。他們相對愣著，幾乎不敢再瞧那個機器；那是他們自己創造出來的一塊心病。

——原刊於一九三五年四月《文飯小品》第三期

老年的浪漫

自慰的話是苦的，外面包了層糖皮。劉興仁不再說這種話。失敗有的是因爲自己沒用，有的是外方的壓迫；劉興仁不是沒用的人，他自己知道，所以用不著那種示弱的自慰。他得努力，和一切的事與一切的人硬幹，不必客氣。他的失敗是受了外方的欺侮，他得報仇。他已經六十了，還得活著，至少還得活上幾十年，叫社會看看他到底是個人物。社會對不起他，他也犯不上對得起社會；他只要對得起自己，對得起這一生。六十歲看明白了這個還不算晚。沒有自慰；他對人人事事宣戰。

在他作過的事情上，哪一件不是他的經營與設計？他有才，有眼睛。可是事情辦得有了眉目，因著他的計劃大家看出甜頭來；好，大家把他犧牲了。六十以前，對這種犧牲，他還爲自己開路兒，附帶著也原諒了朋友：「凡事是我打開道鑼，我開的道，別人得了便宜，也好！」到了六十上，他不能再這麼想。他不甘於躺在棺材裏，抱著一團委屈與犧牲，他得爲自己弄點油水。

哪件事他對不起人？惜了力？走在後頭？手段不漂亮？沒有！沒有！對政治，哪一個有來頭的政黨，他不是首先加入？對社會事業，哪件有甜頭的善事，不是他發起的？對人，哪個有出息的，他不先去拉攏？憑良心說，他永遠沒落在後頭過；可是始終也沒走到前邊去。命！不，不是命；是自己太老實，太好說話，太容易欺侮了。到六十歲，他明白了，不辣到底，不狠到家，是不能成功的。

對家人，他也盡到了心。在四十歲上喪了妻，他不打算再娶；對得起死鬼，對得起活著的。他不能爲自己的舒服而委屈了兒女。兒女！兒子是傻子；女兒——已經給她說好了人家，頂好的人家——會跟個窮畫畫的偷跑了！他不能再管她，叫她去受罪；他對得起她，她不要臉。兒子，無論怎麼傻，得養著，也必定給娶個媳婦；凡是他該辦的，他都得辦。誰叫他有個傻兒子呢！

天非常的冷，一夜的北風把屋裏的水缸都蓋上層冰。劉興仁得早早的起。一出被窩，一陣涼風把一身老骨頭吹得揪成一團。他咳嗽了一陣。還得起！風是故意的欺侮他，他不怕。他一邊咳嗽，一邊咒罵，一邊穿衣服。

下了地，火爐還沒有升上；張媽大概還沒有起來。他是太好說話了，連個老媽子都縱容得沒有個樣子，他得罵她一頓，和平是講不通的。

他到院中走走溜兒[1]。風勢已殺了點，尖溜溜的可是刺骨。太陽還沒出來，東方有些冷淡的紅

1走走溜兒：來回踱步，思考些什麼。

色。天上的藍色含著夜裏吹來的黃沙，使他覺得無聊，慘淡。他喊張媽。她已經起來，在廚房裏熬粥呢。他沒罵出來，可是又乾又倔的要洗臉水。南屋裏，他的傻兒子還睡呢，他在窗外聽了聽，更使他茫然。他不信什麼天理報應，不信；設若老天有知，怎能叫他有個傻兒子？比他愚蠢的人多極了，他的兒子倒是個傻子；沒理可講！他只能依著自己的道兒辦。兒子傻也得娶個媳婦；老天既跟他過不去，他也得跟別人過不去。他有個傻小子，反正得有個姑娘來伴[2]傻丈夫；這無法，而且並非不公道。

洗了臉，他對著鏡子發愣。他確是不難看，雖然是上了歲數。他想起少年的事來。二十，三十，四十，五十，他總是體面的。現在六十了，還不難看。瘦瘦的長臉，長黑鬍子，高鼻梁，眼睛有神。憑這樣體面一張臉，斷了弦都不想續，不用說走別的花道兒了。窯子是逛的，只爲是陪朋友；對別的婦女是敬而遠之，不能爲娘們耽誤了自己的事；可是自己的事在哪裏呢？爲別人說過媒，買過人兒，總是爲別人，可是自己沒占了便宜，連應得的好處也得不到。自己是幹什麼的呢？

張媽拿來早飯，他拚命的吃。往常他是只喝一碗粥，和一個燒餅的。今天他吃了雙份，而且叫她去煮兩個雞子。他得吃，得充實自己；東西吃在自己肚裏才不冤。吃過飯，用濕手巾擦順了鬍子，他預備出去。風又大起來，不怕；奔走了一輩子，還怕風麼？他盤算這一天該辦的事，不，該打的仗。他不能再把自己作好的飯叫別人端了去，拚著這一身老骨頭跟他們幹！

他得先到賑災會去。他是發起人，爲什麼錢，米，衣服，都是費子春拿著，而且獨用著會裏的汽車？先和費子春幹一通，不能再那麼傻。賑了多少回災了，自己可剩下了什麼？這回他不能再讓！他穿起水獺領子的大衣，長到腳面，戴上三塊瓦的皮帽[3]，提起手杖，他知道他自己體面；在世上六十年，不記得自己寒磣過一回。他不老，他的前途還遠得很呢；只要他狠，辣，他總會有對得起自己的一天。

太陽已經出來，一些薄軟的陽光似乎在風中哆嗦。劉興仁推開了門。他不覺得很冷，肚子裏有食，身上衣厚，心中冒著熱氣。他無須感謝上天，他的飽暖是自己賣力氣掙來的；假如他能把費子春打倒，登時他便能更舒服好多。他高興，先和北風反抗，而後打倒費子春。他看見了他的兒子，在南屋門口立著呢，披著床被子。他的兒子不難看，有他的個兒，他的長臉，他的高鼻子，就是缺心眼。他疼愛這個傻小子。女兒雖然聰明，可是偷著跟個窮畫畫兒的跑了，還不如缺心眼的兒子。況且爸爸有本事，兒子傻一點也沒多大關係，雖然不缺心眼自然更好。

「進去，凍著！」他命令著，聲音硬，可是一心的愛意。

「爸，」傻小子的熱臉紅撲撲的；兩眼挺亮，可是直著；委委屈屈的叫：「你幾兒個[4]給我娶

2位：安排。
3三塊瓦帽：一種能讓頭部兩側耳朵保暖的帽子款式，有毛製的，亦有皮製的。
4幾兒個：何時、什麼時候。

媳婦呀？說了不算哪？看我不揍你的！」

「什麼話！進去！」劉老頭子用手杖叱畫著，往屋裏趕傻小子。他心中軟了！只有這麼一個兒子！雖然傻一點，安知不比油滑鬼兒更保險呢？他幾乎忘了他是要出門，呆呆的看著傻小子的後影——背上披著紅藍條兒的被子。傻小子忘了關屋門，他趕過去，輕輕把門對上。

出了街門，又想起費子春來。不僅是去找費子春，今天還得到市參議會去呢。把他們捧上了臺，沒老劉的事，行！老劉給他們一手瞧瞧！還有商會的孫老西兒呢，饒不了他。老劉不再那麼好說話。不過，給兒子張羅媳婦也得辦著；找完孫老西兒就找馮二去。想著這些事，他已出了胡同口。街上的北風吹斷了他的思路。馬路旁的柳樹幾乎被吹得對頭彎，空中颼颼的吹著哨子，電線顫動著扔扔的響。他得向北走，把頭低下去，用力拄著手杖，往北曳。他的高鼻子插入風中，不大會兒流出清水，往鬍子上滴。他上邊緩不過氣來，下邊大衣裹著他的腿。他不肯回頭喘口氣，不能服軟；喉中噎得直響。他往前走，頭向左偏一會兒，又向右偏一會兒，好像是在游泳。他走。老背上出了汗。街上沒有幾輛車；問他，他也不雇；知道這樣的天氣會被車夫敲一下的。他不肯被敲。有能力把費子春的汽車弄過來，那是本事。在沒弄過汽車來的時候，不能先受洋車夫的敲。他走。他的手已有些發顫，還走。他是有過包車的；車夫欺侮他，他不能花著錢找氣受。下等人沒一個懂得好歹，沒有。他走。誰的氣也不受。可是風野得厲害，他已喘上了。想找個地方避一避。路旁有小茶館，但是他不能進去，他不能和下等人一塊擠著去。他走。不遠就該進胡同了，風當然可以小一些，風不會永遠擋著他的去路的。他拿出最後的力量，手杖敲在凍地上，啷啷兒的響；可是風也頂得他更加了勁，他的腿在大衣裏裏得找不著地方，步兒亂了，他不由的要打轉。他的心中發熱，眼中起了金花。他拄住了手杖，不敢再動；可是用力的鎮定，渺渺茫茫的他把生命最後的勇氣喚出來，好像母親對受了驚的小兒那樣說：「不怕！不怕！」他知道他的心力是足的；站住不動，一會兒就會好的。聽著耳旁的風聲，閉著眼，糊塗了一會兒；可是心裏還知道事兒，任憑風從身上過去，他就是不撒手手杖。像風前的燭光，將要被吹滅而又亮起來，他心中一迷忽，渾身下了汗，緊跟著清醒了。他又確定的抓住了生命，可不敢馬上就睜眼。臉上滿是汗，被風一吹，他顫起來。他軟了許多，無可奈何的睜開了眼，一切都隨著風搖動呢。他本能的轉過身來，倚住了牆；背著風，他長歎了口氣。

還找費子春去嗎？他沒精神想，可又不能不打定了主意，不能老在牆根兒下站著——蹲一蹲才舒服。他得去，不能輸給這點北風。後悔沒坐個車來，但後悔是沒用的。他相信他精力很足，從四十上就獨身，修道的人也不過如是。腿可是沒了力量。去不去呢？就這樣饒了費子春麼？又是一陣狂風，掀他的腳跟，推他的脖子，好像連他帶那條街都要捲了走。他飄輕的沒想走而走了幾步，迷迷忽忽的，隨著沙土向前去，彷彿他自己也不過是片雞毛；風一點也不尊重他。走開了，不用他費力，鬍子和他一齊隨著風往南飄飄。找費子春是向北去。可是他收不住腳，往南就往南吧；不是他軟弱，是費子春運氣好，簡直沒法不信運氣，多少多少事情是這麼著，一陣風，一陣雨，都能使這個人登天，那個人入地。劉興仁長歎了一口氣，誰都欺侮他，連風算上。

又回到自己的胡同口，他沒思索的進了胡同。胡同裏的風好像只是大江的小支流，沒有多大的浪。順著牆走，簡直覺不到什麼，而且似乎暖和了許多。他的鬍子不在面前引路了，大衣也寬鬆了，他可以自由的端端肩膀，自由的呼吸了。他又活了，到底風沒治服了他。他放慢了步，想回家喝杯茶去。不，他還得走。假如風幫助費子春成功，他不能也饒了馮二。到了門口，不進去，傻兒子作什麼呢？不進去。去找馮二。午後風小了——假如能小了——再找費子春；先解決馮二。

走過自己的門口。是有點累得慌，他把背彎下去一點，稍微彎下去一點，拄著手杖，慢慢的，不忙，征服馮二是不要費多大力氣的。

想起馮二，立刻又放下馮二，而想起馮二的女兒。馮二不算什麼東西。馮二只是鋪子的一塊匾，貨物是在鋪子裏面呢。馮姑娘是貨物。可是事情並不這樣簡單，他的背更低了些。每一想起馮姑娘，他就心裏發軟，就想起他年輕時候的事來，不由的。他不願這麼想，這麼想使他為難，可是不由的就這麼想了。他是為兒子說親事，而想到了自己，怎好意思呢？這個丫頭也不是東西，叫他這麼彆扭！誰都欺侮他，這個馮丫頭也不是例外，她叫他彆扭。

往南一拐就是馮二的住處，隨著風一飄就到了，彷彿是。馮二在家呢。劉興仁不由的掛了氣。憑馮二這塊料，會舒舒服服的在家裏蹲著，而他自己倒差點被風刮碎了！馮二的小屋非常的暖和，使老劉的臉上刺鬧得慌，心裏暴躁。馮二安安靜靜的抱著爐子烤手，可惡的東西。

「劉大哥，這麼大風還出來？」馮二笑著問。

「命苦嘛，該受罪！」劉興仁對馮二這種人是向來不留情的。

「得了吧，大哥的命還苦；看我，連件整[5]衣裳都沒有！」馮二扯了扯了自己的衣襟，一件小棉襖，好幾處露著棉花。

劉興仁沒工夫去看那件破棉襖，更沒工夫去同情馮二。馮二是他最看不起的人，該著他的錢，不要強，大風的天在屋裏烤手，不想點事情作！他脫了大衣，坐在離火最遠的一把破椅子上，他不冷；馮二是越活越抽抽[6]。

馮二，五十多歲，瘦，和善，窮，細長的白手被火烤得似乎透明。

劉老頭子越看馮二越生氣。爲減少他的怒氣，他問了聲：「姑娘呢？」

「上街了，去當點當；沒有米了。」馮二的眼盯著自己的手。

「這麼冷的天，你自己不會去，單叫她去？」劉老頭子簡直沒法子不和馮二拌嘴，雖然不屑於和他這樣。

「姑娘還有件長袍，她自己願意去，她怕我出去受不了；老是這麼孝順，她。」馮二慢慢的

5 整：完好、完整的。

6 越活越抽抽：日子越過越困窘。

說，每個字都帶著憐愛女兒的意思。

這幾句話的味兒使劉興仁找不到合適的回答。駁這幾句話的話是很多很多；可是這點味兒，這點味兒使他心裏的硬勁忽然軟了一些，好像忽然聞到一股花香，給心裏的感情另開了一條道兒，要放下怒氣而追那股香味去。

可是緊跟著他又硬起來。他想出來了：他自己對家中的傻小子便常有這種味兒，對。可是親族朋友，連傻小子，對「他」可曾有過這種味兒沒有呢？沒有！誰都欺侮他！馮二倒有個姑娘替他去作事，孝順，憑什麼呢？憑哪點呢？

他也想到：馮二是個無能之輩。可是怎會有個孝順女兒的呢？哦！馮二並不老實，馮二是有手段的，至少是有治服了女兒的手段！連馮二這無用的人也有相當的本事，會治服了女兒。劉興仁想到這裏，幾乎坐不住了。他一輩子沒把任何人治服。自己的女兒跟個窮畫畫的跑了，兒子是個傻子。費子春，孫老西兒……都欺侮他，而他沒把任何人拿下去。馮二倒在家中烤著手，有姑娘給他去當當！連馮二都不如，怎麼活來著？他得收拾馮二。拿馮二開刀，證明他也能治服了人。

馮二烤著手，連大氣也不敢出，他一輩子沒得罪過人，沒說過錯話。和善使他軟弱，使他沒有抵抗的力量。穿著飛棉花的短襖，他還怕得罪人。他愛他的女兒，也怕她。設若不是怕她，他決不肯叫她在這麼冷的天出去。「怕」使「愛」有了邊界，要不然他簡直可以成佛成仙了。他可憐劉興仁，可是不敢這麼說，雖然他倆是老朋友，他怕。他不敢言語。

兩個人正在這麼一聲不出，門兒開了，進來一股冷風，他們都哆嗦了一下。馮姑娘進來。

「快烤烤來！」馮二看著女兒的臉叫。

女兒沒注意父親說了什麼，去招呼客人：「劉伯伯？這麼冷還出來哪？身體可眞是硬朗！」

劉興仁沒答出話來。不曉得爲什麼，他一見馮姑娘，心中就發亂。他看著她。她的臉凍得通紅，鼻窪[7]掛著些土，青棉袍的褶兒裏也有些黃沙。她的個兒不高，圓臉，大眼睛，頭髮多得蓋上了耳朵。全身都圓圓的，有力氣，活潑。手指凍得鮮紅，腋下夾著個小藍布包。她不甚好看，不甚乾淨，可是有一種活力叫劉老頭子心亂。她簡單，靈便，說話好聽。她把藍布包放在爸的身旁，立在爐前烤手，烤一烤，往耳上鼻上捂一捂：「眞冷！我不叫你出去，好不好？」她笑著問爸——不像是問爸，像問小孩呢。

馮二點了點頭。

「沏茶了沒有？」姑娘問，看了客人一眼。

「沒有茶葉吧？」爸的手離火更近了些。

「可說呢，忘了買。劉伯伯喝碗開水吧？」她臉對臉的問客人。

劉興仁愛這對大眼睛，可又有點怕。他搖了搖頭。他心中亂。父女這種說話法，屋裏那種暖和

7 鼻窪：鼻翼兩側凹下去的地方。

勁兒，這種誠爽親愛，使他木[8]在那裏。他羨慕，忌恨馮二。有這個女兒，他簡直治服不了馮二，除非先把這個女兒擒住。怎麼擒她呢？叫她作兒媳婦呢？還是作……他的傻兒子鬧著要老婆，不是一天了。只有馮姑娘合適。她身體好，她的爸在姓劉的手心裏攥著。娶了她，一定會生個孫子；兒子傻，孫子可未必傻，劉家有了根。可是，一見馮姑娘，他不知怎的多了一點生力，使他想起年輕的事兒來。他要對得起兒子，可是他相信還會得個——或者不止一個——小兒子，不傻的兒子。他自己不老，必能再得兒子。他自己要是娶了她，他自己的屋中也會有旺旺的火，也會這樣暖和，也會這樣彼此親愛的談話。他恨張媽，張媽生的火沒有暖氣。要她當兒媳婦，或是自己要了她，都沒困難。只是，自己愛那個傻小子，肯……他心中發亂。

可是，他受了一輩子欺侮，難道還得受傻兒子的氣麼？馮二可以治服了女兒，姓劉的就不能治服了個傻小子麼？他想起許多心事，沒有一件痛快的。他一輩子沒抖起來過，雖然也弄個不缺吃不缺穿。衣食不就是享受，他六十了，應當趕緊打主意，叫生命多些油水；不，還不是油水，他得有個知心的，肉挨肉的，一切都服從他的，一點什麼東西；也許就是個女人，像馮姑娘這樣的。他還不老，打倒費子春們是必要的，可是也應當在家裏，在床上，把生命充實起來。他還不老，他覺得出他的血脈流動得很快，能聽到聲兒似的，像雨後的高粱拔節兒，吱吱的響。傻小子可以等著。傻小子大不過去爸爸。爸應當先顧自己。一輩子沒走在別人前面，雖然是費盡了心機；難道還叫傻小子再占去這點便宜麼？他看著馮姑娘，紅紅的臉，大眼睛，黑亮的頭髮，是塊肉！憑什麼自己不可以吃一口呢？爲馮姑娘打算也是有便宜的：自己有倆錢，雖然不多；一過門，她便是有吃有喝的太太，假如他先死，假如，她的後半輩子有了落兒[9]。是的，他辦事不能只爲自己想，他公道。馮姑娘的福氣不小，胖胖大大的，有福氣——劉興仁給他的。

姑娘進了裏屋。他得說了，就是這麼辦了。他的血流到臉上來，自己覺出腮上有點發燒，他倒退了二三十年。怎麼想怎麼對，怎麼使自己年輕。血是年輕的，而計劃是老人的，他知道自己厲害。只要說出來，事情就算行了，馮二還有什麼蹦兒[10]麼？這件小事還辦不動，還成個人麼？

可是他沒說出來。愣著是沒關係的：反正他不發言，馮二可以一輩子不出聲的。那個傻兒子甩不開，他恨那個傻小子了。怎麼安置這塊癡累呢？傻小子要媳婦，自己娶，叫傻哥兒瞧著？大概不行。跟他講理是沒用的，他傻。嘿，劉興仁咬住幾根鬍子。上天，假如有這麼個上天，會欺侮人到底！給劉興仁預備下一群精明的對頭也還罷了；他的對頭並不比他聰明；臨完還來個無法處置的傻小子！嘿！聰明的會欺侮人，傻蛋也會欺侮人，都叫劉興仁遇見了！他誰也不怕；誰也得怕，連傻兒子在內！

---

8 木：呆立。

9 有了落兒：生活有著落，不須為生存發愁。

10 還有什麼蹦兒：有什麼好跳腳、反對的。

「劉伯伯，」姑娘覺得爸招待客人方法太僵得慌，在屋裏叫：「吃點什麼呀？我會作，說吧。」

「我還得找費子春去呢，跟他沒完！」劉興仁立起來。

「這麼大的風？」

「我不怕！不怕！」劉老頭子拿起大衣。

馮二沒主意，手還在火上，立起來。送客出去會叫他著涼，不送又不好意思。

「爸，別動，我送劉伯伯！」姑娘已在屋裏把臉上的土擦去，更光潤了些。

「不用送！」看了她一眼，劉老頭子喊了這麼一句。

馮姑娘趕出來。劉興仁幾乎是跑著往外奔。姑娘的腿快，趕上了他：

「劉伯伯慢著點，風大！回家問傻兄弟好！」

一陣冷風把劉老頭子——一片雞毛似的——裹了走。

——原刊於一九三五年一月《文學》第四卷第一號；

初收錄於一九三五年八月出版之《櫻海集》，上海，人間書屋

抱孫

難怪王老太太盼孫子呀；不為抱孫子，娶兒媳婦幹麼？也不能怪兒媳婦成天著急；本來麼，不是不努力生養呀，可是生下來不活，或是不活著生下來，有什麼法兒呢！就拿頭一胎說吧：自從一有孕，王老太太就禁止兒媳婦有任何操作，夜裏睡覺都不許翻身。難道這還算不小心？哪裏知道，到了五個多月，兒媳婦大概是因為多眨巴了兩次眼睛，小產了！還是個男胎；活該就結了！再說第二胎吧，兒媳婦連眨巴眼都拿著尺寸；打哈欠的時候有兩個丫鬟在左右扶著。果然小心謹慎沒錯處，生了個大白胖小子。可是沒活了五天，小孩不知為了什麼，竟自一聲沒出，神不知鬼不覺的與世長辭了。那是十一月天氣，產房裏大小放著四個火爐，窗戶連個針尖大的窟窿也沒有，不要說是風，就是風神，想進來是怪不容易的。況且小孩還蓋著四床被，五條毛毯，按說夠溫暖的了吧？哼，他竟自死了。命該如此！

現在，王少奶奶又有了喜，肚子大得驚人，看著頗像軋馬路的石碾。看著這個肚子，王老太太心裏彷彿長出兩隻小手，成天抓弄得自己怪要發笑的。這麼豐滿體面的肚子，要不是雙胎才怪呢！

子孫娘娘有靈，賞給一對白胖小子吧！王老太太可不只是禱告燒香呀，兒媳婦要吃活人腦子，老太太也不駁回。半夜三更還給兒媳婦送肘子湯，雞絲掛麵……兒媳婦也眞作臉，越躺著越餓，點心點心就能吃二斤翻毛月餅：吃得順著枕頭往下流油，被窩的深處能掃出一大碗什錦來。孕婦不多吃怎麼生胖小子呢？婆婆兒媳對於此點完全同意。婆婆這樣，娘家媽也不能落後啊。她是七趟八趟來「催生」，每次至少帶來八個食盒。兩親家，按著哲學上說，永遠應當是對仇人。娘家媽帶來的東西越多，婆婆越覺得這是有意羞辱人；婆婆越加緊張羅吃食，娘家媽越覺得女兒的嘴虧。這樣一競爭，少奶奶可得其所哉，連嘴犄角都吃爛了。

收生婆已經守了七天七夜，壓根兒生不下來。偏方兒，丸藥，子孫娘娘的香灰，吃多了；全不靈驗。到第八天頭上，少奶奶連雞湯都顧不得喝了，疼得滿地打滾。王老太太急得給子孫娘娘跪了一股香，娘家媽把天仙庵的尼姑接來念催生咒；還是不中用。一直鬧到半夜，小孩算是露出頭髮來。收生婆施展了絕技，除了把少奶奶的下部全抓破了別無成績。小孩一定不肯出來。長似一年的一分鐘，竟自過了五六十來分，還是只見頭髮不見孩子。有人說，少奶奶得上醫院。上醫院？王老太太不能這麼辦。好麼，上醫院去開腸破肚不自自然然的產出來，硬由肚子裏往外掏！洋鬼子，二毛子，能那麼辦；王家要「養」下來的孫子，不要「掏」出來的。娘家媽也發了言，養小孩還能快了嗎？小雞生個蛋也得到了時候呀！況且催生咒還沒念完，忙什麼？不敬尼姑就是看不起神仙！

又耗了一點鐘，孩子依然很固執。少奶奶直翻白眼。王老太太眼中含著老淚，心中打定了主意：保小的不保大人。媳婦死了，再娶一個；孩子更要緊。她翻白眼呀，正好一狠心把孩子拉出來。找奶媽養著一樣的好，假如媳婦死了的話。告訴了收生婆，拉！娘家媽可不幹了呢，眼看著女兒翻了兩點鐘的白眼！孫子算老幾，女兒是女兒。上醫院吧，別等念完催生咒了；誰知道尼姑們念的是什麼呢，假如不是催生咒，豈不壞了事？把尼姑打發了。婆婆還是不答應；「掏」，行不開！婆婆不贊成，娘家媽還眞沒主意。嫁出的女兒潑出的水，活是王家的人，死是王家的鬼呀。兩親家彼此瞪著，恨不能咬下誰一塊肉才解氣。

又過了半點多鐘，孩子依然不動聲色，乾脆就是不肯出來。收生婆見事不好，抓了一個空兒溜了。她一溜，王老太太有點拿不住勁兒了。娘家媽的話立刻增加了許多分量：「收生婆都跑了，不上醫院還等什麼呢？等小孩死在胎裏哪！」

「死」和「小孩」並舉，打動了王太太的心。可是「掏」到底是行不開的。

「上醫院去生產的多了，不是個個都掏。」娘家媽力爭，雖然不一定信自己的話。

王老太太當然不信這個；上醫院沒有不掏的。

幸而娘家爹也趕到了。娘家媽的聲勢立刻浩大起來。娘家爹也主張上醫院。他既然也這樣說，只好去吧。無論怎說，他到底是個男人。雖然生小孩是女人的事，可是在這生死關頭，男人的主意多少有些力量。

兩親家，王少奶奶，和只露著頭髮的孫子，一同坐汽車上了醫院。剛露了頭髮就坐汽車，眞可憐的慌，兩親家不住的落淚。

一到醫院，王老太太就炸了煙[1]。怎麼，還得掛號？什麼叫掛號呀？生小孩子來了，又不是買官米打粥，按哪門子號頭呀？王老太太氣壞了，孫子可以不要了，不能掛這個號。可是繼而一看，若是不掛號，人家大有不叫進去的意思。這口氣難咽，可是還得咽；爲孫子什麼也得忍受。設若自己的老爺還活著，不立刻把醫院拆個土平才怪；寡婦不行，有錢也得受人家的欺侮。沒工夫細想心中的委屈，趕快把孫子請出來要緊。掛了號，人家要預收五十塊錢。王老太太可抓住了：「五十？五百也行，老太太有錢！乾脆要錢就結了，掛哪門子浪號，你當我的孫子是封信呢！」

醫生來了。一見面，王老太太就炸了煙，男大夫！男醫生當收生婆？我的兒媳婦不能叫男子大漢給接生。這一陣還沒炸完，又出來兩個大漢，抬起兒媳婦就往床上放。老太太連耳朵都哆嗦開了！這是要造反呀，人家一個年輕輕的孕婦，怎麼一群大漢來動手腳的？「放下，你們這兒有懂人事的沒有？要是有的話，叫幾個女的來！不然，我們走！」恰巧遇上個頂和氣的醫生，他發了話：「放下，叫她們走吧！」

王老太太咽了口涼氣，咽下去砸得心中怪熱的，要不是爲孫子，至少得打大夫幾個最響的嘴巴！現官不如現管，誰叫孫子故意鬧脾氣呢。抬吧，不用說廢話。兩個大漢剛把兒媳婦放在帆布床上，看！大夫用兩隻手在她肚子上這一陣按！王老太太閉上了眼，心中罵親家母：你的女兒，叫男子這麼按，你連一聲也不發，德行！剛要罵出來，想起孫子；十來個月的沒受過一點委屈，現在被大夫用手亂杵，嫩皮嫩骨的，受得住嗎？她睜開了眼，想警告大夫。哪知道大夫反倒先問下來了：「孕婦淨吃什麼來著？這麼大的肚子！你們這些人沒辦法，什麼也給孕婦吃，吃得小孩這麼肥大。平日也不來檢驗，產不下來才找我們！」他沒等王老太太回答，向兩個大漢說：「抬走！」

王老太太一輩子沒受過這個。「老太太」到哪兒不是聖人，今天竟自聽了一頓教訓！這還不提，話總得說得近情近理呀；孕婦不多吃點滋養品，怎能生小孩呢，小孩怎會生長呢？難道大夫在胎裏的時候專喝西北風？西醫全是二毛子[2]！不便和二毛子辯駁；拿娘家媽殺氣吧，瞪著她！娘家媽沒有意思挨瞪，跟著女兒就往裏走。王老太太一看，也忙趕上前去。那位和氣生財的大夫轉過身來：「這兒等著！」

兩親家的眼都紅了。怎麼著，不叫進去看看？我們知道你把兒媳婦抬到哪兒去啊？是殺了，還是剮了啊？大夫走了。王老太太把一肚子邪氣全照顧了娘家媽：「你說不掏，看，連進去看看都不行！掏？還許大切八塊呢！宰了你的女兒活該！萬一要把我的孫子——我的老命不要了。跟你拚了吧！」

娘家媽心中打了鼓，眞要把女兒切了，可怎辦？大切八塊不是沒有的事呀，那回醫學堂開會不

1 炸了煙：大怒，非常生氣。

2 二毛子：蔑稱人家是入了「洋教」、又仗勢欺人的民族敗類。也作「二洋人」。

是大玻璃箱裏裝著人腿人腔子嗎？沒辦法！事已至此，跟女兒的婆婆幹吧！「你倒怨我？是誰一天到晚填我的女兒來著？沒聽大夫說嗎？老叫兒媳婦的嘴不閒著，吃出毛病來沒有？我見人見多了，就沒看見一個像你這樣的婆婆！」

「我給她吃？她在你們家的時候吃過飽飯嗎？」王太太反攻。

「在我們家裏沒吃過飽飯，所以每次看女兒去得帶八個食盒！」

「可是呀，八個食盒，我填她，你沒有？」

兩親家混戰一番，全不示弱，罵得也很具風格。

大夫又回來了。果不出王老太太所料，得用手術。手術二字雖聽著耳生，可是猜也猜著了，手要是豎起來，還不是開刀問斬？大夫說：用手術，大人小孩或者都能保全。不然，全有生命的危險。小孩已經誤了三小時，而且決不能產下來，孩子太大。不過，要施手術，得有親族的簽字。

王老太太一個字沒聽見。掏是行不開的。

「怎樣？快決定！」大夫十分的著急。

「掏是行不開的！」

「願意簽字不？快著！」大夫又緊了一板。

「我的孫子得養出來！」

娘家媽急了：「我簽字行不行？」

王老太太對親家母的話似乎特別的注意：「我的兒媳婦！你算哪道？」

大夫眞急了，在王老太太的耳根子上扯開脖子喊：「這可是兩條人命的關係！」

「掏是不行的！」

「那麼你不要孫子了？」大夫想用孫子打動她。

果然有效，她半天沒言語。她的眼前來了許多鬼影，全似乎是向她說：「我們要個接續香煙的，掏出來的也行！」

她投降了。祖宗當然是願要孫子；掏吧！「可有一樣，掏出來得是活的！」她既是聽了祖宗的話，允許大夫給掏孫子，當然得說明了——要活的。掏出個死的來幹麼用？只要掏出活孫子來，兒媳婦就是死了也沒大關係。

娘家媽可是不放心女兒：「準能保大小都活著嗎？」

「少說話！」王老太太教訓親家太太。

「我相信沒危險，」大夫急得直流汗，「可是小孩已經耽誤了半天，難保沒個意外；要不然請你簽字幹麼？」

「不保準呀？乘早不用費這道手！」老太太對祖宗非常的負責任；好嗎，掏了半天都再不會活著，對得起誰！

「好吧，」大夫都氣暈了，「請把她拉回去吧！你可記住了，兩條人命！」

「兩條三條吧，你又不保準，這不是瞎扯！」

大夫一聲沒出，抹頭[3]就走。

王老太太想起來了，試試也好。要不是大夫要走，她決想不起這一招兒來。「大夫，大夫！你回來呀，試試吧！」

大夫氣得不知是哭好還是笑好。把單子念給她聽，她畫了個十字兒。

兩親家等了不曉得多麼大的時候，眼看就天亮了，才掏了出來，好大的孫子，足分量十三磅！王老太太不曉得怎麼笑好了，拉住親家母的手一邊笑一邊刷刷的落淚。親家母已不是仇人了，變成了老姐姐。大夫也不是二毛子了，是王家的恩人，馬上賞給他一百塊錢才合適。假如不是這一掏，叫這麼胖的大孫子生生的憋死，怎對祖宗呀？恨不能跪下就磕一陣頭，可惜醫院裏沒供著子孫娘娘。

胖孫子已被洗好，放在小兒室內。兩位老太太要進去看看。不只是看看，要用一夜沒洗過的老手指去摸摸孫子的胖臉蛋。看護不准兩親家進去，只能隔著玻璃窗看著。眼看著自己的孫子在裏面，自己的孫子，連摸摸都不准！娘家媽摸出個紅封套來——本是預備賞給收生婆的——遞給看護；給點運動費，還不准進去？事情都來得邪，看護居然不收。王老太太揉了揉眼，細端詳了看護一番，心裏說：「不像洋鬼子妞呀，怎麼給賞錢都不接著呢？也許是面生，不好意思的？有了，先跟她鬧扯幾句，打開了生臉就好辦了。」指著屋裏的一排小籃說：「這些孩子都是掏出來的吧？」

「只是你們這個，其餘的都是好好養下來的。」

「沒那個事，」王老太太心裏說，「上醫院來的都得掏。」

「給孕婦大油大肉吃才掏呢。」看護有點愛說話。

「不吃，孩子怎能長這麼大呢！」娘家媽已和王老太太立在同一戰線上。

「掏出來的胖寶貝總比養下來的瘦猴兒強！」王老太太有點覺得不掏出來的孩子沒有住醫院的資格。「上醫院來『養』，脫了褲子放屁，費什麼兩道手！」

無論怎說，兩親家乾瞪眼進不去。

王老太太有了主意，「丫鬟，」她叫那個看護，「把孩子給我，我們家去。還得趕緊去預備洗三[4]請客呢！」

「我既不是丫鬟，也不能把小孩給你。」看護也夠和氣的。

「我的孫子，你敢不給我嗎？醫院裏能請客辦事嗎？」

「用手術取出來的，大人一時不能給小孩奶吃，我們得給他奶吃。」

3抹頭：轉頭。

4洗三：嬰兒出生後第三天，將舉辦沐浴儀式，親友聚集在一塊兒為孩子祈福。也稱「辦三天」、「三朝洗兒」。

「你會，我們不會？我這快六十的人了，生過兒養過女，不比你懂得多；你養過小孩嗎？」老太太也說不清看護是姑娘，還是媳婦，誰知道這頭戴小白盔的是什麼呢。

「沒大夫的話，反正小孩不能交給你！」

「去把大夫叫來好了，我跟他說；還不願意跟你費話呢！」

「大夫還沒完事呢，割開肚子還得縫上呢。」

看護說到這裏，娘家媽想起來女兒。王老太太似乎還想不起兒媳婦是誰。孫子沒生下來的時候，一想起孫子便也想到媳婦；孫子生下來了，似乎把媳婦忘了也沒什麼。娘家媽可是要看看女兒，誰知道女兒的肚子上開了多大一個洞呢？割病室[5]不許閒人進去，沒法，只好陪著王老太太瞭望著胖小子吧。

好容易看見大夫出來了。王老太太趕緊去交涉。

「用手術取小孩，頂好在院裏住一個月。」大夫說。

「那麼三天滿月怎麼辦呢？」王老太太問。

「是命要緊，還是辦三天要緊呢？產婦的肚子沒長上，怎能去應酬客人呢？」大夫反問。

王老太太確是以爲辦三天比人命要緊，可是不便於說出來，因爲娘家媽在旁邊聽著呢。至於肚子沒長好，怎能招待客人，那有辦法：「叫她躺著招待，不必起來就是了。」

大夫還是不答應。王老太太悟出一條理來：「住院不是爲要錢嗎？好，我給你錢，叫我們娘們走吧，這還不行？」

「你自己看看去，她能走不能？」大夫說。

兩親家反都不敢去了。萬一兒媳婦肚子上還有個盆大的洞，多麼嚇人？還是娘家媽愛女兒的心重，大著膽子想去看看。王老太太也不好意思不跟著。

到了病房，兒媳婦在床上放著的一張臥椅上躺著呢，臉就像一張白紙。娘家媽哭得放了聲，不知道女兒是活還是死。王老太太到底心硬，只落了一半個淚，緊跟著炸了煙：「怎麼不叫她平平正正的躺下呢？這是受什麼洋刑罰呢？」

「直著呀，肚子上縫的線就繃了，明白沒有？」大夫說。

「那麼不會用膠黏上點嗎？」王老太太總覺得大夫沒有什麼高明主意。

娘家媽想和女兒說幾句話，大夫也不允許。兩親家似乎看出來，大夫不定使了什麼壞招兒，把產婦弄成這個樣。無論怎說吧，大概一時是不能出院。好吧。先把孫子抱走，回家好辦三天呀。大夫也不答應，王老太太急了。「醫院裏洗三不洗？要是洗的話，我把親友全請到這兒來；要是不洗的話，再叫我抱走；頭大的孫子，洗三不請客辦事，還有什麼臉得活著？」

「誰給小孩奶吃呢？」大夫問。

---

5 割病室：即手術室。

「雇奶媽子！」王老太太完全勝利。

到底把孫子抱出來了。王老太太抱著孫子上了汽車，一上車就打噓噴，一直打到家，每個噓噴都是照準了孫子的臉射去的。到了家，趕緊派人去找奶媽子，孫子還在懷中抱著，以便接收噓噴。不錯，王老太太知道自己是著了涼；可是至死也不能放下孫子。到了晌午，孫子接了至少有二百多個噓噴，身上慢慢的熱起來。王老太太更不肯撒手了。到了下午三點來鐘，孫子燒得像塊火炭了。到了夜裏，奶媽子已雇妥了兩個，可是孫子死了，一口奶也沒有吃。

王老太太只哭了一大陣；哭完了，她的老眼瞪圓了：「掏出來的！掏出來的能活嗎？跟醫院打官司！那麼沉重的孫子會只活了一天，哪有的事？全是醫院的壞，二毛子們！」

王老太太約上親家母，上醫院去鬧。娘家媽也想把女兒趕緊接出來，醫院是靠不住的！把兒媳婦接出來了；不接出來怎好打官司呢？接出來不久，兒媳婦的肚子裂了縫，貼上「產後回春膏」也沒什麼用，她也不言不語的死了。好吧，兩案歸一，王老太太把醫院告了下來。老命不要了，不能不給孫子和媳婦報仇！

——原刊於一九三三年十二月一日《東方雜誌》第卅卷第廿三號；
初收錄於一九三四年九月出版之《趕集》，上海，良友圖書印刷公司

也是三角

從前線上潰退下來，馬得勝和孫占元發了五百多塊錢的財。兩支快槍，幾對鐲子，幾個表……都出了手，就發了那筆財。在城裏關帝廟租了一間房，兩人享受著手裏老覺著癢癢的生活。一人作了一身洋緞的衣褲，一件天藍的大夾襖，城裏城外任意的逛著，臉都洗得發光，都留下平頭。不到兩個月的工夫，錢已出去快一半。回鄉下是萬不肯的；作買賣又沒經驗，而且資本也似乎太少。錢花光再去當兵好像是唯一的，而且並非完全不好的途徑。兩個人都看出這一步。可是，再一想，生活也許能換個樣，假如別等錢都花完，而給自己一個大的變動。從前，身子是和軍衣刺刀長在一塊，沒事的時候便在操場上摔腳，有了事便朝著槍彈走。性命似乎一向不由自己管著，老隨著口令活動。什麼是大變動？安穩的活幾天，比夜間住關帝廟，白天逛大街，還得安穩些。得安份兒家！有了家，也許生活自自然然的就起了變化。因此而永不再當兵也未可知，雖然在行伍裏不完全是件壞事。兩人也都想到這一步，他們不能不想到這一步，爲人要沒成過家，總是一輩子的大缺點。成家的事兒還得趕快的辦，因爲錢的出手彷彿比軍隊出發還快。錢出手不能不快，弟兄們是熱心腸的，見著朋友，遇上叫化子多央告幾句，錢便不由的出了手。婚事要辦得馬上就辦，別等到袋裏只剩了銅子的時候。兩個人也都想到這一步，可是沒法兒彼此商議。論交情，二人是盟兄弟，一塊兒上過陣，一塊兒入過傷兵醫院，一塊兒吃過睡過搶過，現在一塊兒住著關帝廟。衣裳襪子可以不分；只是這件事沒法商議。衣裳吃喝越不分彼此，越顯著義氣。可是倆人不能娶一個老婆，無論怎說。錢，就是那一些；一人娶一房是辦不到的。還不能口袋底朝上，把洋錢都辦了喜事。剛入了洞房就白瞪眼，耍空拳頭玩，不像句話。那麼，只好一個娶妻，一個照舊打光棍。叫誰打光棍呢，可是？論歲數，都三十多了；誰也不是小孩子。論交情，過得著命；誰肯自己成了家，叫朋友愣著翻白眼？把錢平分了，各自爲政；誰也不能這麼說。十幾年的朋友，一旦忽然散夥，連想也不能這麼想。簡直的沒辦法。越沒辦法越都常想到：三十多了；錢快完了；也該另換點事作了，當兵不是壞事，可是早晚準碰上一兩個槍彈。逛窯子還不能哥兒倆挑一個「人兒」呢，何況是娶老婆？倆人都喝上四兩白乾，把什麼知心話都說了，就是「這個」不能出口。

馬得勝——新印的名片，字國藩，算命先生給起的——是哥，頭像個木瓜，臉皮並不很粗，只是七棱八瓣的不整荘。孫占元是弟，肥頭大耳朵的，是豬肉鋪的標準美男子。馬大哥要發善心的時候先把眉毛立起來，有時候想起死去的老母就一邊落淚一邊罵街。孫老弟永遠很和氣，穿著便衣問路的時節也給人行舉手禮。爲「那件事」，馬大哥的眉毛已經立了三天，孫老弟越發的和氣，誰也不肯先開口。

馬得勝躺在床上，手托著自己那個木瓜，怎麼也琢磨不透「國藩」到底是什麼意思。其實心裏本不想琢磨這個。孫占元就著煤油燈念《大八義》，遇上有女字旁的字，眼前就來了一頂紅轎子，轎子過去了，他也忘了念到哪一行。賭氣子不念了，把背後貼著金玉蘭相片的小圓鏡拿起來，細看自己的牙。牙很齊，很白，很沒勁，翻過來看金玉蘭，也沒勁，胖娘們一個。不知怎麼想起來：「大哥，小洋鳳的《玉堂春》媽的才沒勁！」

「野娘們都媽的沒勁！」大哥的眉毛立起來，表示同情於盟弟。

盟弟又翻過鏡子看牙，這回是專看兩個上門牙，大而白亮亮的不順眼。

倆人全不再言語，全想著野娘們沒勁，全想起和野娘們完全不同的一種女的——沏茶灌水的，洗衣裳作飯，老跟著自己，生兒養女，死了埋在一塊。由這個又想到不好意思想的事，野娘們沒勁，還是有個正經的老婆。馬大哥的木瓜有點發癢，孫老弟有點要坐不住。更進一步的想到，哪怕是合夥娶一個呢。不行，不能這麼想。可是全都這麼想了，而且想到一些更不好意思想的光景。雖然不好意思，但也有趣。雖然有趣，究竟是不好意思。馬大哥打了個很勉強的哈欠，孫老弟陪了一個更勉強的。關帝廟裏住的賣豬頭肉的回來了。孫占元出去買了個壓筐的豬舌頭。兩個弟兄，一人點心了一半豬舌頭，一飯碗開水，還是沒勁。

他們二位是廟裏的財主。這倒不是說廟裏都是窮人。以豬頭肉作坊的老闆說，炕裏頭就埋著七八百油膩很厚的洋錢。可是老闆的錢老在炕裏埋著。以後殿的張先生說，人家曾作過縣知事，手裏有過十來萬。可是知事全把錢抽了菸，姨太太也跟人跑了。誰也比不上這兄弟倆，有錢肯花，而且不抽大菸。豬頭肉作坊賣得著他們的錢，而且永遠不駁價兒，該多少給多少，並不因爲同住在關老爺面前而想打點折扣。廟裏的人沒有不愛他們的。

最愛他們哥倆的是李永和先生。李先生大概自幼就長得像漢奸，要不怎麼，誰一看見他就馬上想起「漢奸」這兩個字來呢。細高身量，尖腦袋，脖子像顆蔥，老穿著通天扯地的瘦長大衫。腳上穿著緞子鞋，走道兒沒一點響聲。他老穿著長衣服，而且是瘦長。據說，他也有時候手裏很緊，正像廟裏的別人一樣。可是不論怎麼困難，他老穿著長衣服；沒有法子的時候，他能把貼身的衣襖當了或是賣了，但是總保存著外邊的那件。所以他的長衣服很瘦，大概是爲穿空心大襖的時候，好不太顯著裏邊空空如也，而且實際上也可以保存些暖氣。這種辦法與他的職業大有關係。他必須穿長袍和緞子鞋。說媒拉縴[1]，介紹典房賣地倒鋪底，他要不穿長袍便沒法博得人家信仰。他的自己的信仰是成三破四的「傭錢」[2]，長袍是他的招牌與水印。

自從二位財主一搬進廟來，李永和把他們看透了。他的眼看人看房看地看貨全沒多少分別，不管人的鼻子有無，他看你值多少錢，然後算計好「傭錢」的比例數。他與人們的交情止於傭錢到手那一天——他準知道人們不再用他。他不大答理廟裏的住戶們，因爲他們差不多都曾用過他，而不敢再領教。就是張知事照顧他的次數多些，抽菸的人是愣吃虧也不願起來的。可是近來連張知事都不大招呼他了，因爲他太不客氣。有一次他把張知事的紫羔皮袍拿出去，而只帶回幾粒戒菸丸來。

「頂好是把菸斷了，」他教訓張知事，「省得叫我拿羊皮皮襖滿街去丟人；現在沒人穿羊皮，連狐腿都沒人屑於穿！」張知事自然不會一賭氣子上街去看看，於是躺在床上差點沒癮死過去。

李永和已經吃過二位弟兄好幾頓飯。第一頓吃完，他已把二位的脈都診過了。假裝給他們設計想個生意，二位的錢數已在他的心中登記備了案。他繼續著白吃他們，幾盅酒的工夫把二位的心事全看得和寫出來那麼清楚。他知道他們是螢火蟲的屁股，亮兒不大，再說當兵不比張知事，他們急了會開打。所以他並不勒緊了他們，好在先白吃幾頓也不壞。等到他們找上門來的時候，再勒他們一下，雖然是一對螢火蟲，到底亮兒是個亮兒；多吧少吧，哪怕只鬧新緞子鞋穿呢，也不能得罪財神爺——他每到新年必上財神廟去借個頭號的紙元寶。

二位弟兄不好意思彼此商議那件事，所以都偷偷的向李先生談論過。李先生一張嘴就使他們覺到天下的事還有許多他們不曉得的呢。

「上陣打仗，立正預備放的事兒，你們弟兄是內行；行伍出身，那不是瞎說的！」李先生說，然後把聲音放低了些：「至於娶妻成家的事兒，我姓李的說句大話，這裏邊的深沉你們大概還差點

1拉縴：為人牽線，談成交易買賣。

2成三破四的傭錢：過去作買賣的陋規，買主應付總價錢的三成，賣方應付總賣價的四成給介紹人，當作報酬。

經驗。」

這一來，馬孫二位更覺非經驗一下不可了。這必是件極有味道，極重要，極其「媽的」的事。必定和立正開步走完全不同。一個人要沒嘗這個味兒，就是打過一百回勝仗也是瞎掰！

得多少錢呢，那麼？

談到了這個，李先生自自然然的成了聖人。一句話就把他們問住了：「要什麼樣的人呢？」

他們無言答對，李先生才正好拿出心裏那部《三國志》。原來女人也有三六九等，價錢自然不都一樣。比如李先生給陳團長說的那位，專說放定[3]時候用的喜果就是一千二百包，每包三毛五分大洋。三毛五；十包三塊五；一百包三十五；一千包三百五；一共四百二十塊大洋，專說喜果！此外，還有「小香水」、「金剛鑽」的金剛鑽戒指，四個！此外……

二位兄弟心中幾乎完全涼了。幸而李先生轉了個大彎：咱們弟兄自然是圖個會洗衣裳作飯的，不挑吃不挑喝的，不拉舌頭扯簸箕[4]的，不偷不摸的，不叫咱們戴綠帽子的，家貧志氣高的大姑娘。

這樣大姑娘得多少錢一個呢？

也得三四百，岳父還得是拉洋車的。

老丈人拉洋車或是趕驢倒沒大要緊；「三四百」有點噎得慌。二弟兄全覺得噎得慌，也都勾起那個「合夥娶」。

李先生——穿著長袍緞子鞋——要是不笑話這個辦法，也許這個辦法根本就不錯。李先生不但沒搖頭，而且拿出幾個證據，這並不是他們的新發明。就是闊人們也有這麼辦的，不過手續上略有不同而已。比如丁督辦的太太常上方將軍家裏去住著，雖然方將軍府並不是她的娘家。

況且李先生還有更動人的道理：咱們弟兄不能不往遠處想，可也不能太往遠處想。該辦的也就得辦，誰知道今兒個脫了鞋，明天還穿不穿！生兒養女，誰不想生兒養女？可是那是後話，目下先樂下子是真的。

二位全想起槍彈滿天飛的光景。先前沒死，活該；以後誰敢保不死？死了不也是活該？合夥娶不也是活該？難處自然不少，比如生了兒子算誰的？可是也不能「太往遠處想」，李先生是聖人，配作個師部的參謀長！

有肯這麼幹的姑娘沒有呢？

這比當窯姐強不強？李先生又問住了他們。就手兒二位不約而同的——他倆這種討教本是單獨的舉動——把全權交給李先生。管他舅子的，先這麼幹了再說吧。他們無須當面商量，自有李先生給從中斡旋與傳達意見。

---

3 放定：訂婚時，男方送女方的禮物。

4 拉舌頭扯簸箕：皆指愛嚼舌根、說人閒話。簸箕，讀作「播機」。

事實越來越像眞的了，二位弟兄沒法再彼此用眼神交換意見；娶妻，即使是用有限公司的辦法，多少得預備一下。二位費了不少的汗才打破這個羞臉，可是既經打破，原來並不過火的難堪，反倒覺得弟兄的交情更厚了——沒想到的事！二位決定只花一百二十塊的彩禮，多一個也不行。其次，廟裏的房別辭退，再在外邊租一間，以便輪流入洞房的時候，好讓換下班來的有地方駐紮。至於誰先上前線，孫老弟無條件的讓給馬大哥。馬大哥極力主張抓鬮[5]決定，孫老弟無論如何也不服從命令。

吉期是十月初二。弟兄們全作了件天藍大棉袍，和青緞子馬褂。

李先生除接了十元的酬金之外，從一百二十元的彩禮內又留下七十。

老林四不是賣女兒的人。可是兩個兒子都不孝順，一個住小店，一個不知下落，老頭子還說得上來不自己去拉車？女兒也已經二十了。老林四並不是不想給她提人家，可是看要把女兒再撒了手，自己還混個什麼勁？這不純是自私，因爲一個車夫的女兒還能嫁個闊人？跟著自己呢，好吧歹吧，究竟是跟著父親；嫁個拉車的小夥子，還未必趕上在家裏好呢。自然這個想法究竟不算頂高明，可是事兒不辦，光陰便會走得很快，一晃兒姑娘已經二十了。

他最恨李先生，每逢他有點病不能去拉車，李先生必定來遞嘻和[6]。他知道李先生的眼睛是看著姑娘。老林四的價値，在李先生眼中：就在乎他有個女兒。老林四有一回把李先生一個嘴巴打出門外。李先生也沒著急，也沒生氣，反倒更和氣了，而且似乎下了決心，林姑娘的婚事必須由他給辦。

林老頭子病了。李先生來看他好幾趟。李先生自動的借給老林四錢，叫老林四給扔在當地。病到七天頭上，林姑娘已經兩天沒有吃什麼。當沒的當，賣沒的賣，借沒地方去借。老林四只求一死，可是知道即使死了也不會安心——扔下個已經兩天沒吃飯的女兒。不死，病好了也不能馬上就拉車去，吃什麼呢？

李先生又來了，五十塊現洋放在老林四的頭前：「你有了棺材本，姑娘有了吃飯的地方——明媒正娶。要你一句乾脆話。行，錢是你的。」他把洋錢往前推一推。「不行，吹！」

老林四說不出話來，他看著女兒，嘴動了動——你爲什麼生在我家裏呢？他似乎是說。

「死，爸爸，咱們死在一塊兒！」她看著那些洋錢說，恨不能把那些銀塊子都看碎了，看到底誰——人還是錢——更有力量。

老林四閉上了眼。

李先生微笑著，一塊一塊的慢慢往起拿那些洋錢，微微的有點錚錚的響聲。

他拿到十塊錢上，老林四忽然睜開眼了，不知什麼地方來的力量，「拿來！」他的兩隻手按在

5 抓鬮：指將紙團做記號，抽取出來，決斷事情，有點類似抽籤。鬮，讀作「揪」。
6 遞嘻和：和和氣氣送上笑臉，討好人似的說話。

錢上。「拿來！」他要李先生手中的那十塊。

老林四就那麼趴著，好像死了過去。待了好久，他抬起點頭來：「姑娘，你找活路吧，只當你沒有過這個爸爸。」

「你賣了女兒？」她問。連半個眼淚也沒有。

老林四沒作聲。

「好吧，我都聽爸爸的。」

「我不是你爸爸。」老林四還按著那些錢。

李先生非常的痛快，頗想誇獎他們父女一頓，可是只說了一句：「十月初二娶。」

林姑娘並不覺得有什麼可羞的，早晚也得這個樣，不要賣給人販子就是好事。她看不出面前有什麼光明，只覺得性命像更釘死了些；好歹，命是釘在了個不可知的地方。那裏必是黑洞洞的，和家裏一樣，可是已經被那五十塊白花花的洋錢給釘在那裏，也就無法。那些洋錢是父親的棺材與自己將來的黑洞。

馬大哥在關帝廟附近的大雜院裏租定了一間小北屋，門上貼了喜字。打發了一頂紅轎把林姑娘運了來。

林姑娘沒有可落淚的，也沒有可興奮的。她坐在炕上，看見個木瓜腦袋的人。她知道她變成木瓜太太，她的命釘在了木瓜上。她不喜歡這個木瓜，也說不上討厭他來，她的命本來不是她自己的，她與父親的棺材一共才値五十塊錢。

木瓜的口裏有很大的酒味。她忍受著；男人都喝酒，她知道。她記得父親喝醉了曾打過媽媽。木瓜的眉毛立著，她不怕；木瓜並不十分厲害，她也不喜歡。她只知道這個天上掉下來的木瓜和她有些關係，也許是好，也許是歹。她承認了這點關係，不大願想關係的好歹。她在固定的關係上覺得生命的渺茫。

馬大哥可是覺得很有勁。扛了十幾年的槍桿，現在才抓到一件比槍桿還活軟可愛的東西。槍彈滿天飛的光景，和這間小屋裏的暖氣，絕對的不同。木瓜旁邊有個會呼吸的，會服從他的，活東西。他不再想和盟弟共享這個福氣，這必須是個人的，不然便丟失了一切。他不能把生命剛放在肥美的土裏，又拔出來；種豆子也不能這麼辦！

第二天早晨，他不想起來，不願再見孫老弟。他盤算著以前不會想到的事。他要把終身的事畫出一條線來，這條線是與她那一條並行的。因爲並行，這兩條線的前進有許多複雜的交叉與變化，好像打秋操時擺陣式那樣。他是頭道防線，她是第二道，將來會有第三道，營壘必定一天比一天穩固。不能再見盟弟。

但是他不能不上關帝廟去，雖然極難堪。由北小屋到廟裏去，是由打秋操改成遊戲，是由高唱軍歌改成打哈哈湊趣，已經畫好了的線，一到關帝廟便塗抹淨盡。然而不能不去，朋友們的話不能說了不算。這樣的話根本不應當說，後悔似乎是太晚了。或者還不太晚，假如盟弟能讓步呢？

盟弟沒有讓步的表示！孫老弟的態度還是拿這事當個笑話看。既然是笑話似的約定好，怎能翻臉不承認呢？是誰更要緊呢，朋友還是那個娘們？不能決定。眼前什麼也沒有了。只剩下晚上得睡在關帝廟，叫盟弟去住那間小北屋。這不是換防，是退卻，是把營地讓給敵人！馬大哥在廟裏懊睡了一下半天。

晚上，孫占元朝著有喜字的小屋去了。

屋門快到了，他身上的輕鬆勁兒不知怎的自己銷滅了。他站住了，覺得不舒服。這不同逛窯子一樣。天下沒有這樣的事。他想起馬大哥，馬大哥昨天夜裏成了親。她應當是馬大嫂。他不能進去！

他不能不進去，怎知道事情就必定難堪呢？他進去了。

林姑娘呢——或者馬大嫂合適些——在炕沿上對著小煤油燈發愣呢。

他說什麼呢？

他能強姦她嗎？不能。這不是在前線上；現在他很清醒。他木在那裏。

把實話告訴她？他頭上出了汗。

可是他始終想不起磨回頭就走，她到底「也」是他的，那一百二十塊錢有他的一半。

他坐下了。

她以為他是木瓜的朋友，說了句：「他還沒回來呢。」

她一出聲，他立刻覺出她應該是他的。她不甚好看，可是到底是個女的。他有點恨馬大哥。像馬大哥那樣的朋友，軍營裏有的是；女的，妻，這是頭一回。他不能退讓。他知道他比馬大哥長得漂亮，比馬大哥會說話。成家立業應該是他的事，不是馬大哥的。他有心問問她到底愛誰，不好意思出口，他就那麼坐著，沒話可說。

坐得工夫很大了，她起了疑。

他越看她，越捨不得走。甚至於有時候想過去硬摟她一下；打破了羞臉，大概就容易辦了。可是他坐著沒動。

不，不要她，她已經是破貨。還是得走。不，不能走；不能把便宜全讓給馬得勝；馬得勝已經占了不小的便宜！

她看他老坐著不動，而且一個勁兒的看著她，她不由的臉上紅了。他確是比那個木瓜好看，體面，而且相當的規矩。同時，她也有點怕他，或者因爲他好看。

她的臉紅了。他湊過來。他不能再思想，不能再管束自己。他的眼中冒了火。她是女的，女的，女的，沒工夫想別的了。他把事情全放在一邊，只剩下男與女；男與女，不管什麼夫與妻，不管什麼朋友與朋友。沒有將來，只有現在，現在他要施展出男子的威勢。她的臉紅得可愛！

---

7 磨回頭：轉頭。也可作「抹回頭」。

她往炕裏邊退，臉白了。她對於木瓜，完全聽其自然，因爲婚事本是爲解決自己的三頓飯與爸爸的一口棺材；木瓜也好，鐵梨也好，她沒有自由。可是她沒預備下更進一步的隨遇而安。這個男的確是比木瓜順眼，但是她已經變成木瓜太太！

見她一躲，他痛快了。她設若坐著不動，他似乎沒法兒進攻。她動了，他好像抓著了點兒什麼，好像她有些該被人追擊的錯處。當軍隊乘勝追迫的時候，誰也不拿前面潰敗著的兵當作人看，孫占元又嘗著了這個滋味。她已不是任何人，也不和任何人有什麼關係。她是使人心裏癢癢的一個東西，追！他也張開了口，這是個習慣，跑步的時候得喊一二三──四，追敵人得不乾不淨的捲著。一進攻，嘴自自然然的張開了：「不用躲，我也是──」說到這兒，他忽然的站定了，好像得了什麼暴病，眼看著棚。

他後悔了。爲什麼事前不計議一下呢?!比如說，事前計議好：馬大哥纏她一天，到晚間九點來鐘吹了燈，假裝出去撒尿，乘機把我換進來，何必費這些事，爲這些難呢？馬大哥大概不會沒想到這一層，哼，想到了可是不明告訴我，故意來叫我碰釘子。她既是成了馬大嫂，難道還能承認她是馬大嫂外兼孫大嫂？

她乘他這麼發愣的當兒，又湊到炕沿，想抽冷子跑出去。可是她沒法能脫身而不碰他一下。她既不敢碰他，又不敢老那麼不動。她正想主意，他忽然又醒過來，好像是。

「不用怕，我走。」他笑了。「你是我們倆娶的，我上了當。我走。」

她萬也沒想到這個。他眞走了。她怎麼辦呢？他不會就這麼完了，木瓜也當然不肯撒手。假如他們倆全來了呢？去和父親要主意，他病病歪歪的還能有主意？找李先生去，有什麼憑據？她愣一會子，又在屋裏轉幾個小圈。離開這間小屋，上哪裏去？在這兒，他們倆要一同回來呢？轉了幾個圈，又在炕沿上愣著。

約摸著有十點多鐘了，院中住的賣柿子的已經回來了。

她更怕起來，他們不來便罷，要是來必定是一對兒！

她想出來：他們誰也不能退讓，誰也不能因此拚命。他們必會說好了。和和氣氣的，一齊來打破了羞臉，然後……

她想到這裏，顧不得拿點什麼，站起就往外走，找爸爸去。她剛推開門，門口立著一對，一個頭像木瓜，一個肥頭大耳朵的。都露著白牙向她笑，笑出很大的酒味。

——原刊於一九四三年一月一日《文藝月刊》第五卷第一期；

初收錄於一九三四年九月出版之《趕集》，上海，良友圖書印刷公司

記懶人

一間小屋，牆角長著些兔兒草，床上臥著懶人。他姓什麼？或者因為懶得說，連他自己也記不清了。大家只呼他為懶人，他也懶得否認。

在我的經驗中，他是世上第一個懶人，因此我對他很注意：能上「無雙譜」的總該是有價值的。

幸而人人有個弱點，不然我便無法與他來往；他的弱點是喜歡喝一盅。雖然他並不因愛酒而有任何行動，可是我給他送酒去，他也不堅持到底的不張開嘴。更可喜的是三杯下去，他能暫時的破戒——和我說話。我還能捨不得幾瓶酒麼？所以我成了他的好友。自然我須把酒杯滿上，送到他的唇邊，他才肯飲。為引誘他講話，我能不殷勤些？況且過了三杯，我只須把酒瓶放在他的手下，他自己便會斟滿的。

他的話有些，假如不都是，很奇怪可喜的。而且極其天真，因為他的腦子是懶於搜集任何書籍上的與旁人製造的話的。他沒有常識，因此他不討厭。他確是個寶貝，在這可厭的社會中。

據他說，他是自幼便很懶的。他不記得他的父親是黃臉膛還是白淨無鬚：他三歲的時候，他的父親死去；他懶得問媽媽關於爸爸的事。他是媽媽的兒子，因爲她也是懶得很有個模樣兒。旁的婦女是孕後九或十個月就生產。懶人的媽媽懷了他一年半，因爲懶得生產。他的生日，沒人曉得；媽媽是第一個忘記了它，他自然想不起問。

他的媽媽後來也死了，他不記得怎樣將她埋葬。可是，他還記得媽媽的面貌。媽媽，雖在懶人的心中，也難免被想念著；懶人借著酒力歎了一口十年未曾歎過的氣；淚是終於懶得落的。

他入過學。懶得記憶一切，可是他不能忘記許多小四方塊的字，因爲學校裏的人，自校長至學生，沒有一個不像活猴兒，終日跳動；所以他不能不去看那些小四方塊，以得些安慰。最可怕的記憶便是「學生」。他想不出爲何他的懶媽將他送入學校去，或者因爲他入了學，她可以多心靜一些？苦痛往往逼迫著人去記憶。他記得「學生」——一群推他打他擠他踢他罵他笑他的活猴子。他是一塊木頭。被猴子們向四邊推滾。他似乎也畢過業，但是懶得去領文憑。

「老子的心中到底有個『無爲』縈繞著，我連個針尖大的理想也沒有。」他已飲了半瓶白酒，閉著眼說。

「人類的紛爭都是出於好事好動：假如人都變成桂樹或梅花，世上當怎樣的芬香靜美？」我故意誘他說話。

他似乎沒有聽見，或是故意懶得聽別人的意見。

我決定了下次再來，須帶白蘭地；普通的白酒還不夠打開他的說話機關的。

白蘭地果然有效，他居然坐起來了。往常他向我致敬只是閉著眼，稍微動一動眉毛。然後，我把酒遞到他的唇邊，酒過三杯，他開始講話，可是始終是躺在床上不起來。酒喝足了，在我告辭之際，他才肯指一指酒瓶，意思是叫我將它挪開；有的時候他連指指酒瓶都覺得是多事。

白蘭地得著了空前的勝利，他坐起來了！我的驚異就好似看見了死人復活。我要盤問他了。

「朋友，」我的聲音有點發顫，大概因爲是有驚有喜，「朋友，在過去的經驗中，你可曾不懶過一天或一回沒有呢？」

「天下有多少事能叫人不懶一整天呢？」他的舌頭有點僵硬。我心中更喜歡了：被酒激硬的舌頭是最喜歡運動的。

「那麼，不懶過一回沒有呢？」

他沒當時回答我。我看得出，他是搜尋他的記憶呢。他的臉上有點很近於笑的表示——這不過是我的猜測，我沒見過他怎樣笑。過了好久，他點了點頭，又喝下一杯酒，慢慢的說：

「有過一次。許久許久以前的事了。設若我今年是四十歲——沒心留意自己的歲數——那必是我二十來歲的事了。」

他又停頓住了。我非常的怕他不再往下說，可是也不敢促迫他；我等著，聽得見我自己的心跳。

「你說，什麼事足以使懶人不懶一次？」他猛孤丁[1]的問了我一句。

我一時找不到相當的答案；不知道是怎麼想起來的，我這麼答對了他：

「愛情，愛情能使人不懶。」

「你是個聰明人！」他說。

我也吞了一大口白蘭地，我的心幾乎要跳出來。

他的眼合成一道縫，好像看著心中正在構成著的一張圖畫。然後像自己念道：「想起來了！」

我連大氣也不敢出的等著。

「一株海棠樹，」他大概是形容他心裏哪張畫，「第一次見著她，便是在海棠樹下。開滿了花，像藍天下的一大團雪，圍著金黃的蜜蜂。我與她便躺在樹下，臉朝著海棠花，時時有小鳥踏下些花片，像些雪花，落在我們的臉上，她，那時節，也就是十幾歲吧，我或者比她大一些。她是媽媽的娘家的；不曉得怎樣稱呼她，懶得問。我們躺了多少時候？我不記得。只記得那是最快活的一天：聽著蜂聲，閉著眼用臉承接著花片，花蔭下見不著陽光，可是春氣吹拂著全身，安適而溫暖。我們倆就像埋在春光中的一對愛人，最好能永遠不動，直到宇宙崩毀的時候。她是我理想中的人兒。她和媽媽相似——愛情在靜裏享受。別的女子們，見了花便折，見了鏡子就照，使人心慌意

[1] 孤丁：事出突然。

亂。她能領略花木樣的戀愛；我是討厭蜜蜂的，終日瞎忙。可是在那一天，蜜蜂確是不錯，它們的嗡嗡使我半睡半醒，半死半生；在生死之間我得到完全的恬靜與快樂。這個快樂是一睜開眼便會失去的。」

他停頓了一會兒，又喝了半杯酒。他的話來得流暢輕快了：「海棠花開殘，她不見了。大概是回了家，大概是。臨走的那一天，我與她在海棠樹下——花開已殘，一樹的油綠葉兒，小綠海棠果頂著些黃鬚——彼此看著臉上的紅潮起落，不知起落了多少次。我們都懶得說話。眼睛交談了一切。」

「她不見了，」他說得更快了。「自然懶得去打聽，更提不到去找她。想她的時候，我便在海棠樹下靜臥一天。第二年花開的時候，她沒有來，花一點也不似去年那麼美了，蜂聲更討厭。」

這回他是對著瓶口灌了一氣。

「又看見她了，已長成了個大姑娘。但是，但是，」他的眼似乎不得力的眨了幾下，微微有點發濕，「她變了。她一來到，我便覺出她太活潑了。她的話也很多，幾乎不給我留個追想舊時她怎樣靜美的機會了。到了晚間，她偷偷的約我在海棠樹下相見。我是日落後向不輕動一步的，可是我答應了她；愛情使人能不懶了，你是個聰明人。我不該赴約，可是我去了。她在樹下等著我呢。『你還是這麼懶？』這是她的第一句話，我沒言語。『你記得前幾年，咱們在這花下？』她又問，我點了點頭——出於不得已。『唉！』她歎了一口氣，『假如你也能不懶了；你看我！』我沒說話。『其實你也可以不懶的；假如你眞是懶得到家，爲什麼你來見我？你可以不懶！咱們——』她沒往下說，我始終沒開口，她落了淚，走開。我便在海棠下睡了一夜，懶得再動。她又走了。不久聽說她出嫁了。不久，聽說她被丈夫給虐待死了。懶是不利於愛情的。但是，她，她因不懶而喪了一朵花似的生命！假如我聽她的話改爲勤謹，也許能保全了她，可也許喪掉我的命。假如她始終不改懶的習慣，也許我們到現在還是同臥在海棠花下，雖然未必是活著，可是同臥在一處便是活著，永遠的活著。只有成雙作對才算愛，愛不會死！」

「到如今你還想念著她？」我問。

「哼，那就是那次破了懶戒的懲罰！一次不懶，終身受罪；我還不算個最懶的人。」他又臥在床上。

我將酒瓶挪開。他又說了話：

「假如我死去——雖然很懶得死——請把我埋在海棠花下，不必費事買棺材。我懶得理想，可是既提起這件事，我似乎應當永遠臥在海棠花下——受著永遠的懲罰！」

過了些日子，我果然將他埋葬了。在上邊臨時種了一株海棠；有海棠樹的人家沒有允許我埋人的。

——原刊於一九三三年三月十五日～十七日《益世報》

大悲寺外

黃先生已死去二十多年了。這些年中，只要我在北平，我總忘不了去祭他的墓。自然我不能永遠在北平；別處的秋風使我倍加悲苦：祭黃先生的時節是重陽的前後，他是那時候死的。去祭他是我自己加在身上的責任；他是我最欽佩敬愛的一位老師，雖然他待我未必與待別的同學有什麼分別；他愛我們全體的學生。可是，我年年願看看他的矮墓，在一株紅葉的楓樹下，離大悲寺不遠。

已經三年沒去了，生命不由自主的東奔西走，三年中的北平只在我的夢中！

去年，也不記得爲了什麼事，我跑回去一次，只住了三天。雖然才過了中秋，可是我不能不上西山去；誰知道什麼時候才再有機會回去呢。自然上西山是專爲看黃先生的墓。爲這件事，旁的事都可以擱在一邊；說眞的，誰在北平三天能不想辦一萬樣事呢。

這種祭墓是極簡單的：只是我自己到了那裏而已，沒有紙錢，也沒有香與酒。黃先生不是個迷信的人，我也沒見他飲過酒。

從城裏到山上的途中，黃先生的一切顯現在我的心上。在我有口氣的時候，他是永生的。眞的；停在我心中，他是在死裏活著。每逢遇上個穿灰布大褂，胖胖的人，我總要細細看一眼。是的，胖胖的而穿灰布大衫，因黃先生而成了對我個人的一種什麼象徵。甚至於有的時候與同學們聚餐，「黃先生呢？」常在我的舌尖上；我總以爲他是還活著。還不是這麼說，我應當說：我總以爲他不會死，不應該死，即使我知道他確是死了。

他爲什麼作學監呢？胖胖的，老穿著灰布大衫！他作什麼不比當學監強呢？可是，他竟自作了我們的學監；似乎是天命，不作學監他怎能在四十多歲便死了呢！

胖胖的，腦後折著三道肉印；我常想，理髮師一定要費不少的事，才能把那三道彎上的短髮推淨。臉像個大肉葫蘆，就是我這樣敬愛他，也就沒法否認他的臉不是招笑的。可是，那雙眼！上眼皮受著「胖」的影響，鬆鬆的下垂，把原是一對大眼睛變成了倆螳螂卵包似的，留個極小的縫兒射出無限度的黑亮。好像這兩道黑光，假如你單單的看著它們，把「胖」的一切注腳全勾銷了。那是一個胖人射給一個活動，靈敏，快樂的世界的兩道神光。他看著你的時候，這一點點黑珠就像是釘在你的心靈上，而後把你像條上了鉤的小白魚，釣起在他自己發射出的慈祥寬厚光朗的空氣中。然後他笑了，極天真的一笑，你落在他的懷中，失去了你自己。那件鬆鬆裹著胖黃先生的灰布大衫，在這時節，變成了一件仙衣。在你沒看見這雙眼之前，假如你看他從遠處來了，他不過是團蠕蠕而動的灰色什麼東西。

無論是哪個同學想出去玩玩，而造個不十二分有傷於誠實的謊，去到黃先生那裏請假，黃先生先那麼一笑，不等你說完你的謊——好像唯恐你自己說漏了似的——便極用心的用蘇字給塡好「准假證」。但是，你必須去請假。私自離校是絕對不行的。凡關乎人情的，以人情的辦法辦；凡關乎校規的，校規是校規；這個胖胖的學監！

他沒有什麼學問，雖然他每晚必和學生們一同在自修室讀書；他讀的都是大本的書，他的筆記本也是龐大的，大概他的胖手指是不肯甘心傷損小巧精緻的書頁。他讀起書來，無論冬夏，頭上永遠冒著熱汗，他決不是聰明人。有時我偷眼看看他，他的眉，眼，嘴，好像都被書的神秘給迷住；看得出，他的牙是咬得很緊，因爲他的腮上與太陽穴全微微的動彈，微微的，可是緊張。忽然，他那麼天眞的一笑，歎一口氣，用塊像小床單似的白手絹抹抹頭上的汗。

先不用說別的，就是這人情的不苟且與傻用功已足使我敬愛他——多數的同學也因此愛他。稍有些心與腦的人，即使是個十五六歲的學生，像那時候的我與我的學友們，還能看不出：他的溫和誠懇是出於天性的純厚，而同時又能絲毫不苟的負責是足以表示他是溫厚，不是懦弱？還覺不出他是「我們」中的一個，不是「先生」們中的一個；因爲他那種努力讀書，爲讀書而著急，而出汗，而歎氣，還不是正和我們一樣？

到了我們有了什麼學生們的小困難——在我們看是大而不易解決的——黃先生是第一個來安慰我們，假如他不幫助我們；自然，他能幫忙的地方便在來安慰之前已經自動的作了。二十多年前的中學學監也不過是掙六十塊錢，他每月是拿出三分之一來，預備著幫助同學，即使我們都沒有經濟上的困難，他這三分之一的薪水也不會剩下。假如我們生了病，黃先生不但是殷勤的看顧，而且必拿來些水果，點心，或是小說，幾乎是偷偷的放在病學生的床上。

但是，這位困苦中的天使也是平安中的君王——他管束我們。宿舍不清潔，課後不去運動……都要挨他的雷，雖然他的雷是伴著以淚作的雨點。

世界上，不，就說一個學校吧，哪能都是明白人呢。我們的同學裏很有些個厭惡黃先生的。這並不因爲他的愛心不普遍，也不是被誰看出他是不眞誠，而是偉大與藐小的相觸，結果總是偉大的失敗，好似不如此不足以成其偉大。這些同學們一樣的受過他的好處，知道他的偉大，但是他們不能愛他。他們受了他十樣的好處後而被他申斥了一陣，黃先生便變成頂可惡的。我一點也沒有因此而輕視他們的意思，我不過是說世上確有許多這樣的人。他們並不是不曉得好歹，而是他們的愛只限於愛自己；愛自己是溺愛，他們不肯受任何的責備。設若你救了他的命，而同時責勸了他幾句，他從此便永遠記著你的責備——爲是恨你——而忘了救命的恩惠。黃先生的大錯處是根本不應來作學監，不負責的學監是有的，可是黃先生與不負責永遠不能聯結在一處。不論他怎樣眞誠，怎樣厚道，管束。

他初來到學校，差不多沒有一個人不喜愛他，因爲他與別位先生是那樣的不同。別位先生們至多不過是比書本多著張嘴的，我們佩服他們和佩服書籍差不多。即使他們是活潑有趣的，在我們眼中也是另一種世界的活潑有趣，與我們並沒有多麼大的關係。黃先生是個「人」，他與別位先生幾乎完全不相同。他與我們在一處吃，一處睡，一處讀書。

半年之後，已經有些同學對他不滿意了，其中有的，受了他的規戒，有的是出於立異——人家說好，自己就偏說壞，表示自己有頭腦，別人是順竿兒爬的笨貨。

經過一次小風潮，愛他的與厭惡他的已各一半了。風潮的起始，與他完全無關。學生要在上課的時間開會了，他才出來勸止，而落了個無理的干涉。他是個天眞的人——自信心居然使他要求投票表決，是否該在上課時間開會！幸而投與他意見相同的票的多著三張！風潮雖然不久便平靜無事了，可是他的威信已減了一半。

因此，要頂他的人看出時機已到：再有一次風潮，他管保得滾。謀著以教師兼學監的人至少有三位。其中最活動的是我們的手工教師，一個用嘴與舌活著的人，除了也是胖子，他和黃先生是人中的南北極。在教室上他曾說過，有人給他每月八百圓，就是提夜壺也是美差。有許多學生喜歡他，因為上他的課時就是睡覺也能得八十幾分。他要是作學監，大家豈不是入了天國！每天晚上，自從那次小風潮後，他的屋中有小的會議。不久，在這小會議中種的子粒便開了花。校長處有人控告黃先生，黑板上常見「胖牛」，「老山藥蛋」……

同時，有的學生也向黃先生報告這些消息。忽然黃先生請了一天的假。可是那天晚上自修的時候，校長來了，對大家訓話，說黃先生向他辭職，但是沒有准他。末後，校長說，「有不喜歡這位好學監的，請退學；大家都不喜歡他呢，我與他一同辭職。」大家誰也沒說什麼。可是校長前腳出去，後腳一群同學便到手工教員室中去開緊急會議。

第三天上黃先生又照常辦事了，臉上可是好像瘦減了一圈。在下午課後他召集全體學生訓話，到會的也就是半數。他好像是要說許多許多的話似的，及至到了臺上，他第一個微笑就沒笑出來，愣了半天，他極低細的說了一句：「咱們彼此原諒吧！」沒說第二句。

暑假後，廢除月考的運動一天擴大一天。在重陽前，炸彈爆發了。英文教員要考，學生們不考；教員下了班，後面追隨著極不好聽的話。及至事情鬧到校長那裏去，問題便由罷考改爲撤換英文教員，因爲校長無論如何也要維持月考的制度。雖然有幾位主張連校長一齊推倒的，可是多數人願意先由撤換教員作起。既不向校長作戰，自然罷考須暫放在一邊。這個時節，已經有人警告了黃先生：「別往自己身上攏！」

可是誰叫黃先生是學監呢？他必得維持學校的秩序。

況且，有人設法使風潮往他身上轉來呢。

校長不答應撤換教員。有人傳出來，在職教員會議時，黃先生主張嚴辦學生，黃先生勸告教員合作以便抵抗學生，黃學監……

風潮又轉了方向，黃學監，已經不是英文教員，是炮火的目標。

---

1 山藥蛋：北京方言，揶揄非漢族出身的人，指稱人家粗鄙。

黃先生還終日與學生們來往，勸告，解說，笑與淚交替的揭露著天眞與誠意。有什麼用呢？學生中不反對月考的不敢發言。依違兩可的是與其說和平的話不如說激烈的，以便得同學的歡心與讚揚。這樣，就是敬愛黃先生的連暗中警告他也不敢了：風潮像個魔咒捆住了全校。

我在街上遇見了他。

「黃先生，請你小心點。」我說。

「當然的。」他那麼一笑。

「你知道風潮已轉了方向？」

他點了點頭，又那麼一笑，「我是學監！」

「今天晚上大概又開全體大會，先生最好不用去。」

「可是，我是學監！」

「他們也許動武呢！」

「打『我』？」他的顏色變了。

我看得出，他沒想到學生要打他；他的自信力太大。可是同時他並不是不怕危險。他是個「人」，不是鐵石作的英雄——因此我愛他。

「爲什麼呢？」他好似是詰問著他自己的良心呢。

「有人在後面指揮。」

「哦！」可是他並沒有明白我的意思，據我看；他緊跟著問：「假如我去勸告他們，也打我？」

我的淚幾乎落下來。他問得那麼天眞，幾乎是兒氣的；始終以爲善意待人是不會錯的。他想不到世界上會有手工教員那樣的人。

「頂好是不到會場去，無論怎樣！」

「可是，我是學監！我去勸告他們就是了；勸告是惹不出事來的。謝謝你！」

我愣在那兒了。眼看著一個人因責任而犧牲，可是一點也沒覺到他是去犧牲——一聽見「打」字便變了顏色，而仍然不退縮！我看得出，此刻他決不想辭職了，因爲他不能在學校正極紊亂時候抽身一走。「我是學監！」我至今忘不了這一句話，和那四個字的聲調。

果然晚間開了大會。我與四五個最敬愛黃先生的同學，故意坐在離講臺最近的地方，我們計議好：眞要是打起來，我們可以設法保護他。

開會五分鐘後，黃先生推門進來了。屋中連個大氣也聽不見了。主席正在報告由手工教員傳來的消息——就是宣布學監的罪案——學監進來了！我知道我的呼吸是停止了一會兒。

黃先生的眼好似被燈光照得一時不能睜開了，他低著頭，像盲人似的輕輕關好了門。他的眼睜開了，用那對慈善與寬厚作成的黑眼珠看著大眾。他的面色是，也許因爲燈光太強，有些灰白。他向講臺那邊挪了兩步，一腳登著臺沿，微笑了一下。

「諸位同學，我是以一個朋友，不是學監的地位，來和大家說幾句話！」

「假冒爲善！」

「漢奸！」

後邊有人喊。

黃先生的頭低下去，他萬也想不到被人這樣罵他。他決不是恨這樣罵他的人，而是懷疑了自己，自己到底是不眞誠，不然……

這一低頭要了他的命。

他一進來的時候，大家居然能那樣靜寂，我心裏說，到底大家還是敬畏他；他沒危險了。這一低頭，完了，大家以爲他是被罵對了，羞愧了。

「打他！」這是一個與手工教員最親近的學友喊的，我記得。跟著，「打！」「打！」後面的全立起來。我們四五個人彼此按了按膝，「不要動」的暗號；我們一動，可就全亂了。我喊了一句。

「出去！」故意的喊得很難聽，其實是個善意的暗示。

他要是出去——他離門只有兩三步遠——管保沒有事了，因爲我們四五個人至少可以把後面的人堵住一會兒。

可是黃先生沒動！好像蓄足了力量，他猛然抬起頭來。他的眼神極可怕了。可是不到半分鐘，他又低下頭去，似乎用極大的懺悔，矯正他的要發脾氣。他是個「人」，可是要拿人力把自己提到超人的地步。我明白他那心中的變動：冷不防的被人罵了，自己懷疑自己是否正道；他的心告訴他——無愧；在這個時節，後面喊「打！」：他怒了；不應發怒，他們是些青年的學生——又低下頭去。

隨著說第二次低頭，「打！」成了一片暴雨。

假如他眞怒起來，誰也不敢先下手；可是他又低下頭去——就是這麼著，也還只聽見喊打，而並沒有人向前。這倒不是大家不勇敢，實在是因爲多數——大多數——人心中有一句：「憑什麼打這個老實人呢？」自然，主席的報告是足以使些人相信的，可是究竟大家不能忘了黃先生以前的一切；況且還有些人知道報告是由一派人造出來的。

我又喊了聲，「出去！」我知道「滾」是更合適的，在這種場面上，但怎忍得出口呢！

黃先生還是沒動。他的頭又抬起來：臉上有點笑意，眼中微濕，就像個忠厚的小兒看著一個老虎，又愛又有點怕憂。

忽然由窗外飛進一塊磚，帶著碎玻璃碴兒，像顆橫飛的彗星，打在他的太陽穴上。登時見了血。他一手扶住了講桌。後面的人全往外跑。我們幾個攙住了他。

「不要緊，不要緊。」他還勉強的笑著，血已幾乎蓋滿他的臉。

找校長，不在；找校醫，不在；找教務長，不在；我們決定送他到醫院去。

「到我屋裏去！」他的嘴已經似乎不得力了。

我們都是沒經驗的，聽他說到屋中去，我們就攙扶著他走。到了屋中，他擺了兩擺，似乎要到洗臉盆處去，可是一頭倒在床上；血還一勁的流。

老校役張福進來看了一眼，跟我們說，「扶起先生來，我接校醫去。」

校醫來了，給他洗乾淨，綁好了布，叫他上醫院。他喝了口白蘭地，心中似乎有了點力量，閉著眼歎了口氣。校醫說，他如不上醫院，便有極大的危險。他笑了。低聲的說：

「死，死在這裏；我是學監！我怎能走呢——校長們都沒在這裏！」

老張福自薦伴著「先生」過夜。我們雖然極願守著他，可是我們知道門外有許多人用輕鄙的眼神看著我們；少年是最怕被人說「苟事」的——同情與見義勇爲往往被人解釋作「苟事」，或是「狗事」；有許多青年的血是能極熱，同時又極冷的。我們只好離開他。連這樣，當我們出來的時候還聽見了：「美呀！黃牛的乾兒子！」

第二天早晨，老張福告訴我們，「先生」已經說胡話了。

校長來了，不管黃先生依不依，決定把他送到醫院去。

可是這時候，他清醒過來。我們都在門外聽著呢。那位手工教員也在那裏，看著學監室的白牌子微笑，可是對我們皺著眉，好像他是最關心黃先生的苦痛的。我們聽見了黃先生說：

「好吧，上醫院；可是，容我見學生一面。」

「在哪兒?」校長問。

「禮堂;只說兩句話。不然,我不走!」

鐘響了。幾乎全體學生都到了。

老張福與校長攙著黃先生。血已透過繃布,像一條毒花蛇在頭上盤著。他的臉完全不像他的了。剛一進禮堂門,他便不走了,從繃布下設法睜開他的眼,好像是尋找自己的兒女,把我們全看到了。他低下頭去,似乎已支持不住,就是那麼低著頭,他低聲——可是很清楚的——說:

「無論是誰打我來著,我決不,決不計較!」

他出去了,學生沒有一個動彈的。大概有兩分鐘吧。忽然大家全往外跑,追上他,看他上了車。

過了三天,他死在醫院。

誰打死他的呢?

丁庚。

可是在那時節,誰也不知道丁庚扔磚頭來著。在平日他是「小姐」,沒人想到「小姐」敢飛磚頭。

那時的丁庚，也不過是十七歲。老穿著小藍布衫，臉上長著小紅疙疸[2]，眼睛永遠有點水鏽，像敷著些眼藥。老實，不好說話，有時候跟他好，有時候又跟你好，有時候自動的收拾宿室，有時候一天不洗臉。所以是小姐——有點忽東忽西的小性。

風潮過去了，手工教員兼任了學監。校長因爲黃先生已死，也就沒深究誰扔的那塊磚。說眞的，確是沒人知道。

可是，不到半年的工夫，大家猜出誰了——丁庚變成另一個人，完全不是「小姐」了。他也愛說話了，而且永遠是不好聽的話。他永遠與那些不用功的同學在一起了，吸上了香菸——自然也因爲學監不干涉——每晚上必出去，有時候嘴裏噴著酒味。他還作了學生會的主席。

由「那」一晚上，黃先生死去，丁庚變了樣。沒人能想到「小姐」會打人。可是現在他已不是「小姐」了，自然大家能想到他是會打人的。變動的快出乎意料之外，那麼，什麼事都是可能的了；所以是「他」！

過了半年，他自己承認了——多半是出於自誇，因爲他已經變成個「刺兒頭[3]」。最怕這位「刺兒頭」的是手工兼學監那位先生。學監既變成他的部下，他承認了什麼也當然是沒危險的。自從黃先生離開了學監室，我們的學校已經不是學校。

爲什麼扔那塊磚？據丁庚自己說，差不多有五六十個理由，他自己也不知道哪一個最好，自然也沒人能斷定哪個最可靠。

據我看，眞正的原因是「小姐」忽然犯了「小姐性」。他最初是在大家開會的時候，連進去也不敢，而在外面看風勢。忽然他的那個勁兒來了，也許是黃先生責備過他，也許是他看黃先生的胖臉好玩而試試打得破與否，也許……不論怎麼著吧，一個十七歲的孩子，天性本來是變鬼變神的，加以臉上正發紅泡兒的那股忍人忽獸的鬱悶，他滿可以作出些無意作而作了的事。從多方面看，他確是那樣的人。在黃先生活著的時候，他便是千變萬化的，有時候很喜歡人叫他「黛玉」。黃先生死後，他便不知道他是怎回事了。有時候，他聽了幾句好話，能老實一天，趴在桌上寫小楷，寫得非常秀潤。第二天，一天不上課！

這種觀察還不只限於學生時代，我與他畢業後恰巧在一塊作了半年的事，拿這半年中的情形看，他確是我剛說過的那樣的人。拿一件事說吧。我與他全作了小學教師，在一個學校裏，我教初四。已教過兩個月，他忽然想換班，唯一的原因是我比他少著三個學生。可是他和校長並沒這樣說——爲少看三本卷子似乎不大好出口。他說，四年級級任比三年級的地位高，他不甘居人下。這雖然不很像一句話，可究竟是更精神一些的爭執。他也告訴校長：他在讀書時是作學生會主席的，主席當然是大眾的領袖，所以他教書時也得教第一班。

2疙疸：此指青春痘，讀作「歌膽」。也作疙瘩。

3刺兒頭：愛找人麻煩、自我中心之人。

校長與我談論這件事，我是無可無不可，全憑校長調動。校長反倒以爲已經教了快半個學期，不便於變動。這件事便這麼過去了。到了快放年假的時候，校長有要事須請兩個禮拜的假，他打算求我代理幾天。丁庚又答應了。可是這次他直接的向我發作了，因爲他親自請求校長叫他代理是不好意思的。我不記得我的話了，可是大意是我應著去代他向校長說說：我根本不願意代理。

及至我已經和校長說了，他又不願意，而且忽然的辭職，連維持到年假都不幹。校長還沒走，他捲舖蓋走了。誰勸也無用，非走不可。

從此我們倆沒再會過面。

看見了黃先生的墳，也想起自己在過去二十年中的苦痛。墳頭更矮了些，那麼些土上還長著點野花，「美」使悲酸的味兒更強烈了些。太陽已斜掛在大悲寺的竹林上，我只想不起動身。深願黃先生，胖胖的，穿著灰布大衫，來與我談一談。

遠處來了個人。沒戴著帽，頭髮很長，穿著青短衣，還看不出他的模樣來，過路的，我想；也沒大注意。可是他沒順著小路走去，而是捨了小道朝我來了。又一個上墳的？

他好像走到墳前才看見我，猛然的站住了。或者從遠處是不容易看見我的，我是倚著那株楓樹坐著呢。

「你。」他叫著我的名字。

我愣住了，想不起他是誰。

「不記得我了？丁——」

沒等他說完我想起來了，丁庚。除了他還保存著點「小姐」氣——說不清是在他身上哪處——他絕對不是二十年前的丁庚了。頭髮很長，而且很亂。臉上烏黑，眼睛上的水鏽很厚，眼窩深陷進去，眼珠上許多血絲。牙已半黑，我不由的看了看他的手，左右手的食指與中指全黃了一半。他一邊看著我，一邊從袋裏摸出一盒「大長城」來。

不知道爲什麼我覺得一陣悲慘。我與他是沒有什麼感情的，可是幼時的同學……我過去握住他的手；他的手顫得很厲害。我們彼此看了一眼，眼中全濕了；然後不約而同的看著那個矮矮的墓。

「你也來上墳？」這話已到我的唇邊，被我壓回去了。他點一枝菸，向藍天吹了一口，看看我，看看墳，笑了。

「我也來看他，可笑，是不是？」他隨說隨坐在地上。

我不曉得說什麼好，只好順口答音的笑了聲，也坐下了。

他半天沒言語，低著頭吸他的菸，似乎是思想什麼呢。菸已燒去半截，他抬起頭來，極有姿勢的彈著菸灰。先笑了笑，然後說：

「二十多年了！他還沒饒了我呢！」

「誰？」

他用菸卷指了指墳頭：「他！」

「怎麼？」我覺得不大得勁；深怕他是有點瘋魔。

「你記得他最後的那句？決——不——計——較，是不是？」

我點點頭。

「你也記得咱們在小學教書的時候，我忽然不幹了？我找你去叫你不要代理校長？好，記得你說的是什麼？」

「我不記得。」

「決不計較！你說的。那回我要和你換班次，你也是給了我這麼一句。你或者出於無意，可是對於我，這句話是種報復，懲罰。它的顏色是紅的一條布，像條毒蛇；它確是有顏色的。它使我把生命變成一陣顫抖；志願，事業，全隨顫抖化爲——秋風中的落葉。像這棵楓樹的葉子。你大概也知道，我那次要代理校長的原因？我已運動好久，叫他不能回任。可是你說了那麼一句——」

「無心中說的。」我表示歉意。

「我知道。離開小學，我在河務局謀了個差事。很清閒，錢也不少。半年之後，出了個較好的缺。我和一個姓李的爭這個地位。我運動，他也運動，力量差不多是相等，所以命令多日沒能下來。在這個期間，我們倆有一次在局長家裏遇上了，一塊打了幾圈牌。局長，在打牌的時候，露出點我們倆競爭很使他爲難的口話。我沒說什麼，可是姓李的一邊打出一個紅中，一邊說：『紅的！我讓了，決不計較！』紅的！不計較！黃學監又立在我眼前，頭上圍著那條用血浸透的紅布！我用盡力量打完了那圈牌，我的汗濕透了全身。我不能再見那個姓李的，他是黃學監第二，他用殺人不見血的咒詛在我魂靈上作祟：假如世上眞有妖術邪法，這個便是其中的一種。我不幹了。不幹了！」他的頭上出了汗。

「或者是你身體不大好，精神有點過敏。」我的話一半是爲安慰他，一半是不信這種見神見鬼的故事。

「我起誓，我一點病沒有。黃學監確是跟著我呢。他是假冒爲善的人，所以他會說假冒爲善的惡咒。還是用事實說明吧。我從河務局出來不久便成婚，」這一句還沒說全，他的眼神變得像失了雛兒的惡鷹似的，瞪著地上一棵半黃的雞爪草，半天，他好像神不附體了。我輕嗽了聲，他一哆嗦，抹了抹頭上的汗，說：「很美，她很美。可是——不貞。在第一夜，洞房便變成地獄，可是沒有血，你明白我的意思？沒有血的洞房是地獄，自然這是老思想，可是我的婚事老式的，當然感情也是老式的。她都說了，只求我，央告我，叫我饒恕她。按說，美是可以博得一切赦免的。可是我那時鐵了心；我下了不戴綠帽的決心。她越哭，我越狠，說眞的，折磨她給我一些愉快。末後，她的淚已乾，她的話已盡，她說出最後的一句：『請用我心中的血代替吧，』她打開了胸，『給這兒一刀吧；你有一切的理由，我死，決不計較你！』我完了，黃學監在洞房門口笑我呢。我連動一動也不能了。第二天，我離開了家，變成一個有家室的漂流者，家中放著一個沒有血的女人，和一個帶著血的鬼！但是我不能自殺，我跟他幹到底，他劫去我一切的快樂，不能再叫他奪去這條命！」

「丁：我還以為你是不健康。你看，當年你打死他，實在不是有意的。況且黃先生的死也一半是因為耽誤了，假如他登時上醫院去，一定不會有性命的危險。」我這樣勸解；我準知道，設若我說黃先生是好人，決不能死後作祟，丁庚一定更要發怒的。

「不錯。我是出於無心，可是他是故意的對我發出假慈悲的原諒，而其實是種惡毒的詛咒。不然，一個人死在眼前，為什麼還到禮堂上去說那個呢？好吧，我還是說事實吧。我既是個沒家的人，自然可以隨意的去玩了。我大概走了至少也有十二三省。最後，我在廣東加入了革命軍。打到南京，我已是團長。設若我繼續工作，現在來至少也作了軍長。可是，在清黨的時節，我又不幹了。是這麼回事，一個好朋友姓王，他是左傾的。他比我職分高。設若我能推倒他，我登時便能取得他的地位。陷害他，是極容易的事，我有許多對他不利的證據，但是我不忍下手。我們倆出死入生的在一處已一年多，一同入醫院就有兩次。可是我又不能拋棄這個機會；志願使英雄無論如何也得辣些。我不是個十足的英雄，所以我想個不太激進的辦法來。我托了一個人向他去說，他的危險怎樣的大，不如及早逃走，把一切事務交給我，我自會代他籌畫將來的安全。他不聽。我火了。不能不下毒手。我正在想主意，這個不知死的鬼找我來了，沒帶著一個人。有些人是這樣：至死總假裝寬厚大方，一點不為自己的命想一想，好像死是最便宜的事，可笑。這個人也是這樣，還在和我嘻嘻哈哈。我不等想好主意了，反正他的命是在我手心裏，我對他直接的說了——我的手摸著手槍。他，他聽完了，向我笑了笑。『要是你願殺我，』他說，還是笑著，『請，我決不計較。』這能是他說的嗎？怎能那麼巧呢？我知道，我早就知道了，凡是我要成功的時候，『他』老借著個笑臉來報仇，假冒爲善的鬼會拿柔軟的方法來毀人。我的手連抬也抬不起來了，不要說還要拿槍打人。姓王的笑著，笑著，走了。他走了，能有我的好處嗎？他的地位比我高。拿證據去告發他恐怕已來不及了，他能不馬上想對待我的法子嗎？結果，我得跑！到現在，我手下的小卒都有作團長的了，我呢？我只是個有妻室而沒家，不當和尚而住在廟裏的——我也說不清我是什麼！」

乘他喘氣，我問了一句：「哪個廟裏？」

「眼前的大悲寺！爲是離著他近。」他指著墳頭。

看我沒往下問，他自動的說明：

「離他近，我好天天來詛咒他！」

不記得我又和他說了什麼，還是什麼也沒說，無論怎樣吧！我是踏著金黃的秋色下了山，斜陽在我的背後。我沒敢回頭，我怕那株楓樹，葉子不是怎麼紅得似血！

——原刊於一九三三年三月一日《文藝月刊》第三卷第九期；
初收錄於一九三四年九月出版之《趕集》，上海，良友圖書印刷公司

不遠千里而來

聽說榆關失守，王先生馬上想結婚。在何處舉行婚禮好呢。天津和北平自然不是吉地，香港又嫌太遠。況且還沒找到愛人。最好是先找愛人。不過這也有地方的問題在內：在哪裏找呢？在兵荒馬亂的地方雖然容易找到女人，可是婚姻又非「拍拍腦袋算一個」的事。還是得到歌舞昇平的地方去。於是王先生便離開北平；一點也不是怕日本鬼子。

王先生買不到車票，東西兩站的人就像上帝剛在站臺上把他們造好似的，誰也不認識別處，只有站臺和火車是聖地，大家全釘在那裏。由東站走，還是由西站走，王先生倒不在乎；他始終就沒有定好目的地：上哪裏去都是一樣，只要躲開北平就好——誰要怕日本誰是牛，不過，萬一眞叫王先生受點險，誰去結婚？東站也好，西站也好，反正得走。買著票也走，買不著票也走，一走便是上吉。

王先生急中生智，到了行李房，要把自己打行李票：人而當行李，自然可以不必買車票了。行李房卻偏偏不收帶著腿的行李！無論怎說也不行；王先生只能罵行李房的人沒理性，別無辦法。

有志者事竟成，王先生並不是沒志的廢物點心。他由正陽門坐上電車[1]，上了西直門[2]。在那裏一打聽，原來西直門的車站是平綏路的。王先生很喜歡自己長了經驗，而且深信了時勢造英雄的話。假如不是親身到了西直門，他怎能知道火車是有固定的路線，而不是隨意溜達著玩的？可是，北方一帶全不是吉地，這條路是走不得的。這未免使他有點不痛快。上哪兒去呢？不，還不是上哪裏去的問題，而是哪裏有火車坐呢？還是得上東站或西站，假如火車永遠不開，也便罷了；只要它開，王先生就有走開的可能。買了些水果，點心，燒酒，決定到車站去長期等車：「小子，咱老王和你閉了眼啦，非走不可！就是坐菸筒也得走！」王先生對火車發了誓。

又回到東站，因爲東站看著比西站體面些；預備作新郎的人，事事總得要個體面。等了五小時，連站臺的門也沒擠進去！王先生雖然著急，可是頭腦依然清楚：「只要等著，必有辦法；況且即使在等著的時節，日本兵動了手，到底離著車站近的比較的有逃開的希望。好比說吧，槍一響，開火車的還不馬上開車就跑？那麼，老王你也便能跳上車去一齊跑，根本無須買票。一跑，跑到天津，開車的一直把火車開到英租界大旅社的前面；跳下來，拍！進了旅館；喝點咖啡，擦擦臉，車

1電車：即路面電車。

2正陽門、西直門：北京內城共有正陽、崇文、宣武、安定、德勝、東直、朝陽、西直、阜城九座門，人們常以「九門」代指北京城內外。

又開了，一開開到南京，或是上海；「今夜晚前後廳燈光明亮——」王先生唱開了「二簧」。

又等了三點鐘，王先生把所知道的二簧戲全唱完，還是沒有擠進站臺的希望。人是越來越多，把王先生拿著的蘋果居然擠碎了一個。可是人越多，王先生的心裏越高興，一來是因爲人多膽大，就是等到半夜去，也不至於怕鬼。二來是人多了即使掉下炸彈來，也不能只炸死他一個；大家都炸得粉碎，就是往陰曹地府走著也不寂寞。三來是後來的越多，王先生便越減少些關切；自己要是著急，那後來的當怎麼著呢，還不該急死？所以他越看後方萬頭攢動，他越覺得沒有著急的必要。可是他不願丟失了自己已得到的優越，有人想把他擠到後面去，王先生可是毫不客氣的抵抗。他的胳臂肘始終沒閒著，有往前擠的，他便是一肘，肋骨上是好地方；胸口上便差一點，因爲胸口上肘得過猛便有吐血的危險，王先生還不願那麼霸道，國難期間使同胞吐了血，不好意思；肋骨上是好地方；王先生的肘都運用得很正確。

車開走了一列。王先生更精神了。有一列開走，他便多一些希望；下列還不該他走嗎？即使下列還不行，第三列總該輪到他了，大有希望。忍耐是美德，王先生正體行這個美德；在車站睡上三夜兩夜的也不算什麼。

旁邊一位先生把一口痰吐在王先生的鞋上。王先生並沒介意，首要的原因是四圍擠得太緊，打架是無從打起，於是連罵也都不必。照準了那位先生的衣襟回敬了一口，心中倒還滿意。

天是黑了。問誰，都說沒有夜車。可是明天白晝的車若不連夜等下去便是前功盡棄。好在等通夜的大有人在，王先生決定省一夜的旅館費。況且四圍還有女性呢，女人可以不走，男人要是退縮，豈不被女流恥笑！王先生極勇敢的下了決心。犧牲一切，奮鬥到底！他自己喊著口號。

一夜無話，因爲凍了個半死。苦處不小，可是爲身爲國還說不上不受點苦。自然人家有勢力的人，可以免受這種苦，可是命是不一樣的，有坐車的就得有拉車的；都是拉車的，沒有坐車的，拉誰？有勢力的先跑，有錢的次跑，沒錢沒勢的不跑等死。王先生究竟還不是等死之流，就得知足。受點苦還要抱怨麼？火車分頭二三等，人也是如此。就是別叫日本鬼子捉住，好，捉了去叫我拉火車，可受不了！一夜雖然無話，思想照常精密；況且有瓶燒酒，腦子更受了些詩意的刺激。

第二天早晨，據旁人說，今天不一定有車。王先生拿定主意，有車無車給它個死不動窩。焉知不是詐語！王先生的精明不是詐語所能欺得過的。一動也不動；一半也是因爲腿有點發麻。

絕了糧，活該賣饅頭的發點財，一毛錢兩個。貴也得吃，該發財的就發財，該破財的就破財，胳臂擰不過大腿去，不用固執。買饅頭。賣饅頭的得踩著人頭才能遞給他饅頭，也不容易；連不買饅頭的也不容易，大家不容易，彼此彼此，共赴國難。賣饅頭的發注小財，等日本人再搶去，也總得算報應，可也替他想不出好辦法：自己要是有饅頭賣，還許一毛錢「一」個呢？

一直等到四點，居然平浦特別快車可以開。王先生反覺得事情不應當這麼順利；才等了一天一夜！可是既然能走了，也就不便再等。

上哪兒去呢？

上海也並不妥當，古時候不是十九路軍在上海打過法國鬼子嗎？雖然打得鬼子跪下央告「中國爺爺」，可是到底飛機扔開花彈，炸死了不少稻香村的夥計，人腸子和臘腸一齊飛上了天！上海要是不可靠，南京便更不要提，南京沒有租界地呀！江西有共產黨：躲一槍，挨一刀，那才犯不上！前邊那位買濟南府，二等。好吧，就是濟南府好了。濟南慘案不知道鬧著沒有？到了再說，看事情不好再往南跑，好主意。

買了二等票，可是得坐三等車，國難期間，車降一等。還不對，是這麼著：不買票的——自然是有勢力的——坐頭等。買頭等的坐二等。買二等的坐三等。買三等的拿著票地上走，假如他願意運動運動的話；如若不願意運動呢，可以拿著車票回去住兩天，過兩天再另買票來。王先生非常得意，因為神差鬼使買了二等票；坐三等無論怎說是比地上走強的。

車上已經擠死了兩位；誰也不敢再坐下，只要一坐下就不用想再立起來，專等著坐花。王先生根本就沒想坐下。他的地方也不錯，正在車當中，車一歪，靠窗的人全把頭碰在車板上，而他只把頭碰在人們的身上。他前後的客人也安排得恰當——老天爺安排的，當然是——前面的那位身量很小，王先生的下巴正好放在那位的頭上休息一下。後面的那位身體很胖，正好給王先生作個圍椅，而且極有火力。王先生要淨一淨鼻子，手當然沒法提上來，只須把前面窮人的頭當炮架子，用力一激，兩筒火山的岩汁就會噴出，雖噴出不很遠，可是落在人家的脊背上。王先生非常的滿意。

車到了天津，沒有一位敢下車活動活動的，而異口同聲的罵：「怎麼還不開車？王八日的！」

天津這個地名聽著都可怕，何況身臨其境，而且要停一點多鐘。大家都不敢下車，連站臺上都不敢偷看一眼；萬一站臺上有個日本小鬼，和你對了眼光，不死也得大病一場！由總站開老站，由老站開總站，你看這個麻煩勁！等雷呢！大家是沒見著站長，若是見著，一人一句也得把他罵死了。「《大公報》來——」「新小說——」眞有不怕死的，還敢在這兒賣東西；早晚是叫炸彈炸個粉碎！不知死的鬼！

等了一個多世紀，車居然會開了。大家仍然連大氣不敢出，直等到天津的燈光完全不見了，才開始呼吸，好像是已離開了鬼門關，下一站便是天堂。到了滄州，大家的腿已變成了木頭棍，可是心中增加了喜氣。王先生的二簧又開了臺。天亮以前到了德州，大家決定下去買燒雞，火燒，雞子，開水；命已保住，還能不給它點養料？

王先生不能落後，打著交手仗，練著美國足球，耍著大洪拳，開開一條血路，直奔燒雞而去。王先生奔過去，別人也奔過去，賣雞的就是再長一雙手也伺候不過來。殺聲震耳，慷慨激昂，不吃燒雞，何以爲人？王先生「搶」了一隻，不搶便永無到手之日。搶過來便啃，哎呀，美味，德州的燒雞，特別在天還未亮之際，眞有些野意！要不怎麼說，國家也不應當永遠平平安安的；國家平安到哪兒去找這種野意，守站的巡警與兵們急了，因爲一個賣燒餅的小兒被大家給扯碎了，買了燒餅還饒著賣燒餅小兒一隻手，或一個耳朵。賣燒餅小兒未免死得慘一些，可是從另一方面說，大家的熱烈足證人心未死。巡警們急了，掄開了十三節鋼鞭，大打而特打，打得大家心中痛快，頭上發燒，口中微笑。巡警不打人，要巡警幹什麼？大家不挨打，誰挨打？難道日本人來挨打？打吧，反正燒雞不到手，誓不退縮。前進；王先生是雞已入肚一半，不便再去衝鋒，雖然只挨了一鞭，不大過癮，可是打要大家分挨，未便一人包辦，於是得勝回車。

車是上不去了。車門就有五十多位把著。出來的時候是由內而外，比較的容易。現在是由外而內，就是把前層的擠退一步，裏邊便更堵得結實，不亞如銅牆鐵壁，焉能擠得進去，況且手內還拿著半隻燒雞，一伸手，嗐，丟了一口雞身，未入車而雞先失去一口，大不上算。王先生有點著急。

到底是中華的人民，黃帝的子孫，凡事有個辦法。聽，有人宣言：「來呀把誰從車窗塞進去？一塊錢！」王先生的腦子眞快，應聲而出：「六毛，幹不幹？」「八角大洋，少了不幹！」「來吧。」連半隻燒雞帶王先生全進了窗門，很有趣味，可寶貴的經驗：最好是頭在內而腳仍懸在外邊的時節，身如春燕，矯健輕靈。最後一個鯉魚打挺，翩然而下，頭碰了個大包。八毛錢付過，王先生含笑不言，專等開車。有四十多位沒能上來，雖然可以在站臺上飽食燒雞，究竟不如王先生的既食且走，一群笨蛋！

太陽出來，濟南就在眼前，十分高興。過黃河鐵橋，居然看見鐵橋眞是鐵的。一展眼到了濟南站，急忙下車，越擠越忙，以便湊個熱鬧，不寃不樂。擠出火車，舉目觀看，確是濟南，白牌上有大黑字爲證；仍怕不準，又細看了一番，幾面白牌均題同樣的名，緩步上了天橋；既然不擁擠，故須安走勿慌，直到聽見收票員高喊：「媽的快走！」才想起向身上各處搜找車票。

出了車站，想起婚姻大事。可是家中還有個老婆，不免先寫封平安家信，然後再去尋找愛人。一路上低吟：「愛人在哪裏？愛人在哪裏？」亦自有腔有韻。

下了旅館，寫了平安家信，吃了湯麵；想起看報。北平還未被炸，心中十分失望。睡了一覺，出去尋求愛人。

——原刊於一九三三年五月一日《論語》第十六期

不成問題的問題

任何人來到這裏——樹華農場——他必定會感覺到世界上並沒有什麼戰爭，和戰爭所帶來的轟炸、屠殺，與死亡。專憑風景來說，這裏眞値得被稱爲亂世的桃源。前面是剛由一個小小的峽口轉過來的江，江水在冬天與春天總是使人願意跳進去的那麼澄清碧綠。背後是一帶小山。山上沒有什麼，除了一叢叢的綠竹矮樹，在竹、樹的空處往往露出赭色的塊塊兒，像是畫家給點染上的。

小山的半腰裏，那青青的一片，在青色當中露出一兩塊白牆和二三屋脊的，便是樹華農場。江上的小渡口，離農場大約有半里地，小船上的渡客，即使是往相反的方向去的，也往往回轉頭來，望一望這美麗的地方。他們若上了那斜著的坡道，就必定向農場這裏指指點點，因爲樹上半黃的橘柑，或已經紅了的蘋果，總是使人注意而想誇讚幾聲的。到春暖花開的時候，或遇到什麼大家休假的日子，城裏的士女有時候也把逛一逛樹華農場作爲一種高雅的舉動，而這農場的美麗恐怕還多少地存在一些小文與短詩之中咧。

創辦一座農場必定不是爲看著玩的：那麼，我們就不能專來訣讚風景而忽略更實際一些的事兒了。由實際上說，樹華農場的用水是沒有問題的，因爲江就在它的腳底下。出品的運出也沒有問題。它離重慶市不過三十多里路，江中可以走船，江邊上也有小路。它的設備是相當可觀的：有鴨鵝池、有兔籠、有花畦、有菜圃、有牛羊圈、有果園。鴨蛋、鮮花、青菜、水果、牛羊乳……都正是像重慶那樣的都市所必需的東西。況且，它的創辦正在抗戰的那一年：重慶的人口，在抗戰後，一天比一天多；所以需要的東西，像青菜與其他樹華農場所產生的東西，自然的也一天比一天多。賺錢是沒有問題的。

從渡口上的坡道往左走不遠，就有一些還未完全風化的紅石，石旁生著幾叢細竹。到了竹叢，便到了農場的窄而明潔的石板路。離竹叢不遠，相對的長著兩株青松，松樹上掛著兩面粗粗刨平的木牌，白漆漆著「樹華農場」。石板路邊，靠江的這一面，都是花；使人能從花的各種顏色上，慢慢地把眼光移到碧綠的江水上面去。靠山的一面是許多直立的扇形的葡萄架，架子的後面是各種果樹。走完了石板路，有一座不甚高，而相當寬的藤蘿架，這便是農場的大門，橫匾上刻著「樹華」兩個隸字。進了門，在綠草上，或碎石堆花的路上，往往能看見幾片柔軟而輕的鴨鵝毛，因爲鴨鵝的池塘便在左手方。這裏的鴨是純白而肥碩的，眞正的北平塡鴨。對著鴨池是平平的一個壩子，滿種著花草與菜蔬。在壩子的末端，被竹樹掩覆著，是辦公廳。這是相當堅固而十分雅致的一所兩層的樓房，花果的香味永遠充滿了全樓的每一角落。牛羊圈和工人的草舍又在樓房的後邊，時時有羊羔悲哀地啼喚。

這一些設備，教農場至少要用二十來名工人。可是，以它的生產能力，和出品銷路的良好來說，除了一切開銷，它還應當賺錢。無論是內行人還是外行人，只要看過這座農場，大概就不會想像到這是賠錢的事業。

然而，樹華農場賠錢。

創辦的時候，當然要往「裏」墊錢。但是，雞鴨、青菜、鮮花、牛羊乳，都是不需要很長的時間就可以在利潤方面有些數目字的。按照行家的算盤上看，假若第二年還不十分順利的話，至遲在第三年的開始就可以絕對地看賺了。

可是，樹華農場的賠損是在創辦後的第三年。在第三年首次股東會議的時候，場長與股東們都對著賬簿發了半天的愣。

賠點錢，場長是絕不在乎的，他不過是大股東之一，而被大家推舉出來作場長的。他還有許多比這座農場大得多的事業。可是，即使他對這小小的事業賠賺都不在乎，即使他一走到院中，看看那些鮮美的花草，就把賠錢的事忘得一乾二淨，他現在——在股東會上——究竟有點不大好過。他自信是把能手，他到處會賺錢，他是大家所崇拜的實業家。農場賠錢？這傷了他的自尊心。他賠點錢，股東他們賠點錢，都沒有關係：只是，下不來臺！這比什麼都要緊！

股東們呢，多數的是可以與場長立在一塊兒呼兄喚弟的。他們的名望、資本、能力，也許都不及場長，可是在賠個萬兒八千塊錢上來說，場長要是沉得住氣，他們也不便多出聲兒。很少數的股東的確是想投了資，賺點錢，可是他們不便先開口質問，因爲他們股子少，地位也就低，假若粗著脖子紅著筋地發言，也許得罪了場長和大股東們——這，恐怕比賠點錢的損失還更大呢。

事實上，假若大家肯打開窗子說亮話，他們就可以異口同聲地，確鑿無疑地，馬上指出賠錢的原因來。原因很簡單，他們錯用了人。場長，雖然是場長，是不能、不肯、不會、不屑於到農場來監督指導一切的。股東們也不會十趟八趟跑來看看的——他們只願在開會的時候來作一次遠足，既可以欣賞欣賞鄉郊的景色，又可以和老友們喝兩盅酒，附帶地還可以露一露股東的身分。除了幾個小股東，多數人接到開會的通知，就彷彿在箱子裏尋找迎節當令該換的衣服的時候，偶然的發現了想不起怎麼隨手放在那裏的一卷鈔票——「哦，這兒還有點玩藝兒呢！」

農場實際負責任的人是丁務源，丁主任。

丁務源，丁主任，管理這座農場已有半年。農場賠錢就在這半年。

連場長帶股東們都知道，假若他們脫口而出地說實話，他們就必定在口裏說出「賠錢的原因在——」的時節，手指就確切無疑地伸出，指著丁務源！丁務源就在一旁坐著呢。

但是，誰的嘴也沒動，手指自然也就無從伸出。

他們，連場長帶股東，誰沒吃過農場的北平大塡鴨，意大利種的肥母雞，琥珀心的松花，和大得使兒童們跳起來的大雞蛋鴨蛋？誰的瓶裏沒有插過農場的大枝的桂花、臘梅、紅白梅花，和大朵的起樓子的芍藥、牡丹與茶花？誰的盤子裏沒有盛過使男女客人們讚歎的山東大白菜，綠得像翡翠般的油菜與嫩豌豆?

這些東西都是誰送給他們的?丁務源!

再說,誰家落了紅白事,不是人家丁主任第一個跑來幫忙?誰家出了不大痛快的事故,不是人家丁主任像自天而降的喜神一般,把大事化小,小事化無?

是的,丁主任就在這裏坐著呢。可是誰肯伸出指頭去戳點他呢?什麼責任問題,補救方法,股東會都沒有談論。等到丁主任預備的酒席吃殘,大家只能拍拍他的肩膀,說聲「美滿閉會」了。

丁務源是哪裏的人?沒有人知道。他是一切人——中外無別——的鄉親。他的言語也正配得上他的籍貫,他會把他所到過的地方的最簡單的話,例如四川的「啥子」與「要得」,上海的「唔啥」,北平的「媽啦巴子」……都美好的聯結到一處,變成一種獨創的「國語」;有時候也還加上一半個「孤得」,或「夜司」,增加一點異國情味。

四十來歲,中等身量,臉上有點發胖,而肉都是亮的,丁務源不是個俊秀的人,而令人喜愛。他臉上那點發亮的肌肉,已經教人一見就痛快,再加上一對光滿神足,顧盼多姿的眼睛,與隨時變化而無往不宜的表情,就不只討人愛,而且令人信任他了。最足以表現他的天才而使人讚歎不已的是他的衣服。他的長袍,不管是綢的還是布的,不管是單的還是棉的,永遠是半新半舊的,使人一看就感到舒服;永遠是比他的身材稍微寬大一些,於是他垂著手也好,揣著手也好,掉背著手更好，老有一些從容不迫的氣度。他的小褂的領子與袖口，永遠是潔白如雪；這樣，即使大褂上有一小塊油漬，或大襟上微微有點摺皺，可是他的雪白的內衣的領與袖會使人相信他是最愛清潔的人。他老穿禮服呢厚白底子的鞋，而且褲腳兒上紮著綢子帶兒；快走，那白白的鞋底與顫動的腿帶，會顯出輕靈飄灑；慢走，又顯出雍容大雅。長袍，布底鞋，綢子褲腳帶兒合在一處，未免太老派了，所以他在領子下面插上了一支派克筆和一支白亮的鉛筆，來調和一下。

他老在說話，而並沒說什麼。「是呀」，「要得麼」，「好」，這些小字眼被他輕妙地插在別人的話語中間，就好像他說了許多話似的。到必要時，他把這些小字眼也收藏起來，而只轉轉眼珠，或輕輕一咬嘴唇，或給人家從衣服上彈去一點點灰。這些小動作表現了關切、同情、用心，比說話的效果更大得多。遇見大事，他總是斬釘截鐵地下這樣的結論——沒有問題，絕對的！說完這一聲，他便把問題放下，而閒扯些別的，使對方把憂慮與關切馬上忘掉。等到對方滿意地告別了，他會倒頭就睡，睡三四個鐘頭；醒來，他把那件絕對沒有問題的事忘得一乾二淨。直等到那個人又來了，他才想起原來曾經有過那麼一回事，而又把對方熱誠地送走。事情，照例又推在一邊。及至那個人快惱了他的時候，他會用農場的出品使朋友仍然和他和好。天下事都絕對沒有問題，因爲他根本不去辦。

他吃得好，穿得舒服，睡得香甜，永遠不會發愁。他絕對沒有任何理想，所以想發愁也無從發起。他看不出彼此敷衍有什麼不對的地方。他只知道敷衍能解決一切，至少能使他無憂無慮，臉上胖而且亮。凡足以使事情敷衍過去的手段，都是絕妙的手段。當他剛一得到農場主任的職務的時候，他便被姑姑老姨舅爺，與舅爺的舅爺包圍起來，他馬上變成了這群人的救主。沒辦法，只好一一敷衍。於是一部分有經驗的職員與工人馬上被他「歡送」出去，而舅爺與舅爺的舅爺都成了護法的天使。占據了地上的樂園。

沒被辭退的職員與園丁，本都想辭職。可是，丁主任不給他們開口的機會。他們由書面上通知他，他連看也不看。於是，大家想不辭而別。但是，趕到眞要走出農場時，大家的意見已經不甚一致。新主任到職以後，什麼也沒過問，而在兩天之中把大家的姓名記得飛熟，並且知道了他們的籍貫。

「老張！」丁主任最富情感的眼，像有兩條紫外光似的射到老張的心裏，「你是廣元人呀？鄉親！硬是要得！」丁主任解除了老張的武裝。

「老謝！」丁主任的有肉而滾熱的手拍著老謝的肩膀，「哦，恩施？好地方！鄉親！要得麼！」於是，老謝也繳了械。

多數的舊人們就這樣受了感動，而把「不辭而別」的決定視爲一時的衝動，不大合理。那幾位比較堅決的，看朋友們多數鳴金收兵，也就不便再說什麼，雖然心裏還有點不大得勁兒。及至丁主任的胖手也拍在他們的肩頭上，他們反覺得只有給他效勞，庶幾乎可以贖出自己的行動幼稚、冒昧的罪過來。「丁主任是個朋友！」這句話即使不便明說，也時常在大家心中飛來飛去，像出籠的小鳥，戀戀不忍去似的。

大家對丁主任的信任心是與時俱增的。不管大事小事，只要向丁主任開口，人家丁主任是不會眨眨眼或愣一愣再答應的。他們的請托的話還沒有說完，丁主任已說了五個「要得」。丁主任受人之托，事實上，是輕而易舉的。比方說，他要進城——他時常進城——有人托他帶幾塊肥皂。在托他的人想，丁主任是精明人，必能以極便宜的價錢買到極好的東西。而丁主任呢，到了城裏，順腳走進那最大的鋪子，隨手拿幾塊最貴的肥皂。拿回來，一說價錢，使朋友大吃一驚。「貨物道地，」丁主任要交代清楚，「你曉得！多出錢，到大鋪子去買，吃不了虧！你不要，我還留著用呢！你怎樣？」怎能不要呢，朋友只好把東西接過去，連聲道謝。

大家可是依舊信任他。當他們暗中思索的時候，他們要問：托人家帶東西，帶來了沒有？帶來了。那麼人家沒有失信。東西貴，可是好呢。進言無二價的大鋪子買東西，誰不會呢，何必托他？不過，既然托他，他——堂堂的丁主任——豈是擠在小攤子上爭錢講價的人？這只能怪自己，不能怪丁主任。

慢慢地，場裏的人們又有耳聞：人家丁主任給場長與股東們辦事也是如此。不管辦個「三天」，還是「滿月」，丁主任必定聞風而至，他來到，事情就得由他辦。菸，能買「炮臺」就買「炮臺」，能買到「三五」就是「三五」。酒，即使找不到「茅臺」與「貴妃」，起碼也是綿竹大麯。飯菜，哦，先不用說飯菜吧，就是糖果也必得是冠生園的，主人們沒法挑眼。不錯，丁主任的手法確是太大；可是，他給主人們作了臉哪。主人說不出話來，而且沒法不佩服丁主任見過世面。

有時候，主婦們因爲丁主任太好鋪張而想表示不滿，可是丁主任送來的禮物，與對她們的殷勤，使她們也無從開口。她們既不出聲，男人們就感到事情都辦得合理，而把丁主任看成了不起的人物。這樣，丁主任既在場長與股東們眼中有了身分，農場裏的人們就不敢再批評什麼；即使吃了他的虧，似乎也是應當的。

及至丁主任作到兩個月的主任，大家不但不想辭職，而且很怕被辭了。他們寧可捨著臉去逢迎諂媚他，也不肯失掉了地位。丁主任帶來的人，因爲不會作活，也就根本什麼也不幹。原有的工人與職員雖然不敢照樣公然怠工，可是也不便再像原先那樣實對實地每日作八小時工。他們自動把八小時改爲七小時，慢慢地又改爲六時，五小時。趕到主任進城的時候，他們乾脆就整天休息。休息多了，又感到悶得慌，於是麻將與牌九就應運而起；牛羊們餓得亂叫，也壓不下大家的歡笑與牌聲。有一回，大家正賭得高興，猛一抬頭，丁主任不知道什麼時候人不知鬼不覺地站在老張的後邊！大家都愣了！

「接著來，沒關係！」丁主任的表情與語調頓時教大家的眼都有點發濕。「幹活是幹活，玩是玩！老張，那張八萬打得好，要得！」

大家的精神，就像都剛胡了滿貫似的，爲之一振。有的人被感動得手指直顫。

大家讓主任加入。主任無論如何不肯破壞原局。直等到四圈完了，他才強被大家拉住，改組。

「賭場上可不分大小，贏了拿走，輸了認命，別說我是主任，誰是園丁！」主任挽起雪白的袖口，微笑著說。大家沒有異議。「還玩這麼大的，可是加十塊錢的望子，自摸雙？」大家又無異議。新局開始。主任的牌打得好。不但好，而且牌品高，打起牌來，他一聲不出，連「要得」也不說了。他自己胡牌，輕輕地好像抱歉似的把牌推倒。別人胡牌，他微笑著，幾乎是畢恭畢敬地送過籌碼去。十次，他總有八次贏錢，可是越贏越受大家敬愛；大家彷彿寧願把錢輸給主任，也不願隨便贏別人幾個。把錢輸給丁主任似乎是一種光榮。

不過，從實際上看，光榮卻不像錢那樣有用。錢既輸光，就得另想生財之道。由正常的工作而獲得的收入，誰都曉得，是有固定的數目。指著每月的工資去與丁主任一決勝負是作不通的。雖然沒有創設什麼設計委員會，大家可是都在打主意，打農場的主意。主意容易打，執行的勇氣卻很不易提起來。可是，感謝丁主任，他暗示給大家，農場的東西是可以自由處置的。沒看見嗎，農場的出品，丁主任都隨便自己享受，都隨便拿去送人。丁主任是如此，丁主任帶來的「親兵」也是如此，那麼，別人又何必分外的客氣呢？

於是，樹華農場的肥鵝大鴨與油雞忽然都罷了工，不再下蛋，這也許近乎污蔑這一群有良心的動物們，但是農場的賬簿上千眞萬確看不見那筆蛋的收入了。外間自然還看得見樹華的有名的鴨蛋——爲孵小鴨用的——可是價錢高了三倍。找好鴨種的人們都交頭接耳地嘀咕：「樹華的塡鴨鴨蛋得託人情才弄得到手呢。」在這句話裏，老張、老謝、老李都成了被懇托的要人。

在蛋荒之後，緊接著便是按照科學方法建造的雞鴨房都失了科學的效用。樹華農場大鬧黃鼠狼，每晚上都丟失一兩隻大雞或肥鴨。有時候，黃鼠狼在白天就出來爲非作歹，而在他們最猖獗的時間，連牛犢和羊羔都被劫去；多麼大的黃鼠狼呀！

鮮花、青菜、水果的產量並未減少，因爲工友們知道完全不工作是自取滅亡。在他們賭輸了，睡足了之後，他們自動地努力工作，不是爲公，而是爲了自己。不過，產量雖未怎麼減少，農場的收入卻比以前差的多了。果子、青菜，據說都鬧蟲病。果子呢，須要剔選一番，而後付運，以免損害了農場的美譽。不知道爲什麼那些落選的果子彷彿更大更美麗一些，而先被運走。沒人能說出道理來，可是大家都喜歡這麼作。菜蔬呢，以那最出名的大白菜說吧，等到上船的時節，三斤重的就變成了一斤或一斤多點；那外面的大肥葉子——據說是受過蟲傷的——都被剝下來，洗淨，另捆成一把一把的運走，當作「豬菜」賣。這種豬菜在市場上有很高的價格。

這些事，丁主任似乎知道，可沒有任何表示，當夜裏鬧黃鼠狼子的時候，即使他正醒著，聽得明明白白，他也不會失去身分地出來看看。及至次晨有人來報告，他會順口答音地聲明：「我也聽見了，我睡覺最警醒不過！」假若他高興，他會繼續說上許多關於黃鼬和他夜間怎樣警覺的故事，當被黃鼬拉去而變成紅燒的或清燉的雞鴨，擺在他的面前，他就絕對不再提黃鼬，而只談些烹飪上的問題與經驗，一邊說著，一邊把最肥的一塊鴨夾起來送給別人：「這麼肥的鴨子，非掛爐燒烤不夠味；清燉不相宜，不過，湯還看得！」他極大方地嘗了兩口湯。工人們若獻給他錢——比如賣豬菜的錢——他絕對不肯收。「咱們這裏沒有等級，全是朋友；可是主任到底是主任，不能吃豬菜的錢！晚上打幾圈兒好啦！要得嗎？」他自己親熱地回答上，「要得！」把個「得」字說得極長。幾圈麻將打過後，大家的豬菜錢至少有十分之八，名正言順地入了主任的腰包。當一五一十的收錢的時候，他還要謙遜地聲明：「咱們的牌都差不多，誰也說不上高明。我的把弟孫宏英，一月只打一次就夠吃半年的。人家那才叫會打牌！不信，你給他個司長，他都不作，一個月打一次小牌就夠了！」

秦妙齋從十五歲起就自稱爲寧夏第一才子。到二十多歲，看「才子」這個詞兒不大時行了，乃改稱爲全國第一藝術家。據他自己說，他會雕刻、會作畫、會彈古琴與鋼琴、會作詩、小說，與戲劇：全能的藝術家。可是，誰也沒有見過他雕刻，畫圖，彈琴，和作文章。

在平時，他自居爲藝術家，別人也就順口答音地稱他爲藝術家，倒也沒什麼。到了抗戰時期，正是所謂國亂顯忠臣的時候，藝術家也罷，科學家也罷，都要拿出他的眞正本領來報效國家，而秦妙齋先生什麼也拿不出來。這也不算什麼。假若他肯虛心地去學習，說不定他也許有一點天才，能學會畫兩筆，或作些簡單而通俗的文字，去宣傳抗戰，或者，乾脆放棄了天才的夢，而腳踏實地地去作中小學的教師，或到機關中服務，也還不失爲盡其在我。可是他不肯去學習，不肯去吃苦，而只想飄飄搖搖地作個空頭藝術家。

他在抗戰後，也曾加入藝術家們的抗戰團體。可是不久便冷淡下來，不再去開會。因爲在他想，自己既是第一藝術家，理當在各團體中取得領導的地位。可是，那些團體並沒有對他表示敬意。他們好像對他和對一切好虛名的人都這麼說：誰肯出力作抗戰工作，誰便是好朋友；反之，誰要是借此出風頭，獲得一點虛名與虛榮，誰就乘早兒退出去。秦妙齋退了出來。但是，他不甘寂寞。他覺得這樣的敗退，並不是因爲自己的淺薄虛僞，而是因爲他的本領出眾，不見容於那些妒忌他的人們。他想要獨樹一幟，自己創辦一個什麼團體，去過一過領導的癮。這，又沒能成功，沒有人肯聽他號召。在這之後，他頗費了一番思索，給自己想出兩個字來：清高。當他和別人閒談，或獨自呻吟的時候，他會很得意地用這兩個字去抹殺一切，而抬高自己：「而今的一般自命爲藝術家的，都爲了什麼？什麼也不爲，除了錢！眞正懂得什麼叫作清高的是誰？」他的鼻尖對準了自己的胸口，輕輕地點點頭。「就連那作教授的也算不上清高，教授難道不拿薪水麼？……」可是「你怎麼活著呢？你的錢從什麼地方來呢？」有那心直口快的這麼問他。「我，我，」他有點不好意思，而不能回答：「我爸爸給我！」

是的，秦妙齋的父親是財主。不過，他不肯痛快地供給兒子錢花。這使秦妙齋時常感到痛苦。假若不是被人家問急了，他不肯輕易的提出「爸爸」來。就是偶爾地提到，他幾乎要把那個最有力量的形容字——不清高——也加在他的爸爸頭上去！

按照著秦老者的心意，妙齋應當娶個知曉三從四德的老婆，而後一撲納心地在家裏看守著財產。假若妙齋能這樣辦，哪怕就是吸兩口鴉片菸呢，也能使老人家的臉上縱起不少的笑紋來。可是，有錢的老子與天才的兒子彷彿天然是對頭。妙齋不聽調遣。他要作詩，畫畫，而且——最使老人傷心的——他不願意在家裏蹲著。老人沒有旁的辦法，只好儘量地勒著錢。儘管妙齋的平信，快信，電報，一齊來催錢，老人還是毫不動感情地到月頭才給兒子匯來「點心費」。這點錢，到妙齋手裏還不夠還債的呢。我們的詩人，是感受著嚴重的壓迫。掙錢去吧，既不感覺趣味，又沒有任何本領；不掙錢吧，那位不清高的爸爸又是這樣的吝嗇！金錢上既受著壓迫，他滿想在藝術界活動起來，給精神上一點安慰。而藝術界的人們對他又是那麼冷淡！他非常的灰心。有時候，他頗想摹仿屈原，把天才與身體一齊投在江裏去。投江是件比較難於作到的事。於是，他轉而一想，打算作個青年的陶淵明。「頂好是退隱！頂好！」他自己念道著。「世人皆濁我獨清！只有退隱，沒別的話好講！」

高高的個子，長長的臉，頭髮像粗硬的馬鬃似的，長長的，亂七八糟的，披在脖子上。雖然身量很高，可好像裏面沒有多少骨頭，走起路來，就像個大龍蝦似的那麼東一扭西一躬的。眼睛沒有神，而且愛在最需要注意的時候閉上一會兒，彷彿是隨時都在作夢。

作著夢似的秦妙齋無意中走到了樹華農場。不知道是為欣賞美景，還是走累了，他對著一株小松歎了口氣，而後閉了會兒眼。

---

1 一撲納心：死心塌地的跟隨。

也就是上午十一點鐘吧，天上有幾縷秋雲，陽光從雲隙發出一些不甚明的光，雲下，存著些沒有完全被微風吹散的霧。江水大體上還是黃的，只有江岔子裏的已經靜靜地顯出綠色。葡萄的葉子就快落淨，茶花已頂出一些紅瓣兒來。秦妙齋在鴨塘的附近找了塊石頭，懶洋洋地坐下。看了看四下裏的山、江、花、草，他感到一陣難過。忽然地很想家，又似乎要作一兩句詩，彷彿還有點觸目傷情……這時候，他的感情極複雜，複雜到了既像萬感俱來，又像茫然不知所謂的程度。坐了許久，他忽然在複雜混亂的心情中找到可以用話語說出來的一件事來。「我應當住在這裏！」他低聲對自己說。這句話雖然是那麼簡短，可是裏邊帶著無限的感慨。離家，得罪了父親，功未成，名未就……只落得獨自在異鄉隱退，想住在這靜靜的地方！他呆呆地看著池裏的大白鴨，那潔白的羽毛，金黃的腳掌，扁而像塗了一層蠟的嘴，都使他心中更混亂，更空洞，更難過。這些白鴨是活的東西，不錯；可是他們幹麼活著呢？正如同天生下我秦妙齋來，有天才，有志願，有理想，但是都有什麼用呢？想到這裏，他猛然的，幾乎是身不由己的，立了起來。他恨這個世界，恨這個不叫他成名的世界！連那些大白鴨都可恨！他無意中地、順手地捋下一把樹葉，揉碎，扔在地上。他發誓，要好好地，痛快淋漓地寫幾篇文字，把那些有名的畫家、音樂家、文學家都罵得一個小錢也不值！那群不清高的東西！

他向辦公樓那面走，心中好像在說：「我要罵他們！就在這裏，這裏，寫成罵他們的文章！」

丁主任剛剛梳洗完，臉上帶著夜間又贏了錢的一點喜氣。他要到院中吸點新鮮空氣。安閒地，手揣在袖口裏，像採菊東籬下的詩人似的，他慢慢往外走。

在門口，他幾乎被秦妙齋撞了個滿懷。秦妙齋，大龍蝦似的，往旁邊一閃；照常往裏走。他恨這個世界，碰了人就和碰了一塊石頭或一株樹一樣，只有不快，用不著什麼客氣與道歉。

丁主任，老練，安詳，微笑地看著這位冒失的青年龍蝦。「找誰呀？」他輕輕問了聲。

秦妙齋稍一愣，沒有答理他。

丁主任好像自言自語地說，「大概是個畫家。」

秦妙齋的耳朵彷彿是專爲聽這樣的話的，猛地立住，向後轉，幾乎是喊叫地，「你說什麼？」

丁主任不知道自己的話是說對了，還是說錯了，可是不便收回或改口。遲頓了一下，還是笑著：「我說，你大概是個畫家。」

「畫家？畫家？」龍蝦一邊問，一邊往前湊，作著夢的眼睛居然瞪圓了。

丁先生不曉得怎樣回答才好，只啊啊了兩聲。

妙齋的眼角上汪起一些熱淚，口中的熱涎噴到丁主任的臉上：「畫家，我是——畫家，你怎麼知道？」說到這裏，他彷彿已筋疲力盡，像快要暈倒的樣子，搖晃著，摸索著，找到一只小凳，坐下，閉上了眼睛。

丁主任還笑著，可是笑得莫名其妙，往前湊了兩步。還沒走到妙齋的身邊，妙齋的眼睛睁開了。「告訴你，我還不僅是畫家，而且是全能的藝術家！我都會！」說著，他立起來，把右手扶在丁主任的肩上。「你是我的知己！你只要常常叫我藝術家，我就有了生命！生我者父母，知我者——你是誰？」

「我？」丁主任笑著回答。「小小園丁！」

「園丁？」

「我管著這座農場！」丁主任停住了笑。「你姓什麼！」毫不客氣地問。

「秦妙齋，藝術家秦妙齋。你記住，藝術家和秦妙齋老得一塊兒喊出來；一分開，藝術家和我就都不存在了！」

「哦！」丁主任的笑意又回到臉上，進了大廳，眼睛往四面一掃——壁上掛著些時人的字畫。這些字畫都不甚高明，也不十分醜惡。在丁主任眼中，它們都怪有個意思，至少是掛在這裏總比四壁皆空強一些。不過，他也有個偏心眼，他頂愛那張長方的，石印的抗戰門神爺，因爲色彩鮮明，「眞」有個意思。他的眼光停在那片色彩上。

隨著丁主任的眼，妙齋也看見了那些字畫，他把眼光停在了那張抗戰畫上。當那些色彩分明地印在了他的心上的時候，他覺到一陣噁心，像忽然要發瘧似的，渾身的毛孔都像針兒刺著，出了點冷汗。定一定神，他扯著丁先生，撲向那張使他噁心的畫兒去。發顫的手指，像一根挺身作戰的小槍似的，指著那堆色彩：「這叫畫？這叫畫？用抗戰來欺騙藝術，該殺！該殺！」不由分說，他把畫兒扯了下來，極快地撕碎，扔在地上，用腳狠狠地揉搓，好像把全國的抗戰藝術家都踩在了泥土上似的。他痛快地吐了口氣。

來不及攔阻妙齋的動作，丁主任只說了一串口氣不同的「唉」！

妙齋猶有餘怒，手指向四壁普遍的一掃：「這全要不得！通通要不得！」

丁主任急忙擋住了他，怕他再去撕毀。妙齋卻高傲地一笑：「都扯了也沒有關係，我會給你畫！我給你畫那碧綠的江、赭色的山、紅的茶花、雪白的大鴨！世界上有那麼多美麗的東西，爲什麼單單去畫去寫去唱血腥的抗戰？混蛋！我要先寫幾篇文章，臭罵，臭罵那群侮辱藝術的東西們。然後，我要組織一個眞正藝術家的團體，一同主張——主張——清高派，暫且用這個名兒吧，清高派的藝術！我想你必贊同？」

「我？」丁主任不知怎樣回答。

「你當然同意！我們就推你作會長！我們就在這裏作畫、治樂、寫文章！」

「就在這裏？」丁主任臉上有點不大得勁，用手摸了摸。

「就在這裏！今天我就不走啦！」妙齋的嘴犄角直往外濺水星兒，「想想看，把這間大廳租給我，我爸爸有錢，你要多少我給多少。然後，我們藝術家們給你設計，把這座農場變成最美的藝術之家，藝術樂園！多麼好！多麼好！」

丁主任似乎得到一點靈感。口中隨便用「要得」「不錯」敷衍著，心中可打開了算盤。在那次股東會上，雖然股東們對他沒有什麼決定的表示，可是他自己看得清清楚楚，大家對他多少有點不滿意。他應當把事情調整一下，教大家看看，他不是沒有辦法的人。是呀，這裏的大廳閒著沒有用，樓上也還有三間空房，爲什麼不租出去，進點租錢呢？況且這筆租金用不著上賬；即使教股東們知道了，大家還能爲這點小事來質問嗎？對！他決定先試一試這位藝術家。「秦先生，這座大廳咱們大家合用，樓上還有三間空房，你要就得都要，一年一萬塊錢，一次交清。」

妙齋閉了眼，「好啦，一言爲定！我給爸爸打電報要錢。」

「什麼時候搬進來？」丁主任有點後悔。交易這麼容易成功，想必是要少了錢。但是，再一想，三間房，而且在鄉下，一萬元應當不算少。管它呢，先進一萬再說別的！「什麼時候搬進來？」

「現在就算搬進來了！」

「啊？」丁主任有點悔意了。「難道你不去拿行李什麼的？」

「沒有行李，我只有一身的藝術！」妙齋得意地哈哈地笑起來。

「租金呢？」

「那，你儘管放心：我馬上打電報去！」

秦妙齋就這樣的侵入了樹華農場。不到兩天，樓上已住滿他的朋友。這些朋友，有男有女，有老有少，都時來時去，而絕對不客氣。他們要床，便見床就搬了走；要桌子，就一聲不響地把大廳的茶几或方桌拿了去。對於雞鴨菜果，他們的手比丁主任還更狠，永遠是理直氣壯地拿起就吃。要摘花他們便整棵的連根兒拔出來。農場的工友甚至於須在夜間放哨，才能搶回一點東西來！

可是，丁主任和工友們都並不討厭這群人。首要的因爲這群人中老有女的，而這些女的又是那麼大方隨便，大家至少可以和她們開句小玩笑。她們彷彿給農場帶來了一種新的生命。其次，講到打牌，人家秦妙齋有藝術家的態度，輸了也好，贏了也好，賭錢也好，賭花生米也好，一坐下起碼二十四圈。丁主任原是不屑於玩花生米的，可是妙齋的熱情感動了他，他不好意思冷淡地謝絕。丁主任的心中老掛念著那一萬元的租金。他時常調動著心思與語言，在最適當的機會暗示出催錢的意思。可是妙齋不接受暗示。雖然如此，丁主任可是不忍把妙齋和他的朋友攆了出去。一來是，他打聽出來，妙齋的父親的的確確是位財主；那麼，假若財主一旦死去，妙齋豈不就是財產的繼承人？「要把眼光放遠一些！」丁主任常常這樣警戒自己。二來是，妙齋與他的友人們，在實在沒有事可幹的時候，總是坐在大廳裏高談藝術。而他們的談論藝術似乎專爲罵人。他們把國內有名的畫家、音樂家、文藝作家，特別是那些盡力於抗戰宣傳的，提名道姓地一個一個挨次咒罵。這，使丁主任聞所未聞。慢慢地，他也居然記住了一些藝術家的姓名。遇到機會，他能說上來他們的一些故事，彷彿他同藝術家們都是老朋友似的。這，使與他來往的商人或閒人感到驚異，他自己也得到一些愉快。還有，當妙齋們把別人咒膩了，他們會得意地提出一些社會上的要人來，「是的，我們要和他取得聯絡，來建設起我們自己的團體來！那，我可以寫信給他；我要告訴明白了他，我們都是眞正清高的藝術家！」……提到這些要人，他們大家口中的唾液都好像甜蜜起來，眼裏發著光。「會長！」他們在談論要人之後，必定這樣叫丁主任：「會長，你看怎樣？」丁主任自己感到身量又高了一寸似的！他不由的憐愛了這群人，因爲他們既可以去與要人取得聯絡，而且還把他自己視爲要人之一！他不便發表什麼意見，可是常常和妙齋肩並肩地在院中散步。他好像完全了解妙齋的懷才不遇，妙齋微歎，他也同情地點著頭。二人成了莫逆之交！

丁主任愛錢，秦妙齋愛名，雖然所愛的不同，可是在內心上二人有極相近的地方，就是不惜用卑鄙的手段取得所愛的東西。因此，丁主任往往對妙齋發表些難以入耳的最下賤的意見，妙齋也好好地靜聽，並不以爲可恥。

眨眨眼，到了陽曆年。

除夕，大家正在打牌，憲兵從樓上抓走兩位妙齋的朋友。丁主任口裏直說「沒關係」，心中可是有點慌。他久走江湖，曉得什麼是利，哪是害。憲兵從農場抓走了人，起碼是件不體面的事，先不提更大的干係。

秦妙齋絲毫沒感到什麼。那兩位被捕的人是誰？他只知道他們的姓名，別的一概不清楚。他向來不細問與他來往的人是幹什麼的。只要人家捧他，叫他藝術家，他便與人家交往。因此，他有許多來往的人，而沒有眞正的朋友。他們被捕去，他絕對沒有想到去打聽打聽消息，更不用說去營救了。有人被捕去，和農場丟失兩隻鴨子一樣無足輕重。本來嘛，神聖的抗戰，死了那麼多的人，流了那麼多的血，他都無動於衷，何況是捕去兩個人呢？當丁主任順口答音地盤問他的時候，他只極冷淡地說：「誰知道！槍斃了也沒法子呀！」

丁主任，連丁主任，也感到一點不自在了。口中不說，心裏盤算著怎樣把妙齋趕了出去。「好嘛，給我這兒招來憲兵，要不得！」他自己念道著。同時，他在表情上，舉動上，不由的對妙齋冷淡多了。他有點看不起妙齋。他對一切不負責任，可是他心中還有「朋友」這個觀念。他看妙齋是個冷血動物。

妙齋沒有感覺出這點冷淡來。他只看自己，不管別人的表情如何，舉動怎樣。他的腦子只管計劃自己的事，不管替別人思索任何一點什麼。

慢慢地，丁主任打聽出來：那兩位被捕的人是有漢奸的嫌疑。他們的確和妙齋沒有什麼交情，但是他們口口聲聲叫他藝術家，於是他就招待他們，甚至於允許他們住在農場裏。平日雖然不負責任，可是一出了亂子，丁主任覺出自己的責任與身分來。他依然不肯當面告訴妙齋：「我是主任，有人來往，應當先告訴我一聲。」但是，他對妙齋越來越冷淡。他想把妙齋「冰」了走。

到了一月中旬，局勢又變了。有一天，忽然來了一位有勢力、與場長最相好的股東。丁主任知道事情要不妙。從股東一進門，他便留了神，把自己的一言一笑都安排得像蝸牛的觸角似的，去試探，警惕。一點不錯，股東暗示給他，農場賠錢，還有漢奸隨便出入，丁主任理當辭職。丁主任沒有否認這些事實，可也沒有承認。他說著笑著，態度極其自然。他始終不露辭職的口氣。

股東告辭，丁主任馬上找了秦妙齋去。秦妙齋是——他想——財主的大少爺，他須起碼教少爺明白，他現在是替少爺背了罪名。再說，少爺自稱爲文學家，筆底下一定很好，心路也多，必定能替他給全體股東寫封極得體的信。是的，就用全體職工的名義，寫給股東們，一致挽留丁主任。不錯，秦妙齋是個冷血動物；但是，「我走，他也就住不下去了！他還能不賣氣力嗎？」丁主任這樣盤算好，每個字都裹了蜜似的，在門外呼喚：「秦老弟！藝術家！」

秦妙齋的耳朵豎了起來，龍蝦的腰挺直，他準備參加戰爭。世界上對他冷淡得太久了，他要揮出拳頭打個熱鬧，不管是爲誰，和爲什麼！「寧自一把火把農場燒得乾乾淨淨，我們也不能退出！」他噴了丁主任一臉唾沫星兒，倒好像農場是他一手創辦起來似的。

丁主任的臉也增加了血色。他後悔前幾天那樣冷淡了秦妙齋，現在只好一口一個「藝術家」地來贖罪。談過一陣，兩個人親密得很有些像雙生的兄弟。最後，妙齋要立刻發動他的朋友：「我們馬上放哨，一直放到江邊。他們假若眞敢派來新主任，我就會教他怎麼來，怎麼滾回去！」同時，他召集了全體職工，在大廳前開會。他登在一塊石頭上，聲色俱厲地演說了四十分鐘。

妙齋在演說後，成了樹華農場的靈魂。不但丁主任感激，就是職員與工友也都稱讚他：「人家姓秦的實在夠朋友！」

大家並不是不知道，秦先生並不見得有什麼高明的確切的辦法。不過，鬧風潮是賭氣的事，而妙齋恰好會把大家感情激動起來，大家就沒法不承認他的優越與熱烈了。大家甚至於把他看得比丁主任還重要，因爲丁主任雖然是手握實權，而且相當地有辦法，可是他到底是多一半爲了自己；人家秦先生呢，根本與農場無關，純粹是路見不平，拔刀相助。這樣，秦先生白住房、偷雞蛋，與其他一切小小的罪過，都變成了理所當然的事。他，在大家的眼中，現在完全是個俠腸義膽的可愛可敬的人。

丁主任有十來天不在農場裏。他在城裏，從股東的太太與小姐那裏下手，要挽回他的頹勢。至於農場，他以爲有妙齋在那裏，就必會把大家團結得很堅固，一定不會有內奸，搗他的亂。他把妙齋看成了一座精神堡壘！等到他由城中回來，他並沒對大家公開地說什麼，而只時常和妙齋有說有笑地並肩而行。大家看著他們，心中都得到了安慰，甚至於有的人喊出：「我們勝利了！」

農場糟到了極度。那喊叫「我們勝利了」的，當然更肆無忌憚，幾乎走路都要模仿螃蟹；那稍微悲觀一些的，總覺得事情並不能這麼容易得到勝利，於是抱著幹一天算一天的態度，而拚命往手中摟東西，好像是說：「滾蛋的時候，就是多拿走一把小鐮刀也是好的！」

舊曆年是丁主任的一「關」。表面上，他還很鎮定，可是喝了酒便愛發牢騷。「沒關係！」他總是先說這一句，給自己壯起膽氣來。慢慢地，血液循環的速度增加了，他身上會忽然出點汗。想起來了：張太太——張股東的二夫人——那裏的年禮送少了！他愣一會兒，然後，自言自語地說：「人事，都是人事；把關係拉好，什麼問題也沒有！」酒力把他的腦子催得一閃一閃的，忽然想起張三，忽然想起李四，「都是人事問題！」

新年過了，並沒有任何動靜。丁主任的心像一塊石頭落了地。新年沒有過好，必須補充一下；於是一直到燈節，農場中的酒氣牌聲始終沒有斷過。

燈節後的那麼一天，已是早晨八點，天還沒甚亮。濃厚的黑霧不但把山林都藏起去，而且把低處的東西也籠罩起來，連房屋的窗子都像掛起黑的簾幕。在這大霧之中，有些小小的雨點，有時候飄飄搖搖地像不知落在哪裏好，有時候直滴下來，把霧色加上一些黑暗。農場中的花木全靜靜地低著頭，在霧中立著一團團的黑影。農場裏沒有人起來，夢與霧好像打成了一片。

大霧之後容易有晴天。在十點鐘左右，霧色變成紅黃，一輪紅血的太陽時時在霧薄的時候露出來，花木葉子上的水點都忽然變成小小的金色的珠子。農場開始有人起床。秦妙齋第一個起來，在院中繞了一個圈子。正走在大藤蘿架下，他看見石板路上來了三個人。最前面的是一位女的，矮身量，穿著不知有多少衣服，像個油簍似的慢慢往前走，走得很吃力。她的後面是個中年的挑案，挑著一大一小兩只舊皮箱，和一個相當大的、風格與那位女人相似的鋪蓋卷，挑案的頭上冒著熱汗。最後，是一位高身量的漢子，光著頭，髮很長，穿著一身不體面的西服，沒有大衣，他的肩有些向前探著，背微微有點彎。他的手裏拿著個舊洋磁的洗臉盆。

秦妙齋以為是他自己的朋友呢，他立在藤蘿架旁，等著和他們打招呼。他們走近了，不相識。他還沒動，要細細看看那個女的，對女的他特別感覺興趣。那個大漢，好像走得不耐煩了，想趕到前邊來，可是石板路很窄，而挑案的擔子又微微的橫著，他不容易趕過來。他想踏著草地繞過來，可是腳已邁出，又收了回去，好像很怕踏損了一兩根青草似的。到了藤架前，女的立定了，無聊地，含怨地，輕歎了一聲。挑案也立住。大漢先往四下一望，而後擠了過來。這時候，太陽下面的霧正薄得像一片飛煙，把他的眉眼都照得發光。他的眉眼很秀氣，可是像受過多少什麼無情的折磨似的，他的俊秀只是一點殘餘。他的臉上有幾條來早了十年的皺紋。他要把臉盆遞給女人，她沒有接取的意思。她僅「啊」了一聲，把手縮回去。大概她還要誇讚這農場幾句，可是，隨著那聲「啊」，她的喜悅也就收斂回去。陽光又暗了一些，他們的臉上也黯淡了許多。

那個女的不甚好看。可是，眼睛很奇怪，奇怪得使人沒法不注意她。她的眼老像有什麼心事——像失戀，損傷了兒女或破產那類的大事——那樣的定著，對著一件東西定視，好久才移開，又去定視另一件東西。眼光移開，她可是彷彿並沒看到什麼。當她注意一個人的時候，那個人總以爲她是一見傾心，不忍轉目。可是，當她移開眼光的時節，他又覺得她根本沒有看見他。她使人不安、惶惑，可是也感到有趣。小圓臉，眉眼還端正，可是都平平無奇。只有在她注視你的時候，你才覺得她並不難看，而且很有點熱情。及至她又去對別的人，或別的東西愣起來，你就又有點可憐她，覺得她不是受過什麼重大的刺激，就是天生的有點白癡。

現在，她扭著點臉，看著秦妙齋。妙齋有點興奮，拿出他自認爲最美的姿態，倚在藤架的柱子上，也看著她。

「哪個叨？」挑伕不耐煩了：「走不走嗎？」

「明霞，走！」那個男人毫無表情地說。

「幹什麼的？」妙齋的口氣很不客氣地問他，眼睛還看著明霞。

「我是這裏的主任。」那個男的一邊說，一邊往裏走。

「啊？主任？」妙齋擋住他們的去路。「我們的主任姓丁。」

「我姓尤，」那個男的隨手一撥，把妙齋撥開，還往前走，「場長派來的新主任。」

秦妙齋愣住了，閉了一會兒眼，睜開眼，他像條被打敗了的狗似的，從小道跑進去。他先跑到大廳。「丁，老丁！」他急切地喊。「老丁！」

丁主任披著棉袍，手裏拿著條冒熱氣的毛巾，一邊擦臉，一邊從樓上走下來。

「他們派來了新主任！」

「啊？」丁主任停止了擦臉，「新主任？」

「集合！集合！教他怎麼來的怎麼滾回去！」妙齋回身想往外跑。

丁主任扔了毛巾，雙手撩著棉袍，幾步就把妙齋趕上，拉住。「等等！你上樓去，我自有辦法！」

妙齋還要往外走，丁主任連推帶搡，把他推上樓去。而後，把鈕子扣好，穩重莊嚴地走出來。拉開門，正碰上尤主任。滿臉堆笑地，他向尤先生拱手：「歡迎！歡迎！歡迎新主任！這是——」他的手向明霞高拱。沒有等尤主任回答，他親熱地說：「主任太太吧？」緊跟著，他對挑案下了命令：「拿到裏邊來麼！」把夫妻讓進來，看東西放好，他並沒有問多少錢雇來的，而把大小三張錢票交給挑案——正好比雇定的價錢多了五角。

尤主任想開門見山地問農場的詳情，但是丁務源忙著喊開水，洗臉水；吩咐工友打掃屋子，絲毫不給尤主任說話的機會。把這些忙完，他又把明霞大嫂長大嫂短地叫得震心，一個勁兒和她扯東道西。尤主任幾次要開口，都被明霞給截了回去；乘著丁務源出去那會兒，她責備丈夫：「那些事，幹麼忙著問，日子長著呢，難道你今天就辦公？」

第一天一清早，尤主任就穿著工人裝，和工頭把農場每一個角落都檢查到，把一切都記在小本兒上。回來，他催丁主任辦交代。丁主任答應三天之內把一切辦理清楚。明霞又幫了丁務源的忙，把三天改成六天。

一點合理的錯誤，使人抱恨終身。尤主任——他叫大興——是在英國學園藝的。畢業後便在母校裏作講師。他聰明，強健，肯吃苦。作起「試驗」來，他的大手就像繡花的姑娘的那麼輕巧、準確、敏捷。作起用力的工作來，他又像一頭牛那樣強壯，耐勞。他喜歡在英國，因爲他不善應酬，辦事認眞，準知道回到祖國必被他所痛恨的虛僞與無聊給毀了。但是，抗戰的喊聲震動了全世界；他回了國。他知道農業的重要，和中國農業的急應改善。他想在一座農場裏，或一間實驗室中，把他的血汗獻給國家。

回到國內，他想結婚。結婚，在他心中，是一件必然的，合理的事。結了婚，他可以安心地工作，身體好，心裏也清靜。他把戀愛視成一種精力的浪費。結婚就是結婚，結婚可以省去許多麻煩，別的事都是多餘，用不著去操心。於是，有人把明霞介紹給他，他便和她結了婚。這很合理，但是也是個錯誤。

明霞的家裏有錢。尤大興只要明霞，並沒有看見錢。她不甚好看，大興要的是一個能幫助他的妻子，美不美沒有什麼關係。明霞失過戀，曾經想自殺；但這是她的過去的事，與大興毫不相干。她沒有什麼本領，但在大興想，女人多數是沒有本領的；結婚後，他曾以身作則地去吃苦耐勞，教育她，領導她；只要她不瞎胡鬧，就一切不成問題。他娶了她。

明霞呢，在結婚之前，頗感到些欣悅。不是因爲她得到了理想愛人——大興並沒請她吃過飯，或給她買過鮮花——而是因爲大興足以替她雪恥。她以前所愛的人拋棄了她，像隨便把一團廢紙扔在垃圾堆上似的。但是，她現在有了愛人；她又可以仰著臉走路了。

在結婚後，她的那點欣悅和婚禮時戴的頭紗差不多，永遠收藏起去了。她並不喜歡大興。大興對工作的努力，對金錢的冷淡，對三姑六姨的不客氣，都使她感到苦痛。但是，當有機會夫婦一道走的時候，她還是緊緊地拉著他，像將被溺死的人緊緊抓住一把水草似的。無論如何，他是一面雪恥的旗幟，她不能再把這面旗隨便扔在地上！

大興的努力、正直、熱誠，使自己到處碰壁。他所接觸到的人，會慢慢很巧妙地把他所最珍視的「科學家」三個字變成一種嘲笑。他們要喝酒去，或是要辦一件不正當的事，就老躲開「科學家」。等到「科學家」天天成爲大家開玩笑的用語，大興便不能不帶著太太另找吃飯的地方去！明霞越來越看不起丈夫。起初，她還對他發脾氣，哭鬧一陣。後來，她知道哭鬧是毫無作用的，因爲大興似乎沒有感情；她鬧她的氣，他作他的事。當她自己把淚擦乾了，他只看她一眼，而後問一聲：「該作飯了吧？」她至少需要一個熱吻，或幾句熱情的安慰；他至多只拍拍她的臉蛋。他決不問鬧氣的原因與解決的辦法，而只談他的工作。工作與學問是他的生命，這個生命不許愛情來分潤一點利益。有時候，他也在她發氣的時候，偷偷彈去自己的一顆淚，但是她看得出，這只是怨恨她不幫助他工作，而不是因爲愛她，或同情她。只有在她病了的時候，他才眞像個有愛心的丈夫，他能像作試驗時那麼細心來看護她。他甚至於坐在床邊，拉著她的手，給她說故事。但是，他的故事永遠是關於科學的。她不愛聽，也就不感激他。及至醫生說，她的病已不要緊了，他便馬上去工作。醫生是科學家，醫生的話絕對不能有錯誤。他絲毫沒想到病人在沒有完全好了的時候還需要安慰與溫存。

她不能了解大興，又不能離婚，她只能時時地定睛發呆。

現在，她又隨著大興來到樹華農場。她已經厭惡了這種搬行李，拿著洗臉盆的流浪生活。她作過小姐，她願有自己的固定的，款式的家庭。她不能不隨著他來。但是既來之則安之，她不願過十天半月又走出去。她不能辨別誰好誰壞，誰是誰非，但是她決定要干涉丈夫的事，不教他再多得罪人。她這次須起碼把丈夫的正直剛硬沖淡一些，使大家看在她的面上原諒了尤大興。她開首便幫忙了丁務源，還想敷衍一切活的東西，就連院中的大鵝，她也想多去餵一餵。

尤主任第一個得罪了秦妙齋。秦妙齋沒有權利住在這裏，請出！秦妙齋本沒有任何理由充足的話好說，但是他要反駁。說著說著，他找到了理由：「你為什麼不稱呼我為藝術家呢？」憑這個侮辱，他不能搬走！「咱們等著瞧吧，看誰先搬出去！」

尤主任只知道守法講理是當然的事。雖然回國以後，已經受過多少不近情理的打擊，可是還沒遇見這麼荒唐的事。他動了氣，想請警察把妙齋捉出去。這時候，明霞又幫了妙齋的忙，替他說了許多「不要太忙，他總會順順當當地搬出去」……。

妙齋和丁務源開了一個秘密會議。妙齋主戰，丁務源主和，但是在妙齋說了許多強硬的話之後，丁務源也同意了主戰。他稱讚妙齋的勇敢，呼他為俠義的藝術家。妙齋感激得幾乎暈了過去。

事實上，丁務源絕對不想和尤主任打交手戰。在和妙齋談過話之後，他決定使妙齋和尤大興作戰，而他自己充好人。同時，關於他自己的事，他必定先和明霞商議一下，或者請她去辦交涉。他避免與尤主任作正面衝突。見著大興，他永遠擺出使人信任的笑臉，他知道出去另找事作不算難，但是找與農場裏這樣的舒服而收入又高的事就不大容易。他決定用「忍」字對付一切。假若妙齋與工人們把尤主任打了，他便可以利用機會復職。即使一時不能復職，他也會運動明霞和股東太太們，教他作個副主任。他這個副主任早晚會把正主任頂出去，他自信有這個把握，只要他能忍耐。

把妙齋與明霞埋伏在農場，他進了城。

尤主任急切地等著丁務源辦交代，交代了之後，他好通盤地計劃一切。但是，丁務源進了城。他非常著急。拿人一天的錢，他就要作一天的事，他最恨敷衍與慢慢地拖。在他急得要發脾氣的時候，明霞的眼又定住了。半天，她才說話：「丁先生不會騙你，他一兩天就回來，何必這麼著急呢？」

大興並不因妻的勸告而消了氣，但是也不因生氣而忘了作事。他會把怒氣壓在心裏，而手腳還去忙碌。他首先貼出佈告：大家都要六時半起床，七時上工。下午一點上工，五時下工。晚間九時半熄燈上門，門不再開。在大廳裏，他貼好：辦公重地，閒人免進。而後，他把寫字臺都搬了來，職員們都在這裏辦事——都在他眼皮底下辦事。辦公室裏不准吸菸，解渴只有白開水。

命令下過後，他以身作則地，在壁鐘正敲七點的時節，已穿好工人裝，在辦公廳門口等著大家。丁務源的「親兵」都來得相當的早，因為他們知道自己毫無本事，而他們的靠山能否復職又無把握，所以他們得暫時低下頭去。他們用按時間作事來遮掩他們的不會作事。有的工人遲到，受了秦妙齋的挑撥，他們故意和新主任搗亂。

尤主任忍耐地等著。等大家都來齊，他並沒發脾氣，也沒說閒話。開門見山地，他分配了工作，他記不清大家的姓名，但是他的眼睛會看，誰是有經驗的工人，誰是混飯吃的。對混飯吃的，他打算一律撤換，但在沒有撤換之前，他也給他們活兒作——「今天，你不能白吃農場的飯。」他心裏說。

「你們三位，」他指定三個工人，「去把葡萄枝子全剪了。不打枝子，下一季沒法結葡萄。限兩天打完。」

「怎麼打？」一個工人故意為難。

「我會告訴你們！我領著你們去作！」然後，他給有經驗的工人全分配了工作，「你們三位給果木們塗灰水，該剝皮的剝皮，該刻傷的刻傷，回來我細告訴你們。限三天作完。你們二位去給菜蔬上肥。你們三位去給該分根的花草分根……」然後，輪到那些混飯吃的：「你們二位挑沙子，你們倆挑水，你們二位去收拾牛羊圈……」

混飯吃的都撇了嘴。這些事，他們能作，可是多麼費力氣，多麼骯髒呢！他們往四下裏找，找不到他們的救主丁務源的胖而發光的臉。他們禱告：「快回來呀！我們已經成了苦力！」

那些有經驗的工人，知道新主任所吩咐的事都是應當作的。雖然他所提出的辦法，有和他們的經驗不甚相同的地方，可是人家一定是內行。及至尤主任同他們一齊下手工作，他們看出來，人家不但是內行，而且極高明。凡是動手的，尤主任的大手是那麼準確，敏捷。凡是要說出道理的地方，尤主任三言五語說得那麼簡單，有理。從本事上看，從良心上說，他們無從，也不應當，反對他。假若他們還願學一些新本事，新知識的話，他們應該拜尤主任為師。但是，他們的良心已被丁務源給蝕盡。他們的手還記得白板的光滑，他們的口還咂摸著大麴酒的香味；他們恨惡鐮刀與大剪，恨惡院中與山上的新鮮而寒冷的空氣。

現在，他們可是不能不工作，因爲尤主任老在他們的身旁。他由葡萄架跑到果園，由花畦跑到菜園，好像工作是最可愛的事。他不叱喝人，也不著急，但是他的話並不客氣，老是一針見血地使他們在反感之中又有點佩服。他們不能偷閒，尤主任的眼與腳是同樣快的：他們剛要放下活兒，他就忽然來到，問他們怠工的理由。他們答不出。要開水嗎？開水早送到了。熱騰騰的一大桶。要吸口菸嗎？有一定的時間。他們毫無辦法。

他們只好低著頭工作，心中憋著一股怨氣。他們白天不能偷閒，晚間還想照老法，去撿幾個雞蛋什麼的。可是主任把混飯的人們安排好，輪流值夜班。「一摸雞鴨的襠兒，我就曉得正要下蛋，或是不久就快下蛋了。一天該收多少蛋，我心中大概有個數目，你們值夜，夜間丟失了蛋，你們負責！」尤主任這樣交派下去。好了，連這條小路也被封鎖了！

過了幾天，農場裏一切差不多都上了軌道。工人們到底容易感化。他們一方面恨尤主任，一方面又敬佩他。及至大家的生活有了條理，他們不由的減少了恨惡，而增加了敬佩。他們曉得他們應當這樣工作，這樣生活。漸漸地，他們由工作和學習上得到些愉快，一種與牌酒場中不同的，健康的愉快。

尤主任答應下，三個月後，一律可以加薪，假若大家老按著現在這樣去努力。他也聲明：大家能努力，他就可以多作些研究工作，這種工作是有益於民族國家的。大家聽到民族國家的字樣，不期然而然都受了感動。他們也願意多學習一點技術，尤主任答應下給他們每星期開兩次晚班，由他主講園藝的問題。他也開始給大家籌備一間遊藝室，使大家得到些正當的娛樂。大家的心中，像院中的花草似的，漸漸發出一點有生氣的香味。

不過，向上的路是極難走的。理智上的崇高的決定，往往被一點點浮淺的低卑的感情所破壞。情感是極容易發酒瘋的東西。有一天，尤大興把秦妙齋鎖在了大門外邊。九點半鎖門，尤主任絕不寬限。妙齋把場內的雞鵝牛羊全吵醒了，門還是沒有開。他從藤架的木柱上，像猴子似的爬了進來，碰破了腿，一瘸一點的，他摸到了大廳，也上了鎖。他一直喊到半夜，才把明霞喊動了心，把他放進來。

由尤主任的解說，大家已經曉得妙齋沒有住在這裏的權利，而嚴守紀律又是合理的生活的基礎。大家知道這個，可是在感情上，他們覺得妙齋是老友，而尤主任是新來的，管著他們的人。他們一想到妙齋，就想起前些日子的自由舒適，他們不由的動了氣，覺得尤主任不近人情。他們一一地來慰問妙齋，妙齋便乘機煽動，把尤大興形容得不像人。「打算自自在在地活著，非把那個豬狗不如的東西打出去不可！」他咬著牙對他們講。「不過，我不便多講，怕你們沒有膽子！你們等著瞧吧，等我的腿好了，我獨自管教他一頓，教你們看看！」

他們的怒氣被激起來，大家都不約而同地留神去找尤大興的破綻，好藉口打他。

尤主任在大家的神色上，看出來情勢不對，可是他的心裏自知無病，絕對不怕他們。他甚至於想到，大家滿可以毫無理由地打擊他，驅逐他，可是他決不退縮，妥協。科學的方法與法律的生活，是建設新中國的必經的途徑。假若他爲這兩件事而被打，好吧，他願作了殉道者。

一天，老劉値夜。尤主任在就寢以前，去到院中查看，他看見老劉私自藏起兩個雞蛋。他不能睜著一隻眼，閉著一隻眼地敷衍。他過去詢問。

老劉笑了：「這兩個是給尤太太的！」

「尤太太？」大興彷彿不曉得明霞就是尤太太。他愣住了。及至想清楚了，他像飛也似的跑回屋中。

明霞正要就寢。平平的黃圓臉上沒有任何表情，坐在床沿上，定睛看著對面的壁上——那裏什麼也沒有。

「明霞！」大興喘著氣叫，「明霞，你偷雞蛋？」

她極慢地把眼光從壁上收回，先看看自己拖鞋尖的繡花，而後才看丈夫。

「你偷雞蛋？」

「啊！」她的聲音很微弱，可是一種微弱的反抗。

「爲什麼？」大興的臉上發燒。

「你呀，到處得罪人，我不能跟你一樣！我爲你才偷雞蛋！」她的臉上微微發出點光。

「爲我？」

「爲你！」她的小圓臉更亮了些，像是很得意。「你對他們太嚴，一草一木都不許私自動。

他們要打你呢！爲了你，我和他們一樣地去拿東西，好教他們恨你而不恨我。他們不恨我，我才能爲你說好話，不是嗎？自己想想看！我已經攢了三十個大雞蛋了！」她得意地從床下拉出一個小筐來。

尤大興立不住了。臉上忽然由紅而白。摸到一個凳子，坐下，手在膝上微顫。他坐了半夜，沒出一聲。

第二天一清早，院裏外貼上標語，都是妙齋編寫的。「打倒無恥的尤大興！」「擁護丁主任復職！」「驅逐偷雞蛋的壞蛋！」「打倒法西斯的走狗！」「消滅不尊重藝術的魔鬼！」……

大家罷了工，要求尤大興當眾承認偷蛋的罪過，而後辭職，否則以武力對待。

大興並沒有絲毫懼意，他準備和大家談判。明霞扯住了他。乘機會，她溜出去，把屋門倒鎖上。

「你幹麼？」大興在屋裏喊，「開開！」

她一聲沒出，跑下樓去。

丁務源由城裏回來了，已把副主任弄到手。「喝！」他走到石板路上，看見剪了枝的葡萄，與塗了白灰的果樹，「把葡萄剪得這麼苦。連根刨出來好不好！樹也擦了粉，硬是要得！」

進了大門，他看到了標語。他的腳踵上像忽然安了彈簧，一步催著一步地往院中走，輕巧，迅速；心中也跳得輕快，好受；口裏將一個標語按照著二簧戲的格式哼唧著。這是他所希望的，居然實現了！「沒想到能這麼快！妙齋有兩下子！得好好的請他喝兩杯！」他口中唱著標語，心中還這麼念道。

剛一進院子，他便被包圍了。他的「親兵」都喜歡得幾乎要落淚。其餘的人也都像看見了久別的手足，拉他的，扯他的，拍他肩膀的，亂成一團；大家的手都要摸一摸他，他的衣服好像是活菩薩的袍子似的，挨一挨便是功德。他們的口一齊張開，想把冤屈一下子都傾瀉出來。他只聽見一片聲音，而辨不出任何字來。他的頭向每一個人點一點，眼中的慈祥的光兒射在每一個人的身上，他的胖而熱的手指挨一挨這個，碰一碰那個。他感激大家，又愛護大家，他的態度既極大方，又極親熱。他的臉上發著光，而眼中微微發濕。「要得！」「好！」「哦！」「他媽拉個巴子！」他隨著大家臉上的表情，變換這些字眼兒。最後，他向大家一舉手，大家忽然安靜了。「朋友們，我得先休息一會兒，小一會兒；然後咱們再詳談。不要著急生氣，咱們都有辦法，絕對不成問題！」

「請丁主任先歇歇！讓開路！別再說！讓丁主任休息去！」大家紛紛喊叫。有的還戀戀不捨地跟著他，有的立定看著他的背影，連連點頭讚歎。

丁務源進了大廳，想先去看妙齋。可是，明霞在門旁等著他呢。

「丁先生！」她輕輕地，而是急切地，叫，「丁先生！」

「尤太太！這些日子好嗎？要得！」

「丁先生！」她的小手揉著條很小的，花紅柳綠的手帕。「怎麼辦呢？怎麼辦呢？」

「放心！尤太太！沒事！沒事！來！請坐！」他指定了一張椅子。

明霞像作錯了事的小女孩似的，乖乖地坐下，小手還用力揉那條手帕。

「先別說話，等我想一想！」丁務源背著手，在屋中沉穩而有風度地走了幾步。「事情相當的嚴重，可是咱們自有辦法。」他又走了幾步，摸著臉蛋，深思細想。

明霞沉不住氣了，立起來，迫著他問：「他們眞要打大興嗎？」

「眞的！」丁副主任斬釘截鐵地回答。

「那怎麼辦呢？怎麼辦呢？」明霞把手帕團成一個小團，用它擦了擦鼻窪與嘴角。

「有辦法！」丁務源大大方方地坐下。「你坐下，聽我告訴你，尤太太！咱們不提誰好誰歹，誰是誰非，咱們先解決這件事，是不是？」

明霞又乖乖地坐下，連聲說：「對！對！」

「尤太太看這麼辦好不好？」

「你的主意總是好的！」

「這麼辦：交代不必再辦，從今天起請尤主任把事情還全交給我辦，他不必再分心。」

「好！他一向太愛管事！」

「就是呀！教他給場長寫信，就說他有點病，請我代理。」

「他沒有病，又不愛說謊！」

「在外邊混事，沒有不扯謊的！為他自己的好處，他這回非說謊不可！」

「哦！好吧！」

「要得！請我代理兩個月，再教他辭職，有頭有臉地走出去，面子上好看！」

明霞立起來：「他得辭職嗎？」

「他非走不可！」

「那——」

「尤太太，聽我說！」丁務源也立起來。「兩個月，你們照常支薪，還住在這裏，他可以從容地去找事。兩個月之中，六十天工夫，還找不到事嗎？」

「又得搬走？」明霞對自己說，淚慢慢地流下來。愣了半天，她忽然吸了一吸鼻子，用盡力量地說：「好！就是這麼辦啦！」她跑上樓去。

開開門一看，她的腿軟了，坐在了地板上。尤大興已把行李打好，拿著洗面盆，在床沿上坐著呢。

沉默了好久，他一手把明霞攙起來，「對不起你，霞！咱們走吧！」

院中沒有一個人，大家都忙著殺雞宰鴨，歡宴丁主任，沒工夫再注意別的。自己挑著行李，尤大興低著頭向外走。他不敢看那些花草樹木——那會教他落淚。明霞不知穿了多少衣服，一手提著那一小筐雞蛋，一手揉著眼淚，慢慢地在後面走。

樹華農場恢復了舊態，每個人都感到滿意。丁主任在空閒的時候，到院中一小塊一小塊地往下撕那些各種顏色的標語，好把尤大興完全忘掉。

不久，丁主任把妙齋交給保長帶走，而以一萬五千元把空房租給別人，房租先付，一次付清。

到了夏天，葡萄與各種果樹全比上年多結了三倍的果實，彷彿只有它們還記得尤大興的培植與愛護似的。

果子結得越多，農場也不知怎麼越賠錢。

——原刊於一九四三年一月八日、十三日、十四日、廿日、廿四日《大公報》；

初收錄於一九四四年三月出版之《貧血集》，重慶，文聿出版社

老舍談短篇小說創作

越短越難

怎麼寫短篇小說，的確是個很難回答的問題。我自己就沒寫出來過像樣子的短篇小說。這並不是說我的長篇小說都寫得很好，不是的。不過，根據我的寫作經驗來看：只要我有足夠的資料，我就能夠寫成一部長篇小說。它也許相當的好，也許無一是處。可是，好吧壞吧，我總把它寫出來了。至於短篇小說，我有多少多少次想寫而寫不成。這是怎麼一回事呢？

我仔細想過了，找出一些原因：先從結構上說吧：一部文學作品須有嚴整的結構，不能像一盤散沙。可是，長篇小說因爲篇幅長，即使有的地方不夠嚴密，也還可以將就。短篇呢，只有幾千字的地方，絕對不許這裏太長，那裏太短，不集中，不亭勻，不嚴緊。

這樣看來，短篇小說並不因篇幅短就容易寫。反之，正因爲它短，才很難寫。從文字上看也是如此。長篇小說多寫幾句，少寫幾句，似乎沒有太大的關係。短篇只有幾千字，多寫幾句和少寫幾句就大有關係，叫人一眼就會看出：這裏太多，那裏不夠！寫短篇必須作到字斟句酌，一點不能含糊。當然，寫長篇也不該馬馬虎虎，信筆一揮。不過，長篇中有些不合適的地方，究竟容易被精采的地方給遮掩過去，而短篇無此便利。短篇應是一小塊精金美玉，沒有一句廢話。我自己喜寫長篇，因爲我的幽默感使我會說廢話。我會抓住一些可笑的事，不管它和故事的發展有無密切關係，就痛痛快快發揮一陣。按道理說，這大不應該。可是，只要寫得夠幽默，我便捨不得刪去它（這是我的毛病），讀者也往往不事苛責。當我寫短篇的時候，我就不敢那麼辦。於是，我總感到束手束腳，不能暢所欲言。信口開河可能寫成長篇（文學史上有例可查），而絕對不能寫成短篇。短篇需要最高度的藝術控制。浩浩蕩蕩的文字，用之於長篇，可能成爲一種風格。短篇裏浩蕩不開。

同時，若是爲了控制，而寫得乾乾巴巴，就又使讀者難過。好的短篇，雖僅三五千字，叫人看來卻感到從從容容，舒舒服服。這是眞本領。哪裏去找這種本領呢？從我個人的經驗來說，最要緊的是知道的多，寫的少。有夠寫十萬字的資料，而去寫一萬字，我們就會從容選擇，只要精華，盡去糟粕。資料多才易於調動。反之，只有夠寫五千字的資料，也就想去寫五千字，那就非弄到聲嘶力竭不可。

我常常接到文藝愛好者的信，說：我有許多小說資料，但是寫不出來。其中，有的人連信還寫不明白。對這樣的朋友，我答以先努力進修語文，把文字寫通順了，有了表現能力，再談創作。

有的來信寫得很明白，但是信中所說的未必正確。所謂小說資料是不是一大堆事情呢？一大堆事情不等於小說資料。所謂小說資料者，據我看，是我們把一件事已經咂摸透，看出其中的深刻意義——借著這點事情可以說明生活中的和時代中的某一問題。這樣摸著了底，我們就會把類似的事情收攬進來，補我們原有的資料的不足。這樣，一件小說資料可能一來二去地包括著許多類似的事情。也只有這樣，當我們寫作的時候，才能左右逢源，從容不迫，不會寫了一點就無話可說了。反之，記憶中只有一堆事情，而找不出一條線索，看不出有何意義，這堆事情便始終是一堆事情而已。即使我們記得它們發生的次序，循序寫來，寫來寫去也就會寫不下去了——寫這些幹什麼呢！所謂一堆事情，乍一看起來，彷彿是五光十色，的確不少。及至一摸底，才知道值得寫下來的東西並不多。本來嘛，上茅房也值得寫嗎？值不得！可是，在生活中的確有上茅房這類的事。把一大堆事情剝一剝皮，即把上茅房這類的事都剝去，剩下的核兒可就很小很小了。所以，我奉勸心中只有一堆事情的朋友們別再以爲那就是小說資料，應當先想一想，給事情剝剝皮，看看核兒究竟有多麼大。要不然，您總以爲心中有一寫就能寫五十萬言的積蓄，及至一落筆便又有空空如也之感。同時，我也願意奉勸：別以爲有了一件似有若無的很單薄的故事，便是有了寫短篇小說的內容。那不行。短篇小說並不因爲篇幅短，即應先天不足！恰相反，正是因爲它短，它才需要又深又厚。您所知道的必須比要寫的多得多。

是的，上面所說的也適用於人物的描寫。在長篇小說裏，我們可以從容介紹人物，詳細描寫他們的性格、模樣與服裝等等。短篇小說裏沒有那麼多的地方容納這些形容。短篇小說介紹人物的手法似乎與話劇中所用的手法相近——一些動作，幾句話，人物就活生生地出現在我們眼前。當然，短篇小說並不禁止人物的形容。可是，形容一多，就必然顯著冗長無力。我以爲：用話劇的手法介紹人物，而在必要時點染上一點色彩，是短篇小說描繪人物的好辦法。

除非我們對一個人物極爲熟悉，我們沒法子用三言兩語把他形容出來。在短篇小說裏，我們只能叫他作一兩件事，可是我們必須作到：只有這樣的一個人才會作這一兩件事，而不是這樣的一個人偶然地作了這一兩件事，更不是隨便哪個人都能作這一兩件事。即使我們故意叫他偶然地作了一件事，那也必須是只有這個人才會遇到這件偶然的事，只有這個人才會那麼處理這件偶然的事。還是那句話：知道的多，寫的少。短篇小說的篇幅小，我們不能叫人物作過多的事。我們叫他作一件事也好，兩件事也好，可是這點事必是人物全部生活與性格的有力說明，不是他一輩子只作了這麼一點點事。只有知道了孔明和司馬懿的終生，才能寫出《空城計》。假若事出偶然，恐怕孔明就會束手被擒，萬一司馬懿闖進空城去呢！

風景的描寫也可應用上述的道理。人物的形容和風景的描寫都不應是點綴。沒有必要，不寫；

話很多，找最要緊的寫，少寫。

這樣，即使我們還不能把短篇小說寫好，可也不會一寫就寫成長的短篇小說，廢話太多的短篇小說了。

以上，是我這兩天想起來的話，也許對，也許不對；前面不是說過嗎，我不大會寫短篇小說呀。

——原刊於一九五八年六月八日《人民文學》六月號；初收錄於一九六四年二月出版之《出口成章：論文學語言及其他》，北京，作家出版社

附錄（※編按：老舍先生生前曾為自己幾個短篇小說集子的出版撰寫序言或後記，在此收錄進來，或可近距離一窺出書在即當下他的心情）

《趕集》序[1]

這裏的「趕集」不是逢一四七或二五八到集上去賣兩隻雞或買二斗米的意思，不是；這是說這本集子裏的十幾篇東西都是趕出來的。幾句話就足以說明這個：我本來不大寫短篇小說，因爲不會。可是自從滬戰後，刊物增多，各處找我寫文章；既蒙賞臉，怎好不捧場？同時寫幾個長篇，自然是作不到的，於是由靠背戲改唱短打。這麼一來，快信便接得更多：「既肯寫短篇了，還有什麼說的？寫吧，夥計！三天的工夫還趕不出五千字來？少點也行啊！無論怎著吧，趕一篇，要快！」話說得很「自己」[2]，我也就不好意思，於是天昏地暗，胡扯一番；明知寫得不成東西，還沒法不硬著頭皮幹。到如今居然湊成這麼一小堆堆了！

設若我要是不教書，或者這些篇還不至於這麼糟，至少是在文字上。可是我得教書，白天的工夫都花費在學校裏，只能在晚間來胡扯；扯到哪兒算哪兒，沒辦法！

現在要出集了，本當給這堆小鬼一一修飾打扮一番；哼，哪有那個工夫！隨它們去吧；它們沒出息，日後自會受淘汰；我不拿它們當寶貝兒，也不便把它們都勒死。就是這個主意！

排列的次序是依著寫成的先後。設若後邊的比前邊的好一點，那總算狗急跳牆，居然跳過去了。說眞的，這種「歪打正著」的辦法，能得一兩個虎頭虎腦的傢伙就得念佛！

蒙載過這些篇的雜誌們允許我把它們收入這本裏，十分的感激！

老舍　一九三四年，二月一日，濟南

1趕集：本短篇小說集，由上海的良友圖書印刷公司出版於一九三四年九月，收錄十五篇故事：五九、熱包子、愛的小鬼、同盟、大悲寺外、馬褲先生、微神、開市大吉、歪毛兒、柳家大院、抱孫、黑白李、眼鏡、鐵牛和病鴨、也是三角。

2自己：這裡指親近，亦帶有故作親密、相熟之意。

《櫻海集》序[1]

開開屋門，正看鄰家院裏的一樹櫻桃。再一探頭，由兩所房中間的隙空看見一小塊兒綠海。這是五月的青島，紅櫻綠海都在新從南方來的小風裏。友人來信，要我的短篇小說，印集子。

找了找：已有十五六篇，其中有一兩篇因搬家扯亂，有頭無尾，乾脆剔出；還有三四篇十分沒勁的，也挑出來，順手兒扔掉。整整剩下十篇，倒也不多不少。大概在這十五六篇之外，還至少應有兩三篇，因向來不留副稿，而印出之後又不見得能篇篇看到，過了十天半月也就把它們忘死；好在這並不是多大的損失，丟了就丟了吧。

年方十九個月的小女生於濟南，所以名「濟」；這十篇東西，既然要成集子，自然也得有個名兒；照方吃烤肉，生於濟南者名「濟」，則生於青島者——這十篇差不多都是在青島寫的——應當名「青」或「島」。但「青集」與「島集」都不好聽，於是向屋外一望，繼以探頭，「櫻海」豈不美哉！《櫻海集》有了說明。下面該談談這十篇作品。

雖然這十篇是經過了一番剔選，可是我還得說實話，我看不起它們。不用問我哪篇較比的好，我看它們都不好。說起來，話可就長了：我在去年七月中辭去齊大的教職，八月跑到上海。我不是去逛，而是想看看，能不能不再教書而專以寫作掙飯吃。我早就想不再教書。在上海住了十幾天，我心中涼下去，雖然天氣是那麼熱。爲什麼心涼？兜底兒一句話：專仗著寫東西吃不上飯。

第二步棋很好決定，還得去教書。於是來到青島。到了青島不久，至友白滌洲死去；我跑回北平哭了一場。

這兩件事——不能去專心寫作，與好友的死——使我好久好久打不起精神來；願意幹的事不准幹，應當活著的人反倒死。是呀，我知道活一天便須歡蹦亂跳一天，我照常的作事寫文章，但是心中堵著一塊什麼，它老在那兒！寫得不好？因爲心裏堵得慌！我是個愛笑的人，笑不出了！我一向寫東西寫得很快，快與好雖非一回事，但刷刷的寫一陣到底是件痛快事；哼，自去年秋天起，刷刷不上來了。我不信什麼「江郎才盡」那一套，更不信將近四十歲便得算老人；我願老努力的寫，幾時入棺材，幾時不再買稿紙。可是，環境也得允許我去寫，我才能寫，才能寫得好。整天的瞎忙，在應休息的時間而拿起筆來寫東西，想要好，眞不大容易！我並不願把一切的罪過都推出去，只說自己高明。不，我永遠沒說過自己高明；不過外面的壓迫也眞的使我「更」不高明。這是非說出不

1櫻海集：本短篇小說集，由上海的人間書屋出版於一九三五年八月，收錄十篇故事：上任、犧牲、柳屯的、末一塊錢、老年的浪漫、毛毛蟲、善人、鄰居們、月牙兒、陽光。

可的，我自己的不高明，與那些使我更不高明的東西，至少要各擔一半責任。

這可也不是專爲向讀者道歉。在風格上有一些變動，從這十篇裏可以顯明的看到；這個變動與心情是一致的。這裏的幽默成分，與以前的作品相較，少得多了。笑是不能勉強的。文字上呢，也顯著老實了一些，細膩了一些。這些變動是好是壞，我不知道，不過確是有了變動。這些變動是這半年多的生活給予作品的一些顏色，是好是壞，還是那句——我不知道。有人愛黑，有人愛白；不過我的顏色是由我與我的環境而決定的。

有幾篇的材料滿夠寫成中篇或長篇的，因爲忙，所以寫得很短，好像麵沒醱好，所以饅頭又小又硬。我要不把「忙」殺死，「忙」便會把我的作品全下了毒藥！什麼時候才能不忙呢?!

說了這麼一大套，大概最大的好處也不過足以表明我沒吹牛；那麼，公道買賣，逛書店的先生們，請先嘗後買，以免上當呀！

老舍序於青島。一九三五年，五月

《蛤藻集》[1]序

收入此集的有六短篇，一中篇；都是在青島寫成的。取名「蛤藻」，無非見景生情：住在青島，看海很方便：潮退後，每攜小女到海邊上去；沙灘上有的是蛤殼與斷藻，便與她拾著玩。拾來的蛤殼很不少了，但是很少出奇的。至於海藻，更不便往家中拿，往往是拾起來再送到水中去。記得在艾爾蘭海邊上同著一位朋友閒逛，走到一塊沙灘，沙子極細極多，名爲天鵝絨灘。時近初秋，沙上有些斷藻，葉短有豆，很像聖誕節時用的Mistletoe[2]。據那個友人說，踩踩這種小豆是有益於腳的，所以我們便都赤足去踏，豆破有聲，怪覺有趣。在青島，我還沒遇上這樣的藻，於是和小女也就少了一種赤足的遊戲。

1 蛤藻集：本短篇小説集，由上海的開明書店出版於一九三六年十一月，收錄七篇故事：老字號、斷魂槍、聽來的故事、新時代的舊悲劇、且説屋裏、新韓穆烈德、哀啓。

2 即槲寄生，西方常見的聖誕節慶裝飾物。

設若以蛤及藻象徵此集，那就只能說：出奇的蛤殼是不易拾著，而那有豆兒且有益於身體的藻也還沒能找到。眼高手低，作出來的東西總不能使自己滿意，一點不是謙虛。讀者若能不把它們拾起來再馬上送到水中去，像我與小女拾海藻那樣，而是像蛤殼似的好歹拿回家去，加一番品評，便榮幸非常了！

老舍序於青島。二十五年雙十節[3]。

3 這裡的二十五年，是指中華民國二十五年。

《貧血集》[1]小序

三年來，因營養不良，與打擺子，得了貧血病。病重的時候，多日不能起床；一動，就暈得上吐下瀉。病稍好，也還不敢多作事，怕又忽然暈倒。

以貧血名集，有向讀者致敬之意；其人貧血，其作品亦難健旺也。

老舍　於北碚[2]。

1貧血集：本短篇小說集，由重慶的文聿出版社出版於一九四四年三月，收錄五篇故事：戀、八太爺、不成問題的問題、小木頭人（童話）、一筒炮臺菸。

2北碚：位在重慶市的北方。碚，讀作「倍」。

《微神集》序[1]

因為心欠秀氣，我不大願意寫短篇小說。但是，朋友們索稿十萬火急，短篇小說就非寫不可；不是因為容易寫，而是因為可以少寫些字，早些交卷。因此，以前所寫的短篇中，有許多篇根本要不得。現在，晨光出版公司要印我的全集。我想，我應當挑選一下，把值得留下的留下，不值得留下的刪去。這樣，雖然不大像「全」集了，可是使讀者不至於多買壞東西，我的心裡可以稍微舒服一點。

這一本經過選擇的短篇集，即是全集中短篇集的第一本；名之曰《微神集》者，第一是因為微神這兩個字倒還悅耳，第二是因為它是我心愛的一篇，第三是因為這樣的一個名字也許比甲集乙集什麼的更雅趣一點[2]。

1 微神集：本短篇小說集，由上海的晨光出版公司出版於一九四七年四月，收錄了之前曾出版過的一些故事，共十七篇：上任、犧牲、柳屯的、毛毛蟲、善人、鄰居們、大悲寺外、馬褲先生、微神、開市大吉、歪毛兒、柳家大院、抱孫、黑白李、眼鏡、鐵牛和病鴨、也是三角。

2 此序寫於紐約。

《月牙集》序[1]

若是以字數的多少爲憑，而可以把小說分爲短篇，中篇，與長篇三類，這個集子似乎應當叫作中篇小說集，因爲其中所收的五篇作品都是相當的長的。這五篇寫著的年月並不緊緊相靠，一篇與另一篇的距離有的約在十來年之久；現在我把它們硬放在一處，實在因爲「肩膀齊是弟兄」。假若還另有理由的話，那就是這幾篇都是我自己所喜歡的東西。我不善於寫短篇，所以中篇，因爲字數稍多，可以使我多得到點施展神通的機會；即使不能下筆如有神，起碼也會有鬼[2]！

1月牙集：本小說集由上海的晨光出版公司出版於一九四八年九月，收錄了之前曾出版過的一些故事，共五篇：月牙兒、新時代的舊悲劇、我這一輩子、且說屋裏、不成問題的問題。

2此序於一九四七年六月廿三日寫於紐約。

《老舍短篇小說選》[1]後記

這裏選用的十三篇小說都是我在解放前寫成的，有幾篇已經是二十五、六歲了。用今天的眼光來看，這些作品實在有些過景了。那麼，就請讀者以古董看待它們吧。我希望：古董也有古董的某一些好處。

十三篇的排列次序並不足以說明它們發表的先後，因爲我已經忘了哪一篇是在某年某月寫成的了。

在文字上，像「北平」之類的名詞都原封不動，以免顚倒歷史。除了太不乾淨的地方略事刪改，字句大致上未加增減，以保持原來的風格。有些北京土話很難改動，就加上了簡單的注解。

在思想上，十三篇中往往有不大正確的地方，很難修改，也就沒有修改。人是要活到老學到老的，今天能看出昨天的缺欠或錯誤，正好鞭策自己努力學習，要求進步。

老舍　一九五六年初夏於北京

1老舍短篇小説選：本選集由北京的人民文學出版社出版於一九五六年十月，收錄了之前曾出版過的一些故事，共十三篇：黑白李、斷魂槍、犧牲、上任、柳屯的、善人、馬褲先生、微神、柳家大院、老字號、月牙兒、且説屋裏、不成問題的問題。

國家圖書館出版品預行編目資料

老舍短篇小說選集／老舍著
——初版——臺中市：好讀，2017.04
面； 公分——（典藏經典；102）

ISBN 978-986-178-406-9（平裝）

857.63 105022444

好讀出版

典藏經典 102

老舍短篇小說選集

作　　者／老　舍
總 編 輯／鄧茵茵
文字編輯／簡伊婕
美術編輯／廖勁智
內頁編排／王廷芬
行銷企劃／劉恩綺
發 行 所／好讀出版有限公司
臺中市 407 西屯區何厝里 19 鄰大有街 13 號
TEL:04-23157795 FAX:04-23144188
http://howdo.morningstar.com.tw
（如對本書編輯或內容有意見，請來電或上網告訴我們）
法律顧問／陳思成律師

戶名：知己圖書股份有限公司
劃撥專線：15060393
服務專線：04-23595819 轉 230
傳眞專線：04-23597123
E-mail：service@morningstar.com.tw
如需詳細出版書目、訂書，歡迎洽詢
晨星網路書店 http://www.morningstar.com.tw

印　　刷／上好印刷股份有限公司 TEL:04-23150280
初　　版／西元 2017 年 4 月 15 日
定　　價／300 元
如有破損或裝訂錯誤，請寄回臺中市 407 工業區 30 路 1 號更換（好讀倉儲部收）

Published by How Do Publishing Co., Ltd.
2017 Printed in Taiwan

ISBN 978-986-178-406-9

讀者回函

只要寄回本回函，就能不定時收到晨星出版集團最新電子報及相關優惠活動訊息，並有機會參加抽獎，獲得贈書。因此有電子信箱的讀者，千萬別吝於寫上你的信箱地址

書名：老舍短篇小說選集

姓名：＿＿＿＿＿＿ 性別：□男 □女 生日：＿＿年＿＿月＿＿日

教育程度：＿＿＿＿＿＿＿＿＿＿

職業：□學生 □教師 □一般職員 □企業主管

□家庭主婦 □自由業 □醫護 □軍警 □其他＿＿＿＿＿＿＿＿

電子郵件信箱（e-mail）：＿＿＿＿＿＿＿＿＿＿ 電話：＿＿＿＿＿＿

聯絡地址：□□□＿＿＿＿＿＿＿＿＿＿＿＿＿＿＿＿

你怎麼發現這本書的？

□書店 □網路書店（哪一個？）＿＿＿＿＿＿＿ □朋友推薦 □學校選書

□報章雜誌報導 □其他＿＿＿＿＿＿＿＿＿＿＿＿＿＿

買這本書的原因是：＿＿＿＿＿＿＿＿＿＿＿＿＿＿＿＿

□內容題材深得我心 □價格便宜 □封面與內頁設計很優 □其他＿＿＿＿＿

你對這本書還有其他意見麼？請通通告訴我們：

＿＿＿＿＿＿＿＿＿＿＿＿＿＿＿＿＿＿＿＿＿＿＿＿＿＿

你買過幾本好讀的書？（不包括現在這一本）

□沒買過 □ 1 ～ 5 本 □ 6 ～ 10 本 □ 11 ～ 20 本 □太多了

你希望能如何得到更多好讀的出版訊息？

□常寄電子報 □網站常常更新 □常在報章雜誌上看到好讀新書消息

□我有更棒的想法＿＿＿＿＿＿＿＿＿＿＿＿＿＿＿＿＿＿

最後請推薦五個閱讀同好的姓名與 E-mail，讓他們也能收到好讀的近期書訊：

1. ＿＿＿＿＿＿＿＿＿＿＿＿＿＿＿＿＿＿＿＿＿＿＿＿

2. ＿＿＿＿＿＿＿＿＿＿＿＿＿＿＿＿＿＿＿＿＿＿＿＿

3. ＿＿＿＿＿＿＿＿＿＿＿＿＿＿＿＿＿＿＿＿＿＿＿＿

4. ＿＿＿＿＿＿＿＿＿＿＿＿＿＿＿＿＿＿＿＿＿＿＿＿

5. ＿＿＿＿＿＿＿＿＿＿＿＿＿＿＿＿＿＿＿＿＿＿＿＿

我們確實接收到你對好讀的心意了，再次感謝你抽空填寫這份回函

請有空時上網或來信與我們交換意見，好讀出版有限公司編輯部同仁感謝你！

好讀的部落格：http://howdo.morningstar.com.tw/

好讀的臉書粉絲團：http://www.facebook.com/howdobooks

請填妥後對折黏貼，直接投郵即可，無須貼郵票。

廣告回函
臺灣中區郵政管理局
登記證第 3877 號
免貼郵票

好讀出版有限公司　編輯部收

407 臺中市西屯區何厝里大有街 13 號
電話：04-23157795-6　傳真：04-23144188

沿虛線對折

購買好讀出版書籍的方法：

一、先請你上晨星網路書店http://www.morningstar.com.tw檢索書目或直接在網上購買

二、以郵政劃撥購書：帳號15060393 戶名：知己圖書股份有限公司並在通信欄中註明你想買的書名與數量

三、大量訂購者可直接以客服專線洽詢，有專人爲您服務：客服專線：04-23595819轉230 傳眞：04-23597123

四、客服信箱：service@morningstar.com.tw